謹以此書
獻給在文學道路上和人生生涯中關愛我的師友

張昌華 鞠躬

见字如晤

名人书简
三百通

张昌华 编著

中央编译出版社
Central Compilation & Translation Press

图书在版编目(CIP)数据

见字如晤：名人书简三百通/张昌华编著.—北京：中央编译出版社，2023.1

ISBN 978-7-5117-4243-8

Ⅰ.①见… Ⅱ.①张… Ⅲ.①书信集–中国–现代 Ⅳ.①I266.5

中国版本图书馆 CIP 数据核字 (2022) 第 157247 号

见字如晤：名人书简三百通

责任编辑	景淑娥　郑永杰
责任印制	刘　慧
出版发行	中央编译出版社
地　　址	北京市海淀区北四环西路 69 号 (100080)
电　　话	(010) 55627391 (总编室)　　(010) 55627312 (编辑室)
	(010) 55627320 (发行)　　　(010) 55627377 (网站)
经　　销	全国新华书店
印　　刷	北京雅昌艺术印刷有限公司
开　　本	710 毫米 × 1000 毫米　1/16
字　　数	337 千字
印　　张	29.25
版　　次	2023 年 1 月第 1 版
印　　次	2023 年 1 月第 1 次印刷
定　　价	168.00 元

新浪微博：@ 中央编译出版社　**微　信**：中央编译出版社 (ID：cctphome)
淘宝店铺：中央编译出版社直销店 (http://shop108367160.taobao.com)
　　　　　(010) 55627331

本社常年法律顾问：北京市吴栾赵阎律师事务所律师　闫　军　梁　勤
凡有印装质量问题，本社负责调换。电话：(010) 55626985

自序

见字如晤，抚笺思人

壬寅，虎岁。吾年届望八，名副其实的苍茫暮色中的行者。

学著书，是在归隐田园之后。初始，倾心于《曾经风雅》《民国风景》等文化名人背影系列的写作，近年，致力于个人编辑生活的撷拾：相继出版了《我为他们照过相》《他们给我写过信》（海外部分），而我藏信的重头在国内部分，即本书。历时二年，在二百位写信者两千通函札中，梳理扒抉，遴选出四十八人，凡三百通，辑录于此，且名之为《见字如晤——名人书简三百通》。有同道朋友调侃说，这三本书是我的个人出版史。是耶，非耶？吾不知，但它实实在在是我编辑生涯的人生地图。

这本书的编辑体例，基本沿袭"写过信"，但做了点改革，分甲乙两部。每组信后，我介绍与其过从的始末，并立了个小标题，作为"提要"，以引起读者的阅读兴趣。甲部信主为我的作者，话题多系书稿出版的琐杂。乙部为书稿作者的后人，是我为其先人撰文时遇到疑难，向其求益的答问。在这部分作注时，我信马由缰，顺手将其先人的轶事钩沉出来，如此而已。

本书以齿序排列，自周有光始，至邵燕祥止。其实，年齿在周氏前后者尚有茅以升、陈翰笙、冰心、吕叔湘、臧克家、张岱年、钱锺书、杨绛等；或因我与他们过从短暂，函札多为就事论事的简短，乏善可陈；或因无法获得授权，不得已略去。

私信姓"私"，最能彰显信主的个人特质，作者致编者的函札亦然。季羡林、柯灵、王世襄的君子风度，周有光、萧乾、冯其庸的睿智风雅，郁风、吴祖光、许渊冲的人文情怀，华君武、张允和、杨宪益的率真幽默，以及范用的出版传奇，都可以从信的字里行间读出。乙部所钩沉的信主前辈的逸趣，展现了他们的为人之道和特立独行的处世风格，很值得我们感怀和寻味。窃以为本书的史料价值和阅读趣味当在《他们给我写过信》之上。

关于信末的笺注，本着以"信"为中心，有话则长，无话则短的原则，尽可能说清信背后的故事。盖本书与《我为他们照过相》（以下简称《照相》）在人选上有少许重合，凡在《照相》中，对其信已作解读者，诸如章含之、梅绍武等不再列入。唯华君武、郁风是个"例外"，我另辟蹊径，以信为本，将他们散落在孔夫子旧书网上的函札，地毯似的搜罗一遍，撷取若干连缀成篇，让读者在更广阔的视野中欣赏他们的个性魅力，以助读趣。

私人函札本无意留存，书写者比较随意，不大讲究语法和标点，辑录于此的书信，有些前辈写信时年事已高，时有笔误或语意表达不顺畅不完整之处，在不损原意的前提下，我做了标注。"乙部"信末的综述文字，涉及某些史料，均引自拙作《曾经风雅》

《故人风清》《百年风度》(均为广西师范大学出版社)，《民国风景》(东方出版社)和《清流远去》(江苏凤凰出版社)，为阅读方便，恕此书不再一一标明出处。

我所藏存牍，因授权和篇幅所限，未辑入者尚多，故列主要"存目"备考。本书若能忝为新千年前后我国出版大海之滴水，若能充作当代出版史上一条脚注，幸莫大焉。

见字如晤，抚笺思人。深深怀念并切切感戴赐我函札的信主们，是他们的厚爱，成就我一个充实、快乐的编辑人生。

在成书的过程中，得到杨苡、许渊冲、文洁若以及海婴等人的家属大力支持，谨对他们致以诚挚的谢意。尽管我做了很大的努力，仍有几位信主或家属未能联系上，谨致歉意，并欢迎他们与我联系。

在纸媒出版日益颓衰的当下，出书实在不易。承吴江、罗少强先生联手推荐，蒙中央编译出版社俯允，慨然接纳书稿；对贾宇琰总编辑的热情关注和淑娥女士所付的辛劳，笔者铭诸心腑，在此一并致谢。

张昌华

辛丑岁杪于三壶斋

目录

甲部

① 周有光（1906—2017）（28 通选 15）
   张允和（1909—2002）.................. 2
② 王映霞（1908—2000）（26 通选 11）.................. 22
③ 柯　灵（1909—2000）（11 通选 6）
   陈国容（不详）.................. 33
④ 高　兰（1909—1987）（7 通选 4）.................. 42
⑤ 萧　乾（1910—1999）（76 通选 27）
   文洁若（1927—　　）.................. 49
⑥ 张兆和（1910—2003）（1 通）.................. 80
⑦ 季羡林（1911—2009）（1 通）.................. 90
⑧ 周楞伽（1911—1992）（3 通选 1）.................. 95
⑨ 唐　瑜（1912—2010）（4 通选 2）.................. 101
⑩ 陈荒煤（1913—1996）（32 通选 7）.................. 107
⑪ 黄苗子（1913—2012）（30 通选 13）
   郁　风（1916—2007）.................. 116
⑫ 冯亦代（1913—2005）（26 通选 11）
   黄宗英（1925—2020）.................. 133
⑬ 周而复（1914—2004）（33 通选 11）.................. 148

1

⑭ 王世襄（1914—2009）（6通选4）..................160

⑮ 赵清阁（1914—1999）（2通）..................166

⑯ 梅　志（1914—2004）（4通选2）..................171

⑰ 华君武（1915—2010）（12通选8）..................176

⑱ 杨宪益（1915—2009）（1通）..................187

⑲ 丁　聪（1916—2009）（9通选2）
　　沈　峻（1927—2014）..................192

⑳ 吴祖光（1917—2003）（16通选9）
　　新凤霞（1927—1998）..................197

㉑ 吴冠中（1919—2010）（4通）..................210

㉒ 黄　裳（1919—2012）（34通选12）..................216

㉓ 杨　苡（1919—　　）（4通选2）..................229

㉔ 丁景唐（1920—2017）（10通选4）..................236

㉕ 吕　恩（1920—2012）（43通选9）..................245

㉖ 许渊冲（1921—2021）（6通选3）..................255

㉗ 范　用（1923—2010）（47通选12）..................261

㉘ 冯其庸（1924—2017）（7通选3）..................273

㉙ 孙法理（1927—2021）（19通选3）..................278

㉚ 流沙河（1931—2019）（2通）..................290

㉛ 浩　然（1932—2008）（23通选10）..................295

㉜ 邵燕祥（1933—2020）（10通选7）..................309

乙部

㉝ 周海婴（1929—2011）（47 通选 12）........ 318
㉞ 马桂芬（不详）（2 通选 1）........ 333
㉟ 翁心钧（1925—2013）（3 通选 1）........ 338
㊱ 刘平章（1933— ）（5 通选 2）........ 345
㊲ 张素我（1915—2011）（39 通选 8）........ 353
㊳ 梁培宽（1925—2021）（23 通选 6）
梁培恕（1928— ）........ 364
㊴ 杨静远（1923—2015）（28 通选 10）........ 378
㊵ 宗　璞（1928— ）（8 通选 3）........ 397
㊶ 钱　易（1935— ）（5 通选 3）........ 401
㊷ 李光谟（1926—2013）（3 通选 2）........ 406
㊸ 成幼殊（1924—2021）（2 通选 1）........ 413
㊹ 潘乃穆（1931—2016）（6 通选 3）........ 418
㊺ 舒　乙（1935—2021）（17 通选 2）........ 425
㊻ 吴　青（1937— ）（8 通选 3）
陈　恕（1937—2017）........ 432
㊼ 沈龙朱（1934— ）（8 通选 3）........ 438
㊽ 邵绡红（1932— ）（6 通选 3）........ 445

“师友手札”主要存目........ 452

甲
部

1 周有光（1906—2017）
张允和（1909—2002）

（28通选15）
（1997—2011）

1　昌华先生：

您的来信都收到了，谢谢您的好意。

我和内子张允和都不是文学家，也不是名人。我的文章不是文学作品，张允和的文章是随便写的散文。列入"双叶丛书"恐怕不很相称。这一点请您再加考虑。三联书店的曾蕾女士可能给我们过高的评价了。

张允和的妹妹张兆和，现在出门在外，不在北京。等她回来以后看情况再作商量。

再次谢谢您！

祝您

身体健康，工作顺利！

周有光
一九九七年十月十五日

2　昌华先生：

您的来信、文章、挽联，都收到了。高情厚谊，不胜感激！将在小刊物《水》上发表。允和去世后，我的精神还没有恢复正常，对亲友还没有写感谢信。

· 周有光（2008年，北京）

允和遗作《昆曲日记》如能出版，是对她最好的纪念。承蒙您把书稿父山东画报出版社，十分感谢！日前叶稚珊女士跟山东画报出版社联系，知道此书出版还需要经过社中开会讨论，可能处于搁浅状态。

此书是资料性书籍，不是一般阅读书刊，销路有困难，是意料中事。我想为了早日解决此事，可否请您向山东画报出版社用电话做非正式探问，出版有何困难，能否由我们帮助解决，例如再作编辑加工，或对出版成本分担责任，不收稿费，部分补贴。我正请昆曲大家为此书作序言。如果出版没有希望，请山东画报出版社早日把书稿寄还给我，寄到北京我家。退稿是常事，不影响感情。谢谢，谢谢！

我耳聋，恕不打电话。

专此敬祝

大安

周有光

二〇〇二年九月二十日

3　昌华先生：

接到二〇〇三年七月六日来信，喜出望外，允和逝世周年，您将修改旧文，刊于上海报纸。您的盛意，万分感谢。

允和遗作《昆曲日记》，山东画报出版社已将稿件送还我处。未能同意出版。我理解他们的难处。最近我跟此间语文出版社商量，以作者不收稿费为条件，得到他们的帮助，同意出版。这一可能跟近来联合国教科文组织把昆曲列为世界优秀文化遗产有关。总之，出版社已经定夺。您可以放心了。您为此书的努力，虽然山东未能实现，我同样对您万分感谢！

我和允和的旧信，能得您收入书信集稿，这是给我们荣誉。谢谢！

允和跟我结婚七十年，婚前交友八年，一共七十八年。我向来没有想过会有一天，两人中间少了一人。忽然她离我而去，使我不知所措。后来我忽然想起，青年时候看到一位哲学家说：个体的死亡是群体进化的必要条件。我恍然大悟！我已经九十八岁，活到一百岁也只有两年了，跟她同归灵山，为时不远，这是自然规律。这一想，我也泰然了。现在我除耳聋之外，健康大体正常，生活可以自理，只是电话要由保姆代听。承挂念，特此奉告。

我闲暇无事，写些杂文消遣。这里附上《苏联历史札记》一篇，不准备发表，请指正。

敬祝

健康快乐！

周有光
二〇〇三年七月十日

4　昌华先生：

大作《走近大家》收到，谢谢！

两次夜半起身，诵读大作。书中写了那么多人，可说是琳琅满目。

我，铜臭出身，不知文学。老来补读史书，乱写杂文，消磨余年。这里寄上近作杂文一篇《人类文化的结构形式》，敬请指正。专祝
文安

周有光

二〇〇三年九月十日

5　昌华同志：

二〇〇四年九月十四日信收到，谢谢。

最近我有三本旧书重新出版。一本是《中国语文的历史续述》，由美国张立青女教授译成英文，俄亥俄大学出版社"进阶丛书"出版中英文对照本（二〇〇三）。一本是《世界文字发展史》，由上海世纪文库出版新版本（二〇〇三）。一本是《语文闲谈》，由北京中国文库出版社新版本（二〇〇四）。

此外，商务印书馆正在排印一本《周有光语言学论文集》，明年出版。三联书店要出版我的《百岁新稿》（杂文集），明年出版。《群言》杂志最近九月号刊登我的《后资本主义的曙光》。

《合肥四姐妹》英文本，美国耶鲁大学金安平女教授著，此间想翻译成中文出版。由于有美国知识产权问题，听说尚在接洽中。

陈安娜，女，美籍华人，爱好昆曲，任美国昆曲研习社社长，常来北京，自称是张充和、张允和的学生，几年前出资把《昆曲日记》制成电子版。现在的书本版是在电子版的基础上重新编辑整理出版的。

《水》还在出版，不过改为网络电子版，最近出版了新的一期，有彩色照片。读者只能从电脑下载，没有书本版了。最近一期纪念张元和、张兆和和傅汉思的去世。《水》的文章选集，已经有一集正在排印，定名《似水年华》，这是张允和生前选编的。以后可能要继续选编出版续集。

　　本月十二日，张充和从美国来北京，在现代文学馆举行"张充和书画展览"。

　　前天，我的外甥们陪我去朝阳公园，记者拍了照片，登在当晚《北京晚报》上，引来亲友电话问暖，喜出望外。

　　敬祝
秋安

周有光
二〇〇四年九月十九日

6 昌华兄：

　　语言使人类别于禽兽，
　　文字使文明别于野蛮，
　　教育使先进别于落后。
　　了解过去，
　　开创未来，
　　历史进退，
　　匹夫有责。

周有光
二〇一〇年五月四日　时年一百零五岁

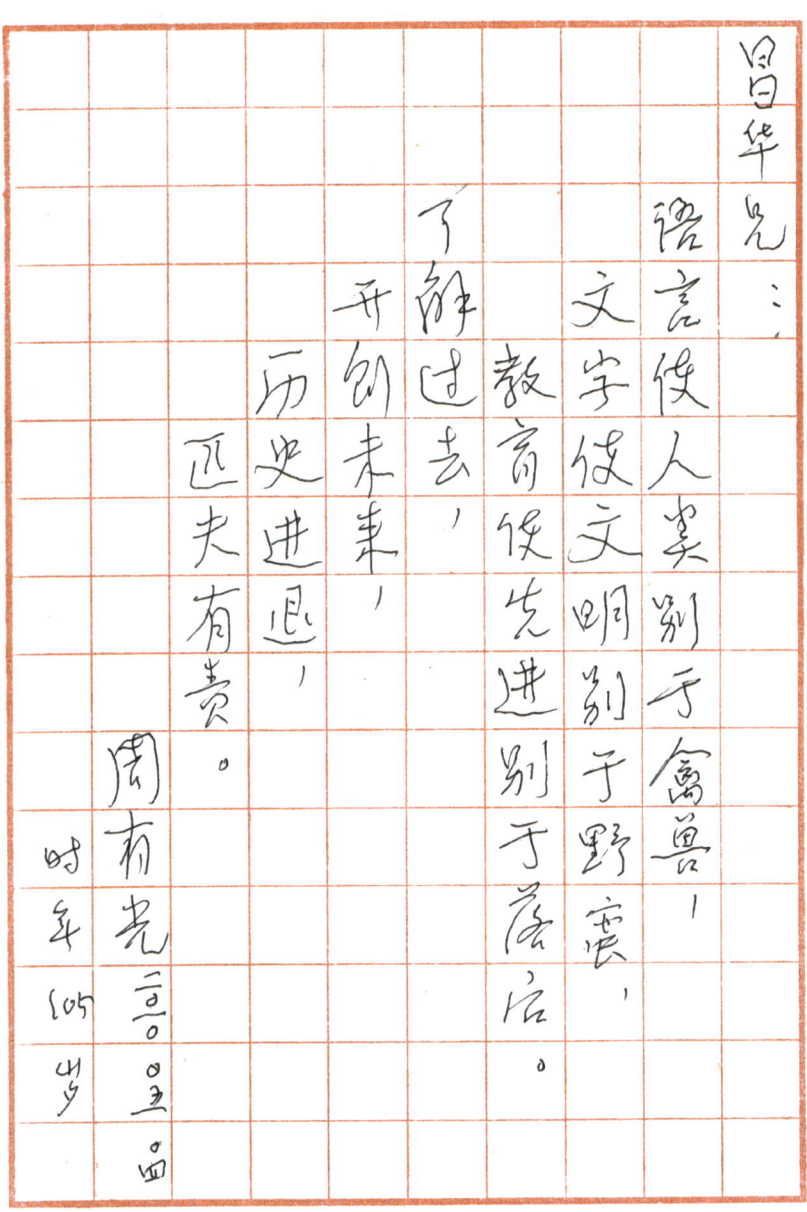

昌华兄：

语言使人类别于禽兽，文字使文明别于野蛮，教育使先进别于落后。

了解过去，开创未来，历史进退，匹夫有责。

周有光 二〇一〇五四

时年 105 岁

• 周有光致笔者函（2010年5月4日）

7　昌华先生：

二〇一一年三月二十日来信收到，谢谢！

您想为我出版全集，非常感谢！

去年我出版《朝闻道集》，"商务"说不敢出，"三联"说不敢出，后来由"世界"出版，删去部分文章，并限制印数。出全集要请示，那是当然。语文作品没有问题，杂文要删除"不合时宜"的文章和字句。

北大苏培成教授也想为我出全集，尚未成功。其实，不必出全集，可以出丛刊或合集，去除次要著作和内容有重复的著作，这比全集更好。如有愿意承担的出版社，我想介绍苏教授跟您合作。他在北大担任语言文字学课程多年，最近退休。

附上我的单行本著作目录，供参考。您的好意，万分感谢。

专祝

时绥

周有光

二〇一一年三月二十五日

周有光:"我的功德还不圆满"

我与周有光过从十五年,未通过一次电话(他耳聋),信也只有八通,尚不足其夫人张允和给我信的半数。而允和健在时,周有光给我只写过一封信。他的信千篇一律,都是老式四通打字机打印的,只有一通是手写。说来有趣,二〇一〇年我想编一本自己收藏的《名家翰墨》,陡然发现没有老寿星的墨宝,于是我设计了一个"圈套",着意给他邮去一张红方格笺纸,请他下次回信写在这张纸上,旋有这封二〇一〇年五月四日的手写信。此信内容独特,是他自创的格言式警句,写法别致,分行书写,楼梯式,忽高忽低,而且把一叶笺纸写得满满当当,十分有趣的是信末还署上他的时年"一百零五岁"。

周有光说"匹夫有责",那绝不是世俗所云、嘴上说说的那种,我们可从他晚年的作品《百岁新稿》《拾贝集》《朝闻道集》中读出。他对教育,尤对青少年的成长十分关心,二〇〇九年,他托李锐转呈给时任国务院总理温家宝的信就专说这个问题。一百零五岁的周有光不顾李锐的再三劝阻,硬是坐着轮椅,让儿子周晓平推着去向李锐道谢。

周有光的信内容多谈书稿,偶及生活。辑在这儿的二〇〇三年那封,谈张允和的《昆曲日记》出版(参见张允和篇),很有故事。他本想在我社出版,但选题通不过。不得已我"走偏锋",打通了各个环节。走流程时,我想请周有光以个人名义给省里某人写封信,说句希望领导"关注"之类的话。他马上让允和给我打电话,先是感谢，然后直说："此事万万不可，宁可不出。"二〇一三年周有光先生茶寿，我请毛乐耕撰嵌名联："有恒有道有灵慧，光国光宗光学坛。"由邵燕祥先生书写，我寄周有光先生，他很高兴，特地让儿子周晓平打电话来感谢。朋友们都说，这副对联是对周有光"有光一生，一生有光"的经典概括。

上联曰："有恒有道有灵慧"。

"恒"者，久也，常也。周有光本一学人，喝洋墨水长大，早年学经济出身，与黄金、美金打交道，中年奉命改行研究语言文字，做波泼摸佛游戏；晚岁研究历史，从故纸堆中寻觅云起云落之秘奥。

然先生毕竟一书生，业数变而道不改。先生是砚田的耕夫，不时将从业心得播种在方格垄亩中，以白纸黑字存世任人评点。鲐背之年，仍坚持为《群言》杂志撰卷首语，数年不辍，时有惊世骇俗警句显现笔端。期颐年后，还陆续出版《百岁新稿》《拾贝集》和《静思集》等多部作品。我手写我心，一刻不消停。

"道"者，路、途径、方向也，又曰道义也。周有光之道，崇尚人文，尊人权，主张人道，弘扬人性……总之将人字大写，把人字写端正。诚此或是他一生"有光"之本。一百零五岁时，他还出版了《朝闻道集》。语出《论语》"朝闻道，夕可死矣"。

"灵慧"者，灵敏睿智也。周有光慧眼如炬，洞若观火。他理智、豁达又幽默。他理智，面对沧桑世事"卒然临之而不惊，无故加之而不怒"，以一颗淡定的心，坐看斗转星移。一百零七岁时接受记者采访时说："别人都做五年计划，我只做一年计划。不过我相信，活到一百零八岁，我没问题的。"果不其然！还大大超过。

二〇〇四年，周有光大病了一场，他以为大限已到，孰料又"活"了过来。我看望他时，他对我说："佛家讲，和尚活到九十九岁时死去，叫圆寂，功德圆满了；而我的功德还不圆满，被阎王打发回来了。"

周有光的灵慧或曰慧黠，还表现在创新上。他百岁后的杂文立意新颖，观点独特，往往穿越时空。诸如《刺客列传和现代恐怖》《苏联历史札记》《后资本主义的曙光》等等，有对苏联从崛起到解体的分析，有对东西方文明特征及其融合、冲突的解读，还有对语言文字的形成和发展等的论述，故有人誉他为"思想者"。

8　昌华先生:

尊作我和有光看过。有光说:"很好,很好!"我说:"写得好,也很幽默!"

现在稍稍增删几个字。不用改。就是太夸张我们老头、老奶奶了。

我想,题目是否可以稍作增改。1.两个(一对)老幽默,2.参观两个(一对)老幽默。

因为两个"老幽默"三个字,没有夫妇的意思。改得并不一定对,做惯了老师,不但喜欢改人姓名,也改人文章,这就是"古之患者好为人师"!

祝

编安

允和

一九九八年七月三十一日

•张允和(1998年,北京)

9　昌华先生：

　　八月二十八日您来我家，我又是唠唠叨叨的（地）说个不停，这个坏习惯改不了。也怪我的保健大夫龚广才不好。他说老年人多语症好，痴呆症不好。

　　我翻了我们的《水》上《温柔的防浪石堤》，第一次是"左手到右手"，第二次"右手到左手"。《扬子晚报》是错了。怎么回事，那位先生说的对。我（们）虽然没有在沙发上重演这出戏，可是我是（和）小田（保姆）会演了。

　　您这次来，我虽话多，可是还没有谈透。希望有一天您再（来）北京的时候，再听我吹。这次我又抢了光。不然，周有光侃大山的本事比我高。他侃的是世界大事。

　　祝

编安

张允和

一九九八年九月一日

10　昌华先生：

　　您说我给您的信是"墨宝"，不敢不敢。黄永玉说他婶婶的姐妹都是书法家。其实我的字在十姐弟中是最蹩脚的一个。不值得"珍藏"！

　　《人民日报》（海外版）一九九八年九月十七日有苏文华先生的《巴金、冰心入盟"双叶丛书"》，想来这四部"双叶集"已出笼，能先得一本"自我欣赏"吗？

　　上次谈到的周有光收集的汉语拼音设计是三十四个，第三十五

13

个是我们的方案。我想把它复印一份发表一下，省得人家创造方案。

我有二十多本日记。昆曲部分，已由龚益先生打印出来，有三十多万字。现在由曲友校刊（勘）。附龚的《编辑絮语》。

我们的《水》已编到八期。九期是我爸爸的专号。一个暑假我没有用电脑，因为心脏不好。现在天气"已凉天气未寒时"。我开始打一篇《四个书房》，副题是"冬宫和夏宫·芭蕉院子的内外"，是写我的父亲张吉友的，今年是（他）逝世六十周年。

非常高兴见到您。谢谢您的捧场！

允和

一九九八年九月二十一日

11 昌华先生：

寄上充和的信封地址。我当另有信给我的四妹。

"双叶集"给我们带来了欢乐，否则这两个节日是很难过的。曾蕾才给我电话，她昨晚十时才到北京。

看了巴金的文章，真是文情并茂，感人泪下。

我呢，写的文章，都是家庭小事，而且写的都是叫人不哭的事。有人说我的"伤痕文学"写得不是血糊斑斑，而是幽默。对吧？可是我的一生，也是伤痕累累。我就不敢下笔。我想还是要写，我口述，让小蕾记。

祝

文安

允和

一九九八年十月六日

12   昌华先生：

您让我找我兆和三妹谈沈从文和她的"双叶集"事，看来无有结果。因为兆和近来身体不大好。而且《沈从文家书》，很像"双叶集"。我也不能勉强她。

我偶然想到能不能编一本张充和和傅汉思的"双叶集"。四妹充和旧诗很多，可以直（值）得写；汉思研究中国的赋，有好多的赋翻译成英文。汉思是著名汉学家，原为耶鲁大学东方语文研究所所长。他的文章可以横排。如果你有兴趣的话，我可以写信给四妹。他们是否同意尚不可知。

今年本月二十五日是充和、汉思金婚纪念。我想编这本"双叶集"向他们贺喜。

我这儿六十本，已所余无几，能否再寄我二十本。书款多少？我得奉还。

《多情人不老》亲友已有很好的反映。昆明、上海、北京等地电话和信不断，他们问何处可以买到此书。北京新华书店有吗？

祝
编安

允和

一九九八年十一月七日

13   昌华先生：

来信与二十本《多情人不老》，均在昨日收到。谢谢！您要的我俩题词书，将在明日寄奉。

书款我还是要还您。现拨一百三十元在我的一本小账上。跟范用先生一样。这本小账，都是人家代我付的钱。将来我们可以聚会大吃一顿。我代（待）客的清茶淡饭，不值几文。

电话中谈及充和四妹的事，只是我的想法。我和定和三弟谈起这事，定弟来信附有充和给他的信。看来我家四妹不愿意出版她的诗集。附充妹信（复印），因此她和汉思的"双叶集"只能作罢！

什么时候来北京，欢迎来我们家吃清茶淡饭，深谈！

祝

编安

允和

一九九八年十一月二十一日

14　昌华先生：

接到您的电话，我就打电话给叶稚珊，她允许再给我翻印。八张中寄您七张。

我又写信给"国际教育基金会"的黄明珠女士，向她要别人拍（的）我和有光的照片。

这次一九九八年十二月二十日的百对恩爱夫妻研讨会，是"国际教育基金会""民主同盟文教组"和"中国社会科学院"的"妇女中心"联合办的，实际上是基金会主持的。五位讲话人，四位是英语，完全是外国风味，很有趣。详细情况，你可以问叶稚珊，她是办事的人，照片上有她。（叶地址略）

另函寄上第九期《水》，其中有两篇是我的文章，写我父亲。九期《水》和上次寄您的《曲谱》，都是一九九八年十二月做的工作。我让人家"抓住现在"，自己也得履行自己的话。

祝

编安

允和

一九九九年二月二日

15　昌华先生：

八月二十日来信及复制照片收到。一百一十元汇款也收到。你真是……

我的儿子周晓平八九岁的时候，整天让记者们带他到处吃饭玩乐。我说记者们吃四方，我儿子吃十方。现在我也成了吃十方了。

一九九八年十二月的百对恩爱夫妻照片，有八张。张张有我，大出风头。从七月十一日到八月二十四日，我这儿有七篇报刊上登载我。今寄上最后一篇，又寄两书的勘误表。

北京仍旧在三十度上下，国内外来访者也很多。我的儿子又不在国内，幸亏我的五弟夫妇在这里陪我们。

草草。有空再给你写信。不打你，你是张家的好孩子，奶奶舍不得打你。

祝

秋安

允和草

一九九九年八月二十五日

昌华先生：

8月20来信及复制照片收到。110元汇款也收到。你真是…。

我的儿子周晓平八九岁的时候，整天让记者们带他到处吃饭玩乐。我说记者们吃四方，我儿子吃十方。现在我也成了吃十方了。

1998年12月的百对恩爱夫妻照片，有小张。张多有我，大出风头。从七月十一日到8月24日，我这儿有些剪报刊上登载我。今寄上最后一篇。又寄两书的勘误表。

北京仍旧在30度上下，国内外来访者也很多。我的儿子又不在国内，幸亏我的五弟夫妇在这里陪伴我。

草々。有空再给你写信。不打扰你。你是家的好孩子。妈妈舍不得打扰你。

祝

秋安

允和上
1999-08-25

· 张允和致笔者函（1999年8月25日）

张允和:"你是张家的好孩子"

在我结识的亦师亦友的文学前贤中,真正说得上"忘年交"的大概也要数允和先生了。每每进京,我总爱到她府上拜访,见茶吃茶,遇饭吃饭,从不言谢。张允和对我也不见外,某年冬天常常早上六点钟就打电话给我,第一句总是:"张昌华,吵了你吧。我年纪大了,早上睡不着,就给你打电话……"(第一次谈出版《昆曲日记》事)然后幽默地说:"这个电话是周有光叫我打的!"允和朋友多,因此常让我买《多情人不老》。她请我代购书就有七八次之多。记得某次她汇款来买书,我将她的购书款退给了她。她来信抱怨我"你真是",又云:"我的儿子周晓平八九岁的时候,整天让记者们带他到处吃饭玩乐,我说记者们吃四方,我儿子吃十方,现在我也成了吃十方了。"我说作者是编辑的上帝,为您跑腿是天经地义的,如有不周全的地方,可以打屁股。她在来信中说:"不打你,你是张家的好孩子,奶奶舍不得打你。"读此信真让我乐得不轻。她的语文功底了得,她把我写她与周有光的文章标题由"两个老幽默"改为"一对",凸显夫妻关系,足以见之。我和张允和先生之间的友谊,就是在这种看似世俗的人情往来中增进和加深的。

我因公多次拜访过张允和,每每开门迎接的是她,赐坐赏茶的仍是她。温文尔雅的周有光先生总是姗姗来迟。一俟寒暄毕、坐定后,张允和便对老伴说:"周有光,张昌华来了你不陪客人说话呀。"老先生笑笑,示意自己耳朵上塞的助听器,表示不便:"我耳朵不好，你们说，你们说。"再以后，我洞察其秘，这是张允和玩的"礼让三先"之计。张允和的话匣子一打开，便妙语连珠，拾也拾不赢。周有光"指控"她是"快嘴李翠莲"。与张允和聊天，话题极广，古今中外、山南海北、天文地理，她答对呼应一如行云流水，时而夹杂两句唐诗宋词，时而穿插一句洋文，冷不丁抛出一个典故，让你不敢贸然接话。

她八十岁时写了篇回忆六十年前与周有光在黄浦江边第一次约会的散文《温柔的防浪石堤》，十分温馨，纯美可人，三联编辑曾蕃"逼"她拿出来发表，尽管张允和害怕别人说她"老不要脸"，还是被我强行编入《多情人不老》中。周有光先生耳背，"聋子好打岔"，笑话就多了，往往就会"岔"得令人喷饭了。张允和常常在客人面前调侃周有光："我不能跟他说悄悄话，隔壁邻居听见了，他还没听见！"

张允和有时爱和周有光"对着干"。他喊卖姜，她偏说不辣。那倒不全是为了取乐，准确地说是"撒娇"。她常说："他呀，不敢惹我。"张允和认为周有光是他的老师、先生、朋友、爱人、恋人。她常把周有光挂在嘴上，逢人爱夸。有人不以为然时，她说："他好，我才夸他！"

一九二九年，张家办了个家庭刊物《水》，出了二十五期。中断。一九九六年在张允和的倡议下复刊，她是"总经理"，编、印、发一条龙，八十六岁的她还学吹鼓手，玩电脑打字。自《范用买水》的故事在报纸上发表后，索《水》者越来越多，她干不动了，交给五弟寰和。后来由沈龙朱接手，由纸本改为电子版。

张允和的生活信条可以用几句名言概括："不拿别人的错误惩罚自己；不拿自己的错误惩罚别人；不拿自己的错误惩罚自

己。""文革"中，面对着无理取闹的小将们，她不恼不怒，她对我说："如果我儿子、孙子跟我'斗猴'，我生不生气呢？当然不啰。"张允和对女性的权利十分关注，她曾对我说，她不喜欢看电视《水浒》，刀枪血火，尽杀人，尽杀女人。那个卖烧饼的武大郎就三块烧饼高，为什么不能宽容人家潘金莲追求点儿爱情。

张允和先后出版了《最后的闺秀》《张家旧事》《多情人不老》。十分遗憾，她的《昆曲日记》曾想在我社出版，无果。后由我转至浙、鲁、沪多家出版社，都被视为"鸡肋"，"割爱"了。张允和逝世后，还是由周有光陈请语文出版社出了，帮她圆了出版的梦。

2　王映霞（1908—2000）

（26 通选 11）

（1995—1997）

1　昌华先生：

　　惠书奉悉，款已收到。近日我因头晕而什么事也不做。有关自传问题，计划虽佳，但不知能进行否？须等陈律师来商谈后再告。唯我已向小丁（言昭）借来一本安徽（文艺）出版社（《王映霞自传》）（书商出的。——编者），翻开一看，错字非常多，内容简直就像缩小的台湾版本，不知你见过此书否？今尊函已由小丁转至丁老（景唐）先生过目后再谈，如何之处，容后告。匆匆草复，祝大安！

王映霞

一九九五年十一月十三日

2　昌华先生：

　　十月十七日信收到。

　　今天收到《深圳风采》杂志，内中有一篇写郁达夫之兄的文章，名为《岁月留痕》，题目很新鲜（作者是郁达夫的大女儿）。还有两张照片同时刊出。下午陈律师来舍，要我看了几张我的旧信，但旧信的后面，有"爱的罗曼"字样，不知此四字是否你们将来拟作标题的，如果是，则请你们改换一下，这个似乎不大好看，像从前社会中"礼拜六"派的文章中的题目，我当时和陈律师笑了好半

・王映霞（1995年，上海）

天。不知你们哪一位编辑的手笔？希望注意。（给）安徽文艺（出版社）的信你们可以写，我和陈律师已讲过，不必由我写。当年，我和小丁只有他们寄来的书二百本。这还是小丁记起来的。新书的题目及每段小标题，请特别注意，不可闹笑话。望慎之。

　　祝好
　　我大约两三天后即离沪赴杭。

王映霞
一九九五年十一月二十三日

3　昌华先生：

　　十日复示收到。邮件非常慢。

　　相片上从右到左是：陈立夫、夫人孙禄卿（已故），我和我的女儿钟嘉利。一九九一年二月中旬，在陈家会客厅中。另一张是陈先生书赠的手迹。

小丁复印的"委托书"已寄来收到。手续费已由她全部寄交陈律师，以后再算。

　　《岁月留痕》能在明年四月出版，甚好。出版后请送我二十本。

　　天冷，我依然腿伤未愈，且每日兼有头疼，无法认真工作，添写在自传上之二章，我已和小丁商量过，可以由她代写，且版本中尚有若干错别字及误句亦须重改过。还应好好的（地）阅读一遍。今天又有人寄来一本桑先生的盗版本，封面五颜六色的好像大花被面，是四川出版社出版的。内中有我与钟（贤道）先生的结婚照一张。题目为《生非容易死非甘》。不知你见过否？

　　复此即问

近好！有事来信

王映霞
一九九五年十二月十七日

4　昌华同志：

　　你大约已经把深圳的友人忘掉了？现在是几月几日，你答应我的书呢？我要问你要书，没有书，也该有封信？

　　我用这样好的信纸写信给你，你不觉得可惜吗？请复。

　　祝好！

王映霞
一九九六年五月八日

5　昌华小弟：

你好！真沉闷刹人。

怎么没有信来？小丁这里有消息吗？

请便中去封信问问。我在惦记。祝

平安

　　　　　　　　　　　　　王老

　　　　　　　　　（一九九六年）七月十一日

信封上的地名不同了？这就是我的住处。这样写，信快些。

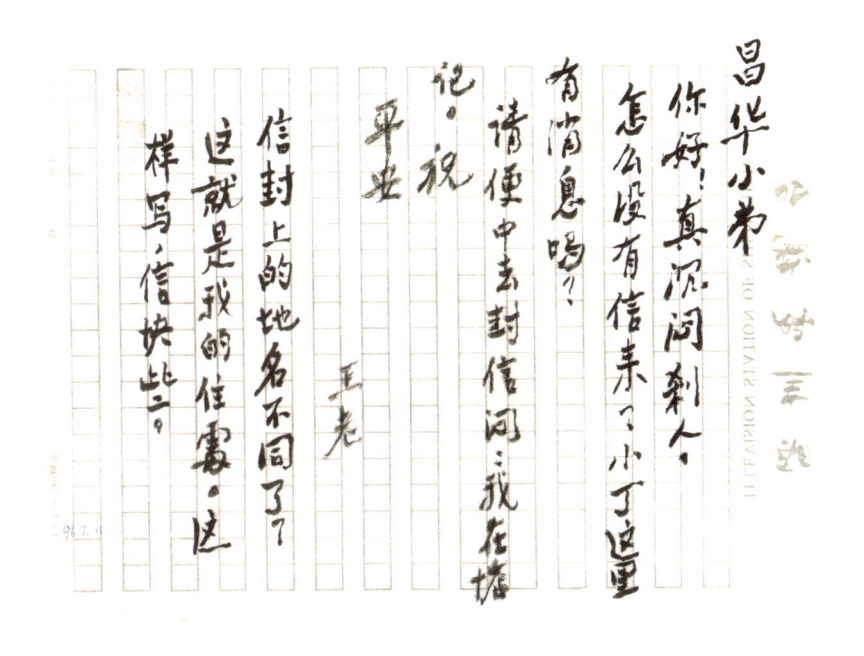

・王映霞致笔者函 1996 年 7 月 11 日

6　昌华同志：

　　我首先应该感谢你夫人送我的一张相片。望你转言。其次我要向你表达歉意。为我寄来了《岁月留痕》的封面样片，太漂亮了。很好，非常好看。谢谢你。

　　七月十八日的信也同时收到。

　　我一九九一年从台湾回来后，和立夫先生就没有通过信，彼此都无来往，但知道他家的住址是（略），至于详细地址，恕我无法写出，至于陈先生近日出的一本《九十自述》，我也没有，望原谅。你是否可以写封信去问问。就写我上面给你写的地址，一定可以收到。出《郁达夫全集》我没有意见，但看你们怎么出法，望事先告我。匆匆不另。颂

夏安

王映霞
一九九六年七月二十四日

　　我在做客，既无图章，又找不到印泥，写字是马马虎虎乱涂的。想练毛笔字，练好了当再写几张寄上，也不过看看而已，年龄一大，任何事情都做不好。真是古人说的："晚年唯好静，万事不关心。"想想有些伤心，真是"老大徒伤悲"。奈何奈何！

映霞又及

7　昌华同志：

　　八月十二日函收到。

　　我的头晕，系贫血所致。从青年时代开始就患有此症。忽有忽无，忽重忽轻，年龄已高，只能听之任之可矣。

　　书已出，甚佳。可惜我尚未收到。现在的邮件，性急无用。寄香港的信也不过十天八天，而寄上海的信也照样。你急他不急，无用也。再是（有）两天也许书能到达，诚如大汗（旱）之望云霓。奈何！望来信，告以外间各种信息，则幸甚矣。匆复即祝

秋祺

　　有朋友能助我刻印甚佳，以字交换当然愿意，惜我的字太不成体统。

王映霞
一九九六年八月二十日

8　昌华先生：

　　许多天没有写信，因为有时会头晕。昨夜收到了两本《岁月留痕》。起初以为会遗失，收到了之后却半夜未能合眼，看书，一边看一边想，往事实在太觉（值）得留恋了。小丁那里是否已经寄去，在我惦记中。稿酬何时寄来？小丁那边是否也应该寄些去，多少由你们酌夺，但希望告诉我一声，麻烦了，谢谢。封面的底色是灰色的，既文雅又漂亮，你的本领不小，居然在八月份能与世人见面。盼复。

昨天寄出了一张字（有图章），还有几张小字。

收到后请即复，祝

安详

王映霞

一九九六年八月二十六日

9　昌华同志：

大家说《岁月留痕》这一本书式样不错。别人还不知道同人是在三十八度的大伏天赶出来的。谢谢你们大家的好精神。

但我还希望稿酬能加一把劲结出才好呢。小丁这方面，我和她是老户头，彼此都不会计较，你看给她我的三分之一可以吗？今早我和她通了电话，请你再去一个电话征求一下她的意见如何？总之书已出，稿酬就要快些结出才好，拖下去对不住朋友的是吗？

所谓陈律师是否陈友雄律师，请告我，并请告我他的住址！希望你加一把劲。复我！

祝好！

王映霞

（一九九六年）八月二十九日

寄一包书到深圳，要半个月呀！

10　昌华同志：

印章全部收到，望代为转谢。

宣纸家中的正用完，要等我儿子出差回来才能由他买来。家中的佣人一则不会买，二则也没法离开家出去买。这是我们家的规矩，只有两个人时，就不能离开一个，因为我行动不稳，不很放心，所以一定要有三个人时，才敢让他出门购物。一般购物都可用电话，但是我耳朵不便。做人做到像我这样，真可以休矣。奈何！

匆匆再见，祝

万事如意！

王映霞
一九九六年九月二十五日

11　昌华同志：

来信悉。我头昏眼花，提笔不能成字。想离死期亦不远矣。人生至此，尚复何言，唯终日痴坐而已。

所托各事，均能顺利完成，诚益友也。俟账单寄到后再复。小丁处望能先去一信，告以一切，为感。殊不知如今提笔作书诚一难事，希助我一臂之力，感戴何如。人生至此，夫复何言。

匆复即颂

年安！

王映霞拜上
一九九七年一月十六日

王映霞："呵，有点印象"

王映霞在二十世纪二三十年代便活跃在上海滩，有"杭州第一美人"之誉。她见过大人物，应酬过大场面；但她却没有交际场上人的嗜好。她不抽烟，不喝酒，不看戏，不打牌，也不跳舞，连茶也属可有可无，暮年更是如此，唯一有兴趣的是看看报纸翻翻书。

一九九五年夏，我第一次登门拜访，邻居说她骨折住院了。我到医院拜访了她。两个月后，我应约到沪住了三天。每天一次到她府上谈书稿、聊天。为编她与郁达夫散文合集，她要我拟书名。我思索了一会儿，信手写了三个题目《爱的罗曼》《往事如烟》和《岁月留痕》。她用放大镜看了半天后笑了，指着第一个说："这个似乎不大好，像旧社会'礼拜六'派文章的题目。"我惊诧她的记忆与思维。问她用后一个怎么样。她说："他人都早死了，烟飞灰灭，就用它吧。"我请她为本书题签，第二天我去取，一看，横的竖的写了好几款，都很漂亮，展示了她的书法功底。在商量选用的照片时，她指着一张五十年代她与儿子们的合影说："这张最好不要用。"（她不喜欢其中一个儿子）恕我不恭，我从尊重历史的角度考虑，成书时还是把它用上了。她说她喜欢清静，喜欢闭目养神。我问她想什么。她说她想钟贤道，有时也会想郁达夫。他们毕竟相爱过。她告诉我，那年在南洋与郁达夫分手前几天，还亲手为他赶做几套新衣裤，把家用的余钱全留给郁达夫。……那天告辞前，我提出要与她合个影。她很高兴，一手抱着我送的鲜花，一手把床里边的大花头巾拽过来，披在肩上。

在我编辑她的《岁月留痕》和《王映霞自传》书稿两年内,我与她电话、信函不断,她对我的称呼花样繁多、有趣:先生、老弟、小弟;落款是:老王、王老、映霞和"知名不具"。她的字写得相当漂亮、工整,有力度,富男士风格。她每每来信,你必须立即作复,否则她就大为不悦:"信来回要十五天?真急煞人!""小老弟,你是不是把深圳的老朋友忘掉了?"或带命令式的:"复我!"有趣的是一次我出差,复信晚了一周,她十分恼火,在一张别致的信笺上写道:"我用这样好的信纸写信给你,你不觉得可惜吗?"我无奈,赶忙找了一张比她的信纸"更漂亮的"印花的宣纸复信,说明理由赔不是,她的气才消掉,尔后又向我道歉并赠我一幅她的书法作品,真有点老小孩味道。最令我尴尬的是,好像在一九九六年春节的大年初一,早晨六点钟左右她打电话向我拜年,弄得我无地自容。我想说两句"不好意思"的话,她不等我说,抢着说她希望我代她在南京找一家养老院,她要到南京来养老。吓得我只敢"嗯嗯"个不停,既不敢说是,也不敢说不是。后来她没有再问我这件事,我自然更不敢问她了。

王映霞一生生育子女较多,后半生与她关系最亲的儿子当数钟嘉陵了。嘉陵常接老人去深圳,他的生活条件也较好。一九九六年,她致笔者信中屡屡提及"此间生活与上海不可同日而语","儿子请个保姆专门照顾我的生活","天已入夏,我这里有空调,不开,我不喜欢这个东西","给你看看我的这些照片,都是儿子为我拍的",洋溢着幸福感。远在美国的郁飞,也常打电话问候,寄钱寄物;郁荀父子也曾来看望。

一九九九年我专程到杭州去看望王映霞,只见王映霞昏睡着,盖着崭新、洁净的花被子,身着白色镶花边的毛衣,双手伸在被外，脸色显得有点苍白，那纤纤十指虽布满皱纹仍显得秀气雅洁。她仍是个冷美人。我们询问王映霞的近况，女儿嘉利说，老人现在病情稳定了，只是昏睡，头脑不大清楚，语言也有障碍。她说："这次是母亲没有办法，才肯来我们这儿的。她老人家脾气大，个性强。这些年，深圳、杭州、上海折腾个不停……我们做儿女的只能顺着她。有时她会莫名其妙地发脾气，我们不敢答话。"同去的《人民日报》记者李泓冰指着嘉利身上泛白的红毛衣说："你还没有老太太穿得漂亮呢。"嘉利说："别人家的女儿穿旧的衣服妈妈拣过来穿。我们家，是妈妈穿腻了，指着我说'我不要了，你穿吧'。"王映霞醒了。我走上前去，把送她的花篮放在她床边的椅子上，问："王老，您还认识我吗？"她目光黯然，毫无反应。我把我的名字写在纸上，递到她眼前，她接过纸片端看一会："呵，有点印象。"

3 柯灵（1909—2000）
陈国容（不详）

（11通选6）
（1993—2006）

· 柯灵（1998年，上海）

1　昌华同志：

　　月前去了一次舟山、温州，返沪后才得读手书，并惠赠《世界名作家访谈》，复信迟了，歉歉。看大札发信日期，竟是"六月二十日"，不知何故？

　　嘱寄毛笔书写稿，偷懒抄了四首小诗，不知是否有用，请尊裁。

　　长篇难度甚大，进行迟缓，能否完成，写成后又是什么样子，颇难逆料，只好等完成后再考虑出处，盼谅鉴。此颂
文安

柯灵
一九九三年十月九日

中国人民政治协商会议全国委员会委员用笺

昌华同志：

　　日前去了一次舟山温州，返沪后才得读手书，并惠赠《世界名作家访谈》，复信迟了，歉甚。看大札发信日期，竟是"6.20"，不知何故？

　　嘱寄毛笔书写稿，偷懒抄了②首小诗，不知是否有用，请手裁。

　　长篇难度忒大，进行迟缓，能否完成，写成后又是什么样子，颇难逆料，只好事完成后再考虑出处，盼谅鉴。此颂

文安

　　　　　　　　　柯灵 10.9.

1993.

• 柯灵致笔者函（1993年10月9日）

2　昌华同志：

《陌上花》、大札收到，谢谢。柯灵因病住院，大概还需要一段时期才能出院。恐念，特此奉复。并请向苗子、郁风二位道谢致意。等柯灵病愈出院，再给你写信。书印得真漂亮。

祝

文安

柯灵爱人　陈国容
一九九五年九月十四日

3　昌华同志：

来信及赠书三册先后收到，十分感谢。书名很有意思，我们将一一拜读。寄到的复印件，有关郁达夫蒙难，郁风在抗战胜利五十周年纪念会上的发言，还有廖冰兄之父，都交（教）《世纪》的一位熟人拿去，交编辑部考虑，若是刊用，实是好事。这位熟人曾于（一九）九五年参加富阳举行的郁达夫蒙难四十周年纪念会，她对此项材料很关注。

柯灵下周或可出院，慢性病在家休养较好，至少伙食可以改善，也免得我牵挂。

感谢你编的好书，独创的编排。

此祝

编安

陈国容
一九九五年十一月十七日

4　昌华同志：

　　手书奉到。承见赠《苏雪林自传》，谢谢。此老为"五四"前辈，自应有传流传。

　　白尘是我尊敬的朋友，相交有年，为他的文集写序，义不容辞，何况又有您和金玲大姐雅嘱。无奈力不从心，只好请特别恕谅。我已到望九之年，十年来为写序所困，苦不堪言，虽痛下决心摆脱，而未能如愿，手头积欠序文，尚有六篇之多，不知何时清偿。务祈亮察，并向金玲大姐婉为解释，不胜感拜。耑报并祝
文安

柯灵　上
一九九六年六月二十七日
国容附候

5　昌华同志：

　　辱承枉顾，得接清辉。手教亦先后奉到，照片四帧，尊书贺词，一一拜收。大文溢美过当，尤令惶悚汗颜。虚度九十，老而无成，乃蒙如此厚爱，诚不知何以克当也。

　　自传作者人选，约请手续，悉听尊裁，我没有意见。陈子善同志自是佳选，但他现在日本，能否俯就，亦未可必也。

　　大文随函璧还。草草，即颂
文祺

柯灵
一九九八年二月二十三日
国容附候

6　昌华同志：

《许广平文集》推荐信遵嘱写奉，不知合适否？收到请简复免念。

　　祝

好

柯灵

一九九九年三月二十四日

附《许广平文集》推荐信稿

《许广平文集》全集三卷，江苏文艺出版社一九九八年一月初版。这是许广平著作最完备的结集，包括搜罗到的许氏作品全部。文集由周海婴负责主编，鲁迅博物馆提供资料，其中如根据鲁迅和许氏原信真迹排印的《两地书》，许氏致朱安、胡适、周作人的信等，都是首次公开的第一手资料，具有极大的权威性。特别重要的是许氏作品，不但对鲁迅研究有不可缺少的重要价值，许氏本人，又是由五四运动直接培养的中国现代女性典型人物之一。一九四七年初版问世，上海出版公司印行的《遭难前后》一书，是许广平在抗战期间遭日本宪兵队逮捕和反抗残酷迫害的实录，郑振铎在该书序文里称赞"这是中华儿女们最好的一个伟大的模范，值得千百年后人诵读的"。一九八〇年《遭难前后》由香港文学研究会重印，我在序言里也特别说道："中国女性有自己的民族特点，独特的精神美。几千年的封建因袭重担，沉重地压在她们身上，给她们带来了温柔,也带来了坚忍,因此在中国历史上叛逆的女性特别多,也特别动人,景宋先生就是一个新的典型。"

《许广平文集》对中国现代文明史和妇女运动史,无疑具有重要的学术价值和史料价值。特此推荐参与中国图书奖评选,是否有当,请予审定。

柯灵
一九九九年三月二十四日

柯灵："读书心细丝抽茧，练句功深石补天"

借墨结缘，我与柯灵先生交浅，然先生待我不薄，或面教或华翰。先生身传言教并行，在道德文章为人为文方面，给我教诲良多。或荐介书稿，或挥毫写序，或惠赐佳构，润暖肺腑。一九九六年我编《陈白尘文集》，金玲女士多次嘱我托请柯灵为文集作序。是时先生年届望九，体衰气弱，我冒昧乞先生浏览书目著文，实为悖理不近人情。信既发出，我怅怅不已。爱莫能助的先生即复长函，表示实在无能为力，嘱我务必"向金玲大姐婉为解释"。墨磨一生，耄艾之年还为人情所磨，而我竟不察矣。

己卯元宵节，我途经申上，得两小时逗留便道拜访，万没虑及适逢先生九十华诞，厅堂花篮簇拥，锦盒叠嶂，而我徒手登门好不尴尬。我欲出外去置点礼品，陈师母伸臂拦截，说："君子之交淡如水嘛。"先生从里屋步出，寒暄赐坐，款以香茗。第一句话便是解释未能替陈白尘先生文集作序而抱憾。记得那天，我请先生编本自传，入盟本社"名人自传"丛书，先生耳背，凑过身来，我又说了一遍，他淡然一笑："我只是个小学毕业生，全靠自学，才薄有文名。"又说："我对自己有个评价，四句顺口溜：少无囊萤之功，壮无雕虫之技，胸无登龙之法，手无缚鸡之力。"先生的谦恭，如春雨润物泽被后学。关于他那自传，见我言辞恳切，陈师母打圆场解围，先生仍默而不语。我与陈师母相商，拟请陈子善先生选编。时陈君在国外讲学，未能及时操作，稍后出版社沧桑多变，我亦退隐，已无力张罗，自传之议徒成一纸空谈。为弥补徒手之愧，回家后，我信手涂鸦，写了副寿联："九十曾留千载笔，十年再写百龄篇。"连同在《人民日报》发表的小文《近访柯灵》的剪报，一并呈奉。先生鸣谢"拜领"，又云："大文溢美过当，尤令惶悚汗颜。虚度九十，老而无成，乃蒙如此厚爱，诚不知何以克当也。"最令我铭感的是一九九九年春，我不知先生住院，盲目地托请他为《许广平文集》写一推介文字，那时先生手抖已不能握管，终日卧床。基于对鲁迅的崇敬和与许广平的情谊，他抱病浏览了文集，在病况稍愈时写了热情洋溢、贴切肯綮的千字文，还附言"遵嘱写奉，不知合适否？"这是先生给我的最后一封信。

柯灵是多届全国政协委员、常委，民进中央副主席。《人民政协报》创刊伊始，主编张西洛向其请益，他坦陈："'政协报'专说'政协话'，那意思就不大了。"他认为："只要不违反精神，应该有不同的声音，不同的语言，副刊尤应如此。""要有雅量，只要说话有理，不怕有棱有角"，还幽默地建议副刊名叫"神仙会"。在一次全国政协小组会上，讨论民主问题时，他口无遮拦："民主是争取得来的"，"如果民主是恩赐的，那就叫'主民'了"。他在诠释"相互监督"时，直言"肝胆相照"是相互的，"是双行道"。作为一位民主党派人士，他说他要"下定决心当共产党的诤友，不当执政党的清客"。

"读书心细丝抽茧，练句功深石补天。"这是柯灵悬于书房的一副对联，是他创作的座右铭。他的"非人磨墨墨磨人"成了一句名言，他为《浙江文学志》写序，浏览数百万字资料，八易其稿，以春秋史笔写就。九十高龄时为故乡的《飞翼楼记》写碑文，阅十万字背景材料，最后成文时连标点在内四百一十七个字。

柯灵缁衣素食一生。家中除了书以外，似无贵重长物。平时生活节俭。他失聪，一度想换一只好的助听器都舍不得。晚年他获誉颇多，亦有奖金。每次得奖金，他总要拿一半赠希望工程或慈善机构；有时甚而拒领。他为秋瑾祖居纪念馆题词，纪念馆寄来稿酬，坚辞，退回两次。他为上海烈士陵园撰碑文，陵园送稿酬一万元。他又拒绝："为烈士写碑文，表达我的崇敬，怎么能收钱！"柯灵常自慰此生"可以勉强做到俯仰无愧，内心安适"。

且用杨绛对他的评述作结："聪明不外露而含蓄在内，他并不光芒射人，却能照见别人看不到的地方。"

4 高兰（1909—1987）

（7通选4）
（1962—1976）

1 昌华同志：

　　来信都收到了。因工作较忙，未能及时回信，希鉴谅！

　　近来我们也在学习雷锋，想象你们部队中一定更为深入吧！预祝你在学习中取得显著的成绩。

　　你的习作看过了。写的不大好，没写出练兵生活的特点。我看倒不如写一篇记述短文也许会真实生动些，同时对自己的写作也是一个练习。你说是吗？

　　祝

好

高兰

一九六二年四月三十日

2 昌华同志：

　　来信及照片都收到了。相照得蛮有精神。

　　我返校已近十日，回想此次曲阜之行，能见到你，真是意外的收获。只是星期天参观孔庙孔府，整整一个上午，下午与师院（曲阜）教师开座谈会，晚上做报告，真是一点工夫都没有。累你久等真是对不起得很。

山东大学

昌华同志：

　　年书已收到。您太客气了。我是诗歌爱好者之一，您是一位青年诗作者，这是一件值得高兴的事。不过近一时期以来，就爱好诗歌言之，也缺乏经验和新到见解。山大学报已所刊登者不多。峨嵋也只是在本月18日去曲阜师范学院，应邀在那里讲诗歌点。曲阜师院之邀，是十月的构思，可能自九日起先去三处，希望能笼统荷话妈我！有向毛主席的十九首和海商音。不知是否符合。

　　敬礼

　　高兰 六二、十、六

高兰致笔者函（1962年11月6日）

回校后工作较忙，但本月十七日那天济南市举行支援古巴诗歌朗诵会，还是参加了。我抽时间写了一首诗，并且还登台朗诵。当天及次日，省电台均曾广播，不知你听到没有？在这样的场合，我是很容易想到你的。因为你不仅喜爱诗，并且是英雄的中国人民解放军的战士。

希望你听党的话，听首长的话，好好地学习现代军事科学技术，好好地学习马列主义毛泽东军事思想，保卫祖国保卫世界和平。这是作为一个中华人民共和国军人的天职。我深以能认识你为荣，随时都在等待着你的捷报。我也努力做好我的岗位工作，为工农兵服务，为祖国培养下一代的有用人才贡献出我所有的力量。

这张照片是十月底到青岛参观访问时照的，谨遵嘱寄给你。

这两天正在赶工作，因为下星期起我将参加省人民代表大会十五天，许多事不能不在会前赶出来。匆此即祝

健康

高兰

一九六二年十一月二十五日

3　昌华同志：

接来信欣慰无似。弹指光阴转眼就是十年！十年之中你已为人师，为人父，而且工作极有成绩。至于我呢，则悠悠十载殊少尺寸之进。看来真是不管你向前迈不迈步，时光总是要从你的脚下流走的！

关于主席诗《送瘟神二首》的解释，一向分歧之至。我们写讲义直至付印时还争议未休。确实是难以遽下定论的。在你谈的不同意见中，我的看法较倾向于前者，即对于"一样悲欢逐逝波"认为是说在旧社会里悲者仍悲，欢者仍欢。日复一日，年复一年。其次，认为这两首诗是连章体，前一首写旧社会，后一首写新社会。如果在前首中便说，悲欢一样已都一去不复返了，那么后首中的"借问瘟君欲何往？"又将怎样解释呢？不知你以为然否？

年来我较多病，我老伴已因病退休了。她住在济南。我这半年也一直住在济南治病。这也是自然规律，年龄大了，一些慢性病总是难免的。

你说的潘德民老师，我记不太清楚了。一来时间很久而我的记忆力又坏，二来我当时在萃（汇）文中学只住了几天便走了，因为我只是应同学之邀到那里玩玩的。但仍请你代问潘老师好，恐怕他现在已是将近五十的人了！

山大与曲师合并已三年了，但这学期又盛传着仍各回原校之说。详细情况我因卧病在家不大了解。

一两月之内我仍不能回曲阜，有信请寄济南利农庄无线电线材厂郭君陵收（我们现仍住在你曾来过的那间屋子，只是已属于山东科技大学了，所以投信请寄所开地址）。

专此布复即颂

刻安　我老伴问你们全家好！

高兰

一九七三年十月六日

4 昌华同志：

您好！得来信极具同感，真是很久没通信了。我自曲阜搬回济南后总是病不离身，时好时坏，缠绵之至。很多时间用在跑医院上。近来改服中药，加上严格控制饮食，大体还过得去，唯体力日衰矣！

我老伴这几年患冠心病，已于前数年退休家居养病。我则限于规定，一时还不能退休，好在目前工作不多尽力而为，同时系里中青年同志较多，大都意气风发胜任愉快，因此也并不影响教学，正所谓"病树前头万木春"也。

诚如来信所云（一九）六二年的事，犹历历如在目前，转瞬间十多年过去了，你已为人父母，我已将届古稀之年。这也是自然规律。金陵夙称胜地，我第一次去时尚为一九三一年，亦即"九一八"事变后参加了赴京请愿的青年学生行列，住在金陵大学。第二次去就是一九五六年了，是去沪开会路过性质，只住了三二日便匆匆告别而去，若干年来竟无缘再去了。

你爱人做什么工作？你的老家是否南京？家里的老人都在吗？

你们在莫愁湖的照片照得很好，遗憾的是我在此间已很久未照相了，照时一定寄给你。

专此即祝

合家康泰

高兰

一九七六年三月三日

高兰："矢志效春蚕"

高兰先生与我非亲非朋，我也不是他的桃李门墙，用今天追星族的话说，我只不过是他的"粉丝"而已。六十年前（一九六一年）我是刚入伍的小战士，一个爱写顺口溜的文学青年，驻地在山东曲阜。某日当我从《大众日报》上获知高兰在《山东大学学报》上发表了《试论诗的构思》，就冒昧地给他写了一封信，希冀求一册。本是心血来潮，试试而已，不料一周后便接到高先生热情洋溢的来信。

一九六六年我退伍回到南京，到一所中学当语文教师，"文革"一起，便与高先生断了联系。直至一九七六年春，我以请教语文教科书中毛泽东诗词《送瘟神》如何解读为由，试着给高先生写了封信。他回信很快，但情绪低落，云学校已由曲阜迁回济南后（山大一度迁到曲阜，与曲师合并），总是病不离身，整日与中药为伍，体力日衰，又说师母于数年前已内退在家养病……

高兰，当代著名的朗诵诗人，被称为"朗诵诗先驱"。本名郭德浩。燕京大学毕业，师从冰心。冰心欣赏高兰的诗作，称他的诗"形象而生动"。"冰心不仅在文学的风格和治学精神上，给了他深刻影响，同时在思想修养、道德情操上，也给他重要启迪。"一九三七年，郭德浩为好友、东北义勇军将领天照应写祭诗《吊天照应》时，稿毕抬首偶然瞥见壁上一幅高尔基与罗曼·罗兰的合影，心灵的火花瞬间闪爆，文末首次署名"高兰"。

时至今日，仍有多家网站以《抗战时期的诗歌先驱者高兰》《不该被遗忘的高兰》为题，系统地介绍高兰的为人与诗作。就在笔者写这篇小文之前，还在一个叫"中国播客网"的网站上欣赏了保尔先生那如咽如泣、荡气回肠的高兰朗诵诗《哭亡女苏菲》。

新中国成立后，高兰执教于山东大学，曾任中文系主任。一九五一年加入民盟。他积极接受思想改造，为新中国放声歌唱，创作了《我们的生活，好！好！好！》《向工农兵致敬》《让生命发出声响》等现实主义诗篇。在抗美援朝期间，他作为省人大代表访朝归来，写了抒情长诗《用和平力量，推动地球前进》，中央人民广播电台曾多次邀他去朗诵；然而，就这样一位与时代同步、为真理而歌的诗人在"鸣放"时，引用了清人的一句诗"马后桃花马前雪"，比喻山东的发展不如北京快，呼吁山东应加油。仅此而已，他被人戴上了"帽子"。诗人的歌喉被禁锢了。直至二十世纪八十年代初，高兰的错划右派问题才得到彻底改正。尽管如此，高兰不怨不怒，以一颗平淡的心对待辛酸的往事："矢志效春蚕。"

高兰于七十三岁时入了党。党是入了，心中的余悸未消。据山大学报编辑贺立华回忆云：为庆祝臧克家八十寿辰，他约高先生写一首短诗。高先生第一次在诗稿上称"克家同志"，两天后又索回，说克家还不是党员，我称他为同志不妥；于是将"同志"改为"克家兄"，落款是"弟高兰"。又过两天后，高兰第三次找贺立华要改。贺问为什么。高先生说："我现在是党员了，怎么能随便和人家称兄道弟呢。"于是将"兄"改为"老友"。为了一个称谓，糖尿病晚期的高先生，拄杖往返编辑部三次！

5 萧乾（1910—1999） （76通选27）
文洁若（1927— ） （1992—2021）

1 昌华同志：

一月九日手示诵悉。今年恰为我与洁若结缡四十周年。我们已用合译《尤利西斯》来纪念了。如能再合出一个集子，当然更好。所以，回答是完全同意。

我这部分，已请我的亲密助手（现代文学馆研究员）傅光明同志代选了。因为他不但写了我的传，并为海峡两岸数家出版社编过我的集子。对我过去以及目前的写作情况最熟悉。他住在北京（略），电话（略）。我家电话为（略）（日夜）（略）（白天）。文史馆电传（略）（当日可送来）。

图片也均在光明处。

你们这个点子想得极好。搞出版就得这么动脑筋。我全力支持一切严肃的、认真的、从民族文化出发的举动。

此颂

春祺

萧乾

一九九四年一月十五日

• 萧乾（1996 年，北京）

2　昌华同志：

　　示悉。奉复如下：一、已问过冰心老人。她的已故先生吴文藻（是我的老师）是学者，不是作家。她一时想不出可以编入集子的文章。为了保持这个可能，我说江苏那位同志三月来。届时你可再同她或她的女婿陈恕教授联系。他们住在一起，住址为北京（略），电话（略）。可以先找陈恕，因她的书房距离电话很远。二、为了是（使）你对文洁若有些了解，现寄上她的履历。她还送你两本书。她译过三五本书（英、日文），写过几本。三、我们选好之后即寄你，还是等你三月来时面交？因选题尚未报。四、傅光明写过我的传，编了我六本集子。可也是他选好，我点了头，他再去复制的。作为我与他（合）编也可以。如有编辑费，则给他。如没有，也从我的报酬中给他。

　　即颂

春祺

萧乾

一九九四年一月二十一日

我们两人目前正为译林出版社合译《尤利西斯》，与李景端同志经常通话。我家号码（略）

3　昌华同志：

前信想已收到。原来那套夫妻合集的选题尚未上报。我们认为这选题很对我们两人的心思，所以积极过了头。不但集子二十万字已编成，我把序也写了（五千字），是傅光明抄的，而且抄完没拿我再看一遍就发给上海倪墨炎编的《春秋》了。我原来想代你们在文末做个广告，加一句关于这套丛书的话。现在看来不妥。因不知其他三对是否也像我们这样立刻就答应下来。总之，如果你想利用我这序，在文末与倪墨炎商量加上一句，请与他联系（地址略）。

关于书的编者，既然不能独用傅光明，就只好用我们两人的。如仍不统一，也可照你们原来的安排。编辑费也不必由你们付他，由我个人付吧。这样可简单些。

总之，统一同其他三个集子一样好了。

我相信这套书一定不胫而走。我在序的开头就点出：从字里本事说，比一般集子多一层人情味，会引起读者好奇，而对二作者来说，自我有纪念意义……谁也没有同老伴出过合集。

祝

好！

萧乾

一九九四年一月二十五日

4　昌华同志：

　　你好。有件事拜托。李辉最近在贵社出了一本《萧乾传》（责编虞善国）。他送了我一本。我想自购三册，请你社代寄给他们（各一册）：一、上海（略）巴金；二、上海（略）上海作家协会竹林；三、北京100081中央民族学院（略）谢冰心同志。请示知书价及邮费以便汇上（如您来京，即面付更好）。

　　即颂
春节好！

萧乾
一九九四年二月十二日

5　张昌华同志：

　　合集稿送上。我希望：一、编者署名傅光明。如不宜，则我也加上。但实际上是他花的力气。二、希望给他一至二百元编选费。a. 由出版社付，b. 由我们的稿酬中扣除。但希望：一、直接寄他（略）；二、即便由我稿酬中扣，亦不要注上（原信标注。——编者）。

　　照片用毕，祈掷还。

　　即颂
文祺

萧乾
一九九四年二月十九日

6 昌华同志：

示悉。合集即照尊意定为《旅人的绿洲》吧。谢谢你为此书所花的心血。题目想得雅而恰当。随函寄上书名。我们仍在日夜为"尤"（即《尤利西斯》。——编者）而拼搏。九月可望竣事。中卷出后再寄上。

匆问

文祺

萧乾

一九九四年七月二十日

7 昌华同志：

您好！现送上我同文洁若的照片计二十八幅，供你为我们的合集选用。一、这些都是我们最喜欢的照片，而且全无底片（友人拍的占绝大部分），所以用毕务必逐一退还（我们另签赠一幅寄给你）。而且a.制版后不必等出书即还；b.最好托便人带。如寄，务必包扎好，挂号。二、照片数量肯定超过需要。这是为了你便于选择。不过我们二人未出过合集，以后也不会再出，所以希尽可能多用几张。三、照片内容大致分a.二人合照，b.与友人或家人合照，c.外事活动（八十年代我们一同出国访问十一次）。现将照片编号如下。四、我在希望尽可能选入的照片前，加了个△号，供参考。①一九五四年结婚照（五月一日，自拍），②一九五四年结婚照（五月十六日），③萧乾文洁若以及岳母万佩兰及三姐常韦，④去看冰心大姐（一九九〇年十一月二十八日，柳琴摄），⑤与巴金合影（一九八五年一月，北京饭店，陈复礼摄），⑥与新加坡副总理兼外交部长拉甲·拉南（萧乾旅英时好友）会晤，⑦与纽约大学校长布赖德玛斯（一九八六年，应邀赴该校讲学一个月），⑧一九八四年访问挪威时在易卜生故居（一九八四年九月五日），⑨在挪威易卜生故居前（一九八四年九月），⑩与萧乾的美国堂嫂安娜（萧乾在圣迭戈大学讲学时，特由洛杉矶赶来相会。萧乾九岁时向她学习英语），⑪偕游马来西亚槟城（一九八五年一月），⑫与挪威驻华大使阿内逊夫妇（一九八六年十二月五日授挪威王国勋章之后），⑬与美籍作家陈若曦女士在天坛（一九八二年七月），⑭在家中合影（一九九二年秋），⑮在家中合影（一九九二年十月），⑯游昆明大观楼（一九九二年五月，戴增海摄），⑰在剑桥大学王家学院草坪前（一九八四年九月重访英国时），⑱访英国时在威尔士波特美朗度假所摄（一九八六年），⑲在纽约自由女神像前（一九八六年十月），⑳在德国巴伐利亚（一九八四年九月），㉑同访萧乾的出生地羊管胡同（一九九一年），㉒萧乾、文洁若、文常韦与美籍作家聂华苓（一九八四年七月），㉓与小儿萧桐（画家）（一九九一年八月二十四日），㉔在香港中文大学与黄林秀莲女士，㉕在承德避暑山庄普陀（一九八三年七月八日），㉖与三姐常韦（一九八八年），㉗一九八八年在书房合影，㉘一九九二年在昆明民族村。

凡有△者，希优先考虑。

即颂

春祺

萧乾

一九九四年八月十日

8　昌华同志：

《旅人的绿洲》已收到。至感。书印得不但好，而且别致。在出版史上可能开创了通过合集表现男女平等的先例。真是别出心裁。书出得如此好，多亏了你的匠心及劳累。谨此向你致谢。

洁若说，如可能代购三百本。已定为她二百，我一百。

我相信这样别致编排装订法，定会引起出版界瞩目。

匆问

近好

萧乾

一九九五年七月十五日

大批书何时印好？

9　昌华同志：

来信太客气了。这点事我能尽绵力，当责无旁贷。唯日记开头的年月（A）就使我困惑不解。

A　一九三四年，我还在燕京大学读书，还未进《大公报》，更未去英，我何以会陪他去看福斯特？我是一九三九年才去英并与福斯特交往的。陈源当时仍在武汉大学任文学院院长，尚未去英。如果是他把年份写倒了，应作一九四三年，倒是讲得通的，但那青年 Julian 又不可能是 Virginia Wong 的外甥 Julian Bell，因他已于一九三九年（？）在西班牙阵亡。

B　Bob 已记不起是谁了。Rob 可能是 Robert 的简写。Julian 则如一九三四年，是可能的。但这里显然是一九四三年的事（Ju

即 Julian 简写吧）。

C 即你的④，福斯特所住之村，名 Abinger，他大概是拼错了。

D Forster 老女佣确实名 Alice，这还记得。⑧—⑨

E ⑩福斯特家中有两只猫，一名 Tinker，另一名 Toma（见我的《未带地图的旅人》，151 页，中国文联出版公司版）。

⑪为 nurse（护士）。

⑫见福斯特散文集 *Abinger Harvest*《阿宾芝收获》。

⑬*Passage to India*：《印度之旅》已有中译本，李辉说，可能是安徽出的。可询《人民日报》文艺部李辉同志。

⑭为 I suppose not（意思是"谅来也出版不了"）。

⑮*Howard End* 为福斯特另一长篇，已有中译本，译名为？还是问李辉吧，我记不准确。这句答语十分重要，说明确有那栋房子，而且那时还有人住在里面。对研究者很有价值，相当于曹雪芹承认荣国府确实存在……

⑯aunt：伯母或姑母。

⑰建筑家全名 Edward Morgan Llewellyn Forster，生于一八四五年，卒于一八八〇年。

⑱crocus：番红花。

⑲primroses：樱草花。

⑳福斯特太太（指其母）。

㉑snowdrops：雪花（一种草根植物）。

㉒Isherwood（译法请问李辉），记得是依希伍德。为三十年代英一青年作家，到过中国。

㉓with love 挚爱。

【中央文史研究馆】

昌华同志：来信收悉了。这些事我试作答复，谅无差失。惟日记开头的年月(A)就使我困惑不解。

A) 1934年我还在燕京大学读书，还未去《大公报》，更未去英，我何以会陪他去看福斯特？（我是1939年末去英会与福斯特有接触的。附带说明一下，我也不"特之幸随总·高末去英。如果是把年份写倒了，定为1943年，似乎时间上也不对。但那样，Julian又不可能。Virginia Woolf 的外甥Julian Bell，他已于30年代死于西班牙内战）

34年，想必是指民国，即1945年，萧也同意

B) Bob 已记不起来谁了。只晓是叫 Robert 的简写。Julian 到为 1934年 . 但这里写的〈1945年冬〉（可以把 Julian 简写化）1945.

萧乾要你问李辉的几处，我已代问，因为长途太贵，写信费时间，未也忙。

C) (应作为④) 福斯特的住之村，名 Abinger，他大概拼错了。   Abinger

D) 阿斯特的老女佣名角名 Alice，忘记记仍。⑧—⑨   Alice

E) ⑩ 福斯特家中有两只猫，一名 Tinker, 另一名 Toma   Tinker   Toma
（见她一生的爱的高的旅人》，151页，中国文联出版公司版）

萧乾致笔者函（1995年11月9日）

㉔Alice 为福斯特老女仆。

㉕cap：小帽、便帽。

㉖Robert：人名，记不准指谁了。

㉗Jane Austen：奥斯汀，十九世纪英国女作家，著有《傲慢与偏见》等小说。

你这是对我做了一次记忆力测验，结果是不及格。

匆问

近好

萧乾
一九九五年十一月九日

我是按复制件号码答的。

10 昌华同志：

你寄来的信及照片，已妥收。非常感谢，也谢谢你的文章，但尚未读到。你真是位感情深厚的朋友，使我感到无限温暖。

我的病情日益好转。现在不但饮食及睡眠正常，且能在室内走上几个来回。洁若意思等天暖了再出院，因家中温度差。

她在此一面照顾我，一面还在译《东京人》。晚年有她这样老伴，是我一生最大的幸运。

匆问

近好

萧乾
一九九七年四月三日

11　昌华同志：

谢谢来示。香港《大公报》《东方文化周刊》上的大作，我都已见到，心中既感激又感动。这次闹心肌梗塞，怪我疏忽，耽误了一周，以致使病情严重了。教训是有病得抓紧看，拖延不得。幸经抢救，又静养了三个月（洁若陪同，日夜照顾），再等个时期就回家了。写此信一是谢谢你的关心，二是拜托你不要再写我的病了，因出院后仍需绝对静养。不想老朋友们来访或函询，因弟写字颇吃力，讲话更不宜。兄当理解。

匆颂

近好

弟萧乾上

一九九七年五月十二日

12　昌华同志：

病中获兄来示，不胜快慰。

所写大文无误，无改动，谢谢。

我自去年即住院、疗养，洁若亦在此相伴。一恍人即九旬边沿，脑力不济，常丢三落四，文章写不出，信也潦潦草草。奈何！

每日看看报纸，在混日子。希望天暖时有好转。

希望兄在文学事业上多多发展。您的笔真勤快，这本身即是一大资本。我将是您的读者。

此颂

著安

萧乾

一九九八年十一月十四日

萧乾："尽量说真话，坚决不说假话"

一九九三年，我拜访萧乾谈到"双叶丛书"作者人选时，萧乾说"一定得把钱锺书、杨绛先生请进来"，我说我不熟，他说他们交情也不深，但可"曲线救国"，请舒展先生帮忙，说着他便为我给舒展先生写信。告别时，我提出想与他合影留念。他笑了笑，坐上沙发，便招呼小保姆帮忙。拍照时，我坚持我站着，他说"那我也站着"，还真的站了起来。我说："您是大作家，我是小编辑；您是长辈，我是后生。"萧乾反对："编辑和作家是平等的。"我说："不行，不行。"萧乾莞尔一笑："那好，一样来一张。大家平等。"就这样，几乎同一瞬间，拍下两张不同姿势的合影。告辞时，萧乾坚持送我下楼，到楼梯口，他忽然把嘴凑到我耳边轻轻地说："以后跟老人谈话，把声音放小一点，老人爱静。"我顿时脸红如赤布。萧乾见状马上拍拍我的肩膀，微笑着说："第一次见面就批评你，不好意思。没关系，下次注意就好。"我这才想起在与萧乾交谈不久，他借端椰汁给我之便忽然一转身，移到桌子对面坐下与我对谈的事来。

萧乾把书稿分两批寄来，还应约写了一篇长序，但忘记了起书名。我打电话请他补写书名，他嘱我代劳。我提议书名叫《旅人的绿洲》，问萧乾可否。先生来函称"雅而恰当"。

《旅人的绿洲》出版后，我登门送样书。他对该书的内容、形式和装帧很满意，还在他的那本书上题了"昌华同志，谢谢你的精心编辑"送我，后来又在《中华读书报》写了篇《智慧与匠心——

向出色的编辑致敬》，他认为这本书的编排方式"在出版史上可能开创了通过合集表现男女平等的先例"。

萧乾先生古道热肠，对我的编辑工作帮助极大，不仅为我介绍了柏杨、林海音以及聂华苓夫妇等一批海内外社会名流，而且在具体的编辑工作中，也给予鼎力支持。我在编《双佳楼梦影》时，陈西滢女儿陈小滢要求增补一篇新发现的二十世纪四十年代陈西滢的日记，记录陈西滢拜访英国作家福斯特的事。原稿上的字迹太潦草，文内夹杂许多用英文书写的地名、人名、花草名，我无力处理，恳请萧乾帮忙。那时先生已八十六岁，身体又不好，还抱病致我一长函，满满三大页，从字迹辨认、质疑到纠错，引经据典作了二十七条注释。

萧乾处世之厚对人之诚，溢满信的字里行间。仅举一例，现代文学馆研究员傅光明是他的学生，萧乾十分赏识他，称傅是他"亲密的助手"。《旅人的绿洲》中萧乾部分的文章就由傅挑选。萧乾向我提出该书署名时署傅的名字，"如不宜，则我也加上。但实际上是他花的力气"。还叮嘱我，一定要给傅选编费，方案是："a. 由出版社付，b. 由我们的稿费中扣除。"但希望直接寄他。"即便由我稿酬中扣，亦不要注上。"还特地在"不要注上"四个字下面加着重号。

一九九七年，我去北京医院看他，那是我们最后的一面。

萧乾一直关心我的成长和进步。相识不久，他问我写不写文章，我说以前写，做编辑后工作忙就不写了。他说，要写，一定要坚持写。你写了，你才知道作家的甘苦，你就容易和作家沟通。你有了作品，更方便与作家在平等的位置上交流、对话。大概自那以后，我陆续写点小文章。退休后的十五年，我一直坚持写作，写了

《曾经风雅》《民国风景》等四部文化名人随笔,这在很大程度上是受萧乾当年的鼓励所致。

　　某年我造访时,央视"电视书屋"剧组采访他。主持人请他谈对时下书评的看法,萧乾说:"目前搞好书评有难度,社会风气不大适宜,本来一部新书出版,应有许多人出来评头论足说三道四,而我们现在的书评往往一边倒,全说好或全说坏,以偏概全。说好话(假话)的人多,说坏话(真话)的人少。"记得那天他气喘病复发,喘了会气又说:"有人想说真话,可是一说真话,马上就有人反驳,结怨;而且,现在风气不正,有人用权、用钱,用不正当手段来左右评论。""更有一些人对自己圈内人的作品一味唱赞歌,言过其实,这样的评论谁爱看呢?"主持人请他说一句最想对大家说的话。他说:"尽量说真话,坚决不说假话。"

13　昌华同志：

　　来信收到了。同意抽掉《黄》等二文，换上《巴金印象》。最近又写了一篇《张权的高风亮节》。如果你认为可以考虑此篇，把《金鱼胡同》抽掉，就请把同封信发给《上海滩》，地址姓名为：(略)。

　　我姐姐的照片，附上六张。一九三六年的那张，就是我在文章末尾所提的。一九五四年的，则是萧乾为她拍的。如果六张均用，更有意义一些。宁可抽掉一些我们二人的。这六张，从未发表过。

　　您过奖了。可惜那天我到外文局去看《尤利西斯》校样，没能见到你。萧乾对你这位责编称赞不已。

　　我们二人把《尤利西斯》译本，也献给了常韦三姐。二文题目不同，比雷同好吧。

洁若

一九九四年三月二十九日

・文洁若（2000年，北京）

14　昌华同志：

　　来信收到了。上次我曾去一封信，说我们打算把稿费全用来买书，想已收到。今年四月四、五日，我将陪萧乾赴上海，住衡山宾馆。四年前，我们就去过一次，开的是"笔记丛书"开幕式。这次是四集出齐的总结会。大约六日或七日，译林社李景端打算在上海举行什么《尤利西斯》三卷出齐的活动，大约还有为读者签名的活动。这样，扩大影响，可多卖若干本书。你们都在南京，何不跟他们凑在一起，这样，买《尤》的读者，很可能也同时买《旅人的绿洲》。最近几年纯文学陷入低谷，我也常为出版社难过。我译的《光枝的初恋》（中本高子著，三十万字）某某文化出版公司不但分文未付稿费，还要求我校改另外两本书（共二十五万字），为他们拉了五千美金赞助。而且《光枝》还印了五千册。凡是比某某文化出版公司慷慨的出版社，我都很感谢。（他们只送了我四十本书。）当然，我被该社狠狠地"宰"了一次，此生再也不会跟他们打交道了。

　　我想，到上海后，萧乾呆在宾馆休息，预先把《尤》和《旅》二书签好字，我则在书店现签。总之，希望《旅》的出版不要拖期，至少先装帧出二三百本，送到上海。你们都在南京，请直接与李景端社长联系。

　　附上明信片一张。萧乾嘱笔问好！

　　匆祝

撰安！

　　　　　　　　　　　　　　　　　　　　　　　洁若

　　　　　　　　　　　　　　　　　　　　一九九五年一月二十三日

又及：昌华同志，现在是一月二十四日上午，刚才李景端又打来了电话。萧乾同意，他在上海从事丛书总结会活动期间，我可以单身赴南京、杭州活动一下，扩大《尤》的影响，顺便也推销《旅人的绿洲》。所以你只要和李联系好，你们就不必来上海了，我去南京就是。我只希望在我们二人合译的《尤》的带动下，我们合写的第一部集子也能有些影响。对我来说，我写的十万字，比译的一百万字来得重要。

李景端办公室的电话（略）。

《旅人的绿洲》是我的宠儿，也是您精心编出来的，但愿它借《尤》的东风，能交好运。

洁若

15　昌华同志：

九日我们签字售书，萧乾上午九点多就提前溜走，在女作家竹林（我们的干女儿）陪同下去看望巴金。我一直签到下午五点钟才脱身。所以您的信，是由竹林代转的。您送我的花，也小心翼翼地带回沪，由竹林以您的名义送给了巴老。所以此信我先寄给竹林，请她写封信给您，详述当时情况。她也可以再向小林打听一下她的意思。南京之行，来去匆匆，我正在写关于南京大屠杀的文章。

六月间，将在北京三味书屋（和我们的住处位于同一条大街上）搞签名售书活动。《旅人的绿洲》或许可以赶在一起签。其实，我在南京一天签了五百本，在上海两天签了一千本（排队的一千位读者，全都满足了），已到极限了，《旅人的绿洲》再搭进去，实在招架不住了。在北京，可以在自己家预先签好，不会那么紧张。

《西蒙波娃回忆录》已妥收，印的真漂亮，可惜要到明年才能定下心来读。

萧乾走到哪里，都兴师动众。岁数大了，我一个人保驾不了。我只身去南京则简便多了。是一个人去的，也确实没让译林花什么钱。六日晚，下火车就去电台，八点回答读者提问（通过电话），和陪我的译林副社长竺祖慈每人吃一碗馄饨（一元五角），次日没吃早点（记者一早就来了，没工夫去吃），中午是《书与人》请（你也在座），下午参观南京大屠杀纪念馆。晚饭是译林请的。八日又没吃早饭，赶去参加座谈会并签名售书，中午新华书店请，下午签到四点多钟，又匆匆赶到火车站回沪了。回京后，参加了两天研讨会，今天才稍稍喘口气。本月一定把"大屠杀"一文写好。

洁若

一九九五年四月二十一日

16　昌华同志：

今天四月二十六日，刚刚发现三月二十日写好的信尚未发。原因是日本女汉学家冈田拜子突然带着《我与萧乾》日译稿来华，约我去和平宾馆。我们一道研究了几个难题，然后她把译稿留给我。足足忙了一个多月，今天才校完。这才开始清理案头纸匣中的大批待发的稿子和信件。你曾向我要我们的合影，今寄上一张。我们的相片多得很，此张不退给我也可以。五、六月间做些杂事，看看书，下半年想开始写一部以我的早年生活为背景的小说。某某某不愿意说她那部《赤彤丹朱》是自传体小说，实际上她的出生年月和经历与小说中的人物一样。《我与萧乾》是纪实文学，书中所写无虚构。我想把小说起名《昭子》。一九三四至三五年，我三姐确实用"昭子"这个名字与青梅竹马的男同学陈济生写过信。直到她去世后，我才知道。你把《前言》写好底稿就寄来吧。萧乾嘱笔问好！

洁若　于北京医院
一九九七年四月二十六日

17　昌华同志：

十二月二十一日信写完后，觉得干巴巴，不值得一发，所以搁置下来。现有一事相求，浙江文艺出版社准备出版萧乾十卷集。一九九二年十月萧乾曾为西安的曲儒大师（微雕）写一篇序，登在《银潮》上，不知你可否替他复制一份，寄到北京医院（见信封上的地址），该文脱稿是十月十二日，所以可能发表在一九九二年十一或十二月（也许是一九九三年初）。《银潮》几年来一直按期寄给我们，但很少给他们写稿，不愿再麻烦他们给寄复制件。记得那年在南京，打了几次电话都没联系上。

萧乾的肾功能仍不见起色，能勉强维持现状，还能写点短文，大夫也不敢轻易让他出院。去年夏末秋初，他主动要求出去，结果八天内体重由六十公斤减至五十七公斤，赶紧又回来了。目前已恢复到六十公斤。我把其他计划全推后，首先把他护理好。退休后，我马不停蹄地干了十年，也该喘口气了。祝

春节好！

洁若
一九九八年元月二十八日

我们仍住原来的病房。曹禺曾住八年医院。反正他的肾功能已由一九九〇年的 26％ 降到现在的 11.23％。倘若降到 10％ 就不好了。我每天清晨五点起来,给他蒸山芋、芋头,代替主食,对肾功能有好处。只要护理得好,我相信能让他活到一百岁。冰心已九十八岁了。

18　昌华同志:

谢谢您的电话。现在我是继(一九)五七年之后,第二次尝到"世态炎凉"。好在现在母亲和姐姐已去世,孩子们也大了,没有经济负担,比那时轻松一些。但我老伴儿不是在农场,迟早能回来,而是再也回不来了,滋味自是不一样。但一些势利小人,在他生前就已变了脸,不知他觉察出了没有。好在现在人也走了,我力所能及地为他整理全集。世上还是好人多,有不少过去不肯锦上添花的,给我雪中送炭。北大的孟昭晋教授率领一批研究生,正在整理他四十年代为《大公报》所写社评。

附上《萧桐……》一篇,请你试试《东方文化周刊》能否刊登。萧桐的文章原来登载(在)香港《明报》月刊上,我把原文和图片六张也复制了。杂志我只有一册,画是彩色的,如果想刊用的话,请把所附信函寄去,请他们直接给我们寄去一本。决定看用否再说吧。

洁若
一九九九年四月十九日

19　昌华同志：

正好要给李景端信，有要紧事，得挂号，所以题字和您的信就由李交给公子（张遇），转给您。

我的脑子很空，在为华夏出版社赶译一本《圣经故事》。每天有定额，所以懒得想新词儿，只抄一首宋诗，跟你一道欣赏，省点事。

我喜欢这首宋诗所表达的那种简单、原始的意境。现在又迷电视，又是卡拉OK，乌烟瘴气。我一人守在（着）这五间屋子，每间屋子都是书，只看看报，电视也不看，广播也不听。一九四九年以前，祖父买的那座四合院里，过的就是简单的生活，只比那时多了三种电器：电饭煲、微波炉、电冰箱。（电灯、电话当时也有。）（纸裁小了，少写几行）见反面。

请公子便中把李景端交给他的你这封信带给你。你们不住在一起，他回家看望你时，带给你就成，没有时间性。李同志原想告××（出版社），这样会影响"纪念文集"的销路，我拼命制止，他接受了我的意见，我表示感谢。

洁若

一九九九年十二月十八日

明年春节我可能获一枚日本外务大臣勋章，奖励我几十年介绍日本文学的功绩，但先不要外传，你是好朋友，故告知。今后我可以有更多的活动能力，所以我也高兴。原想萧乾能活一百岁，他提前走了十年，我至少应活一百岁，再工作三十年！二十一世纪要看我的了。我们互勉吧。——又及

20　昌华同志：

你打电话来，我才知道×××并没把稿费给你送去。

去年李景端同志曾写信给×××，说要告××出版社。吓得辽海的×××赶到南京去向李景端同志道歉，把稿费亲自送上门。我要他把你的稿费也送去，也省得以后再汇了。春节你来电话，才知道你至今未收到稿费。现将我给他们的信给你寄去，你附在你给他们的信里。

人如果没有足够的精力、健全的体魄，真难应付这种种杂事。出"纪念文集"本是好事，但如果×××带走的大批资料照片全丢光了，那叫得不偿失。

萧桐那里，妻子郭利一月十九日生了个女婴，很健康。但我相信我抽不出时间去探亲，他们有朋友帮忙，也有设备极好的托儿所、幼儿园。今年春夏之交，我会领到一枚日本外务大臣颁给的勋章，今秋应国际交流基金之邀访日。我很注意健康，我越能发挥作用，越能让更多的读者了解萧乾。我之所以能独自在北京奋斗，不去投奔儿子儿媳，是因为我在这里有事业。母校清华图书馆也来函向我征集著译。我问了好几位在京的同班生，均未收到。说明一九五〇年大学毕业以来，这半个世纪的努力不是徒劳的。萧乾在最后二十年里，第一个条件是健康！祝你在新世纪里做出更大的成绩。

文洁若
二〇〇〇年二月十一日

21　昌华先生：

我那篇拙劣的小文，经您重抄，成了您的墨宝，谢谢！

日本人做事，莫名其妙。前年那个表彰，在日本是七月七日颁发的，他们不肯出飞机票，请我们去，于是趁着外务大臣驻华的机会，在北京大使馆举行仪式（八月二十九日），刚好您赶上了。今年四月一日，日方正式通知出版总署此事，出版总署转告人民出版社总编室的张贤淑，告诉了我。以后就无下文。我打电话问刘德有（他于二〇〇〇年六月获此勋章。据他说，在日本，是四月二十九日颁发），（他说）在中国的人，总会在适当时机，举行仪式，恐怕是五月至八月之间吧。萧乾是"天才加机遇"，我是"勤奋加机遇"。今年我还译了池田大作的几十首诗，将由作家出版社出版。……

文洁若

二〇〇一年一月十五日

22　昌华先生：

任真先生想把"双叶丛书"中我那篇《文学姻缘》收入他编的《说夫道妻》，我要寄张照片给他。考虑到相片易折损，索性把写给你的信附进去。另有一封托你转交译林出版社的信。这样也可以保护照片，又给你和公子添了麻烦。我为你写的短文，稿费收到了，剪报没收到。可否把剪报复印一份，将来寄还照片时，可把照片夹在剪报里，厚一些，起保护作用。今年三月二十三日，日本政府颁给我一枚二等勋章，因而想起两年前你参加仪式事。谢谢。

文洁若拜

二〇〇二年八月三十日

23　昌华先生：

　　这贺卡您也许会在阴历大年初一收到。最近太忙，常常感到体力不支。一月十七日，在大使公邸授勋。跟上次您参加的外务大臣那次不同。二〇〇二年十一月三日公布的受勋名单，中国人有三个。一等的两名是宋健（中日友好协会会长）、杨振（元［原］驻日大使），三等为李德（前任北京日本学研究中心主任）。一等的二位，另行安排，我和李德安排在一起，叫勋四等瑞宝章。先由大使用中文致词。我本来准备好了中文的书面致词，后来李德用的是日文，我就临时改用日文，即兴发挥，效果其实更好。双方各请四人。我请的是我弟弟、我外甥女Iris（她母亲是我大姐，嫁给了美国人，Iris的丈［夫］任联合国教育基金会驻华代表）。仪式完毕，就餐。除了我们十人，有大使、公使（二人），各带夫人，就是六人，另外就是国际交流基金的负责人。《文汇报》笔会一月二十日刊登了拙文《那时萧乾在上海》，您看到了吗？文末所说要在上海郊区给萧乾修坟，并立一全身青铜像，是真的，二〇〇三年即可实现。

　　问嫂夫人好！

文洁若

二〇〇三年一月二十四日

昌华先生：这贺卡您也许会在阴历大年初一收到。最近太忙，常々感到体力不支。一月十七日，在大使公邸授勋。跟上次您参加的外务大臣那次不同。2002年11月3日公布的受勋名单，中国人有三个。一等的两名是宋健（中日友好协会会长）、杨振（元驻日大使），三等为李德（前任北京日本学研究中心主任）。一等的二位，另行安排，我和李德安排在一起。所勋四等瑞宝章，先由大使用中文致词。我本来准备好了中文的书面致词。但李德用の是日文，我和临时改用日文，即兴发挥，效果其实更好。双方各请四人。我请の是我弟々，萧乾外甥女（她母亲是我大姐，嫁给了美国人，她丈夫Iris 任联合国教育基金会驻华代表）。仪式完毕，酒宴，除了我们十人，有大使公使（二人）各带夫人，总是六人。另外邀请国际交流基金の负责人。文汇报"笔会"1月20日刊登了拙文《那时萧乾在上海》，您看到了吗？文末叙说要在上海郊区给萧乾修坟，并立一全身青铜像，定要在2003年内实现。

新年快樂 萬事如意
Wish you Happy & Prosperous New Year

问嫂夫人好！

文洁若 2003.1.24

・文洁若致笔者函（2003年1月24日）

24　昌华先生：

　　来信收到。二〇〇二年九月以来，我被卷入某某的骗局里，经济上损失达三十二万人民币（约美金四万），大病几场。所以这时写我的成绩，等于是挖苦我。奈何！不经一事不长一智。现在人心不古，物欲横流。我托李景端先生替我出出主意，怎样对付某某文艺出版社拒付《萧乾译作全集》稿费事。请你把手头那本《一对老人》借给他用一个时期。谢谢！

　　连"文革"的地狱都经历过来了，某也好某某（出版社）也好，耗费了我的精力，但拖不垮我。健康状态最近很好。八月十六、十七两天，香港《大公报》刊登了我写的《我的一九四五年》。九月二至六日，统战部邀我到京西宾馆参加谈"抗"的一次活动。这样的活动，萧乾参加过不知多少次，也谢绝过。在我来说是头一次，所以积极参加。

　　《萧乾画传》，将于二〇一〇年出版，到时候会送您一本。打算把您和公子（少年时代）在萧乾书信中，与他合影放进去。

　　这次翻译全集、创作全集，我都不满意。唯一的解决办法是，我再活三十年（七十八岁至一百零八岁），陈翰笙就真活到了一百零八岁。将来会出版更理想的。你比我年轻，互勉吧。

　　匆祝

撰安！

文洁若

二〇〇五年八月二十一日

25　张昌华同志：

　　蔡晓妮女士给我寄来了合同及目次。我想加三篇。其中①《我被感动过》，写于一九四九年，刊于四月二十一日的香港《大公报》。二〇〇九年六月出版的《回忆胡政之》一书，初次将此文收入。②《和平需要远见——欧战停战四十周年有感》，原载《人民日报》（一九八五年五月五日），傅光明编的《萧乾文集》（十卷本）和《萧乾全集》（二〇〇五年）均未收入。《从"娜拉出走以后怎么办"至今》原载《中国青年》一九八二年十一月号，文集与全集均未收。你可以重新查查。当然，如果字数够了，或你认为不必加这三篇，我还是尊重您的意思。

　　你的公子在《译林》任职，故把致译林社田智与赵薇的信，附在里面，请他转交，谢谢。

　　匆致
编安

文洁若拜
二〇〇九年八月二日

　　附上三文的复印件（略）。

26　张昌华先生：

　　您好！自从《少女日记》出版，我已和她（文树新和杨某之女。——编者）绝交了。本来有几张文树新和杨某的照片，我都送给她了。要不回来了。我在杂志中夹了一张全家福（只缺二姐），可以用。因为"文革"中七个人全提到了。这张全家福和这边八页手稿，以及沈杨文章的剪报，将来寄给《百家湖》时，请一定挂号寄还给我。因为上海图书馆名人手稿馆的人,每次来北京都住在相距不远的盛达园。现在大都用电脑,用手写的人不多了。……

王茹女士的信也附上。可以留复印件,把原件退给我。送给李景端夫妇的相片二张及《北京城杂忆》,请转给他们。匆致

俪安!

文洁若

二〇一三年一月三十日

27　张昌华先生:

您好!最近有一位部队里的书法家(曾师从张仃先生)常敬竹师长,在我家看到了你送给我的《张充和小楷》,非常喜欢。然而,我舍不得割爱。你手头如果还有,能否寄给他一本?我告诉他你的毛笔字写得好,并把你的信拿给他看了。他以为确实写得好。你可以寄给他几幅字。

怕过生日,是怕收到大批蛋糕,还得转送别人。萧乾每次过生日,我都乘公交车,一家家地去送蛋糕。因为拿蛋糕当饭吃,会影响健康。我今年七月十五日,就满八十八岁了(这叫米寿),不敢坐公交车,还得打的,说不定打的的钱,超过了蛋糕钱。至于那四万元,指的是贵社出版的《未带地图的旅人》中英对照本(出版费用),索取了四万元。(其中三万四千元是唐功楷、季可渝这两位美籍华人出的,我个人出了六千元。)

匆祝

双安!

文洁若

二〇一五年一月十一日

文洁若："萧乾没有白疼你！"

文洁若作为萧乾的夫人，绝非因夫贵而妻荣。她是一位自尊、自强、自立的女性。她和萧乾合译的《尤利西斯》，在中国现当代翻译史上当是独占一席的。

一九九三年我拜访萧府不久，文洁若将《旅人的绿洲》关于她自己的那部分文稿寄给我，并客气地请我"指正"。展读文稿，敬意倍增。她那种兢兢业业的敬业精神，一丝不苟的编辑作风真令我感佩。她寄来的文稿除一半是已发表的铅印物以外，其余部分都是她亲手誊写的。字虽然不能算漂亮，但是绝对工整、清楚，撇是撇，捺是捺。稿面整洁，偶有一两处笔误，她都作精心处理：或用涂改液，褪去原来的重写，或挖去舛误字句，用同规格的稿纸誊写好，再从稿纸背面粘上去，方格框框对得齐整整，天衣无缝。稿面几乎没有勾画痕迹。即使是那些已发表过的铅字，她也一一作了校正。丛书对入选的文稿有特殊的要求，我审读了文洁若所选的篇目后，觉得其中有两篇，可能出于作者的某种考虑，但与丛书的要求不甚贴切，不得已我斗胆给文洁若写信，婉转地说明我的意见。她接信后即来电话，表示完全同意我的意见。

文洁若对金钱淡漠。某某文化出版公司曾出版她的《光枝的初恋》，她未取分文稿酬；《尤利西斯》获一笔相当可观的稿酬，他们夫妇悉数捐给上海文史馆的《世纪》杂志。《旅人的绿洲》，因当时出版社经济窘迫致使出版期一拖再拖，我写信向她表示歉意时，她复信说完全能理解。又云：将来付酬时，出版社如有困难，就用全部稿费替我买书送朋友吧。

最令我难忘的是一九九五年四月,文洁若的南京之行。那次,她原本是陪同萧乾到上海开会的。时逢《尤利西斯》刚出版,正火爆文坛,她顺道在上海签名售书,两天签了一千套。南京方面效仿,亦请她来签名售书。她把萧乾留在上海,一人悄悄溜到南京,为给出版社省钱,住在条件较差的新华书店招待所。两天的逗留,与出版社座谈、参观侵华日军南京大屠杀遇难同胞纪念馆、签名售书、接受记者采访、会见友人,日程排得满满的,用她的话说"连喘口气的时间都没有",但心情愉快。

那时,我极想请巴金夫妇入盟"双叶丛书",但始终不得要领。文洁若来宁时,我送她一只花篮,次日她赴沪,竟然把这只花篮捧到上海,托竹林以我的名义献给巴金,以成全组稿之事。

萧乾西去后,只要我进京总不忘去看望文洁若。二〇〇四年秋,我到京后即给文洁若打电话,说要去看她。她十分兴奋地说:"明天好吗?明天中午十二点,你必须准时来!"我问有什么要事,非等明天。她幽默地说:"保密!"次日中午我见到她时,我问:"文先生今天有什么大喜事了?"她说:"今天下午三点,日本外务大臣河野给我授勋,你陪我一道去。"

二〇〇九年我进京去看文洁若时,她对我说,明年是萧乾诞辰一百周年,上海方面要搞一次纪念活动。她想为萧乾赶出几本书在会上分发,问我能不能帮忙。我当即表态一定竭尽全力。回到南京后,我为萧乾编了一本散文集《往事三瞥》,又牵线搭桥,将由萧乾文学基金会出资的《未带地图的旅人》中、英两个文本也安排在我曾供职的江苏文艺出版社,该社用四个月的时间抢印了出来。事后文洁若对我说了句令我脸红又欣慰的话:"萧乾没有白疼你!"

我与文洁若迄今一直保持联系，她致我的信有六十一封。二〇一八年岁杪我去拜访她，当我告别时，她忽然说："张昌华，慢点走，送你一件萧乾的遗物作纪念。"说着从柜中取出一顶她当年亲手为萧乾织的深蓝色的毛线帽。我郑重地接过，马上戴在头上。她看了笑笑说："挺好看，挺好看！"又幽默地说："这可不是右派的帽子。"

二〇二〇年秋，我去看望她时，她右手骨折，还没有全部消肿，又在伏案笔耕。

6 张兆和（1910—2003）

（1通）

（1998）

1 昌华同志：

遵嘱寄上《双叶集》题字二帧。此复顺致

暑安

           张兆和

       一九九八年七月二十六日

多情人·不老

多情·人不老

多情人不老

           兆和题

          时年八十八

昌华同志

　　遵嘱寄上《双叶集》

题字二帧 也复顺以

暑安

张兆和
一九九八年
七月廿六

·张兆和致笔者函（1998年7月26日）

• 张兆和为《多情人不老》题签

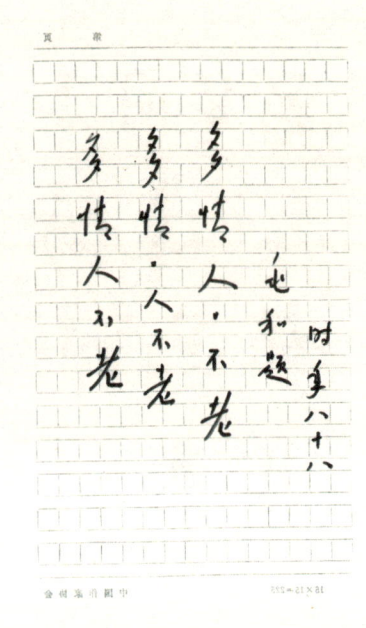

附张定和（1916—2011） （3通选1）

1 昌华先生大鉴：

  十一月二十四日收到舍弟宇和转来惠函，拜读之余，备感亲切！同时也使我惶惶不安。说实话：您确实高看我了。回忆我自己走过的路，做过的事，无非是风云际会，多出自偶然。早年因曾在戏剧学校工作，写了一些话剧插曲。曲随戏走，戏不演了，曲遂无用。自忖并无建树，（不）值得先生为我"呐喊"。不妨引用从文兄的一句话"我和我的读者行将老去"，何况我以带癌生存之身苟延。近来又更觉衰朽，一次感冒能使我卧床半个多月，加上供血不足，时常眩晕，头昏脑涨。医嘱要静养，避免过多活动或兴奋。如此，只得遵医嘱，"静"度晚年。敬祈得到您的理解原宥！并敬致谢忱。

  顺颂

秋安！

张定和
二〇〇四年十一月二十八日

昌华先生大鉴：十一月廿四日发前会第字和薪东惠函雅读之馀，倍感亲切，同时也伤怀惶恐不安。说实话：您确实高看我了。回忆我自己走过的路，做过的事，无非是风雨际会，多半来的横加偶然。早年因曹在戏剧学校工作，写了一些话剧插曲。曲随戏走，戏不演了，曲遂无用并无建树，值得先生为我"呐喊"。不妨引用徐文长好一句话："我和众口读者行将老去"，何况我以第一癌生存之身苟延，近来又更觉裏头，一次感冒触伏我卧床半个多月，加上供血不足，时常晕乎，头昏脑涨，遇嚆需要静养，难免过多活动。些琐如尘远信嘱，

•张定和致笔者函（2004年11月28日）

附张寰和（1919—2014）

（6通选1）

1 **昌华先生：**

  本月六日收到您寄来的《走近大家》，拜读之后，感触甚深。月前我家允和二姐、兆和三姐均作古。上月二十六日（日期不十分准确）四姐夫傅汉思亦仙去。耶鲁大学准备为他开追悼会，但因耶鲁出点事，要推迟些。充和四姐情况尚好，有曲友陈安娜女士作陪，请放心。

  上月三十日北京昆曲研习会在允和二姐逝世周年之际举行曲会纪念她。晓平（其儿子）、蔡安安（干儿子）、许宜春（干女儿）都参加（了）。我们发了份电报去。苏州昆曲界也都发了电报去，这是二姐最高兴的事。因为她为昆曲奉献了毕生。

  充和四姐本拟五月来苏作书法展，因她身体不适（医生开错了药之故），加之国内"非典"，故作罢。她那时最放不下心的是汉思兄，现在他走了，她可以自由活动了。关于《张充和小楷》原拟寄你，想她回来后签了名你更欢喜，故未寄。索性等她回来赠你吧，如何？我住院刚返家，一切乱得很。匆匆　祝
编安

张寰和　于九如巷三号
二〇〇三年九月八日

昌华兄左右：本月上日收到您寄来的《走近大家》样张三句或同也甚深。月春我家兄和二姐允和三姐此作在上月廿六日（日期或书法不确）由姐夫傅汉思亲仙去。耶鲁大学准备为他去追悼会。但因耶鲁出了事，要推迟些。允和四姐情况尚好，有安徽女士陈安娜女士作陪，请放心。

上月九日北京昆曲研习会通知和二姐逝世周年之际举行曲会纪念她。悦华（寿儿子）蓁女（千儿子）许宜春（下女儿）都参加。我们发了份电报去，苏州昆曲界也都发了电报去。追念二姐最好的故事，因为她为昆曲奉献了毕生。

充和四姐本约5月来苏作书法展。因她身体不适（因上开错了药之故）加之国内"非典"发作畏，她都好差校不下的是汉思兄，现在他去了，她可以自由出动了。来信《张充和小楷》尽拟寄你，想她由美去答了合作更欢喜，就专寄。等此事她回来嫁给他吧。如何？我往院中追录一切乱涂涂，匆匆   祝

                          张寰和于九如巷三号
                          2003-09-08.

• 张寰和致笔者函（2003年9月8日）

张兆和："多情人不老"

合肥张家十姐弟的前生今世，已成当代文坛一则脍炙人口的佳话。四个姐姐元和、允和、兆和、充和分别嫁给四位风雅名士：昆曲家顾传玠、语言学家周有光、文学家沈从文和美籍德裔汉学家傅汉思。或许是姐姐、姐夫们名气太盛，六个弟弟显得有点落寞。其实文学家宗和、诗人寅和、作曲家定和、植物学家宇和、教育家寰和音乐家宁和在各自领域均富不凡的建树，都有著述传世。

为张家家族小刊物《水》的选本《水——张家十姐弟的故事》，我与他们十姐弟中七位有过深浅不一的过从。台湾的大姐元和，赠我《顾志成纪念册》；宇和与我生活在同一个城市，时有走动，无信往还；与兆和、定和、寰和都有鱼雁，为节省篇幅，在此综合叙述。

张兆和。我与兆和的缘分浅，一九九六年，三联编辑曾蕾与兆和约好带我去见她，因为我很想为她与沈从文编一本散文集子，纳入"双叶丛书"。此前曾托允和捎话，允和说，三妹不干，说她已与沈从文出版过一本书信集。我不死心，拜访虎雏，希望从他那里找到"切口"，虎雏也说母亲的散文写得少，没有多少可选。故此我决定登门拜访做最后一搏，不料兆和那天突然有事外出，结果仍然以无果告终。后来我请兆和为允和、有光的合集《多情人不老》题签，大概是我没说清楚，兆和用钢笔把句子断开写成"多情人，不老"，和"多情，人不老"，而且以横式竖式写了多份。我抱歉地说句子断开了，不好用，建议最好用毛笔重写一份，兆和不厌其烦，果然用毛笔重署了一款。

张定和。二〇〇四年秋末，我拜访同城的宇和先生，那时他已是八十六岁的老人了，是张家十姐弟中唯一一位学自然科学的，他是植物学家，也不乏才情。我们聊天时谈起定和，他示我一本五万字的定和手写刻印的《定和自叙》，密密麻麻的蝇头小楷，漂亮极了。"自叙"童年部分写他的儿时保姆高干干（奶妈）的故事，我很有兴趣，加之定和在音乐上的成就，我想写写定和。于是经宇和介绍，给北京的定和写信，收在此的是定和第一封复信，后二封由女儿张以童代写。因其时定和正在病中，"医嘱需要绝对静养，以防兴奋致死"，以童谢绝了我拜访的请求。

定和毕业于"上海音专"，师从黄自教授。抗日战争爆发后流浪至重庆，执教于国立戏剧专科学校。定和其时风华正茂，曾为郭沫若的《棠棣之花》、田汉的《复活》（译本）、梁实秋的《奥赛罗》（译本）、顾毓琇的《岳飞》、余上沅的《募寒衣》和吴祖光的《凤凰城》等剧本谱曲，引起强烈反响。一九四六年八月，"张定和音乐作品演奏会"在上海隆重举行。音乐会的主题是抗日战争，演奏作品有《抗战建国歌》《江南梦》《流亡之歌》《嘉陵江水静静流》《艺术战壕颂》等。上海《大公报》出了一期"定和特刊"，张充和刊头题字，沈从文撰《定和是个音乐迷》。

新中国成立后，张定和在中央戏剧学院、中央实验歌剧院执教，先后为田汉的《十三陵水库畅想曲》、欧阳予倩的《桃花扇》以及陈白尘的《大风歌》等二十一部话剧、歌剧、舞剧、电影谱写音乐。二〇〇二年，定和获中国音乐"金钟奖"。

张寰和。他是张家兄弟中我接触最多、交谈最深的一位，登他苏州九如巷老宅有七八次之多，最早是为求证胡适的那幅伪手迹《清江引》，后为的是编那本家庭刊物《水》的精选本。

寰和，姐兄大排行位九，男系列五。他自幼受姐兄们疼爱，尤其是三姐兆和。寰和在上海读的中学，一九三二年，十四岁的寰和回苏州度暑假，在家门口"偶遇"前来求亲问路的沈从文。寰和很热情、友善地接待了他。沈从文给他讲故事，送他雅号"小五哥"，并写《寻女》《扇陀》和《一个农夫的故事》给他看，文尾特别注明"为张家小五哥集自（某某经）"。抗战前夕，寰和报考复旦大学新闻系，后为政治系录取。大一新生军训结束，时值"七七事变"。俄顷，江南失守，寰和随同家人回合肥龙门巷避难。稍后，寰和随沈从文就读武汉大学。沈是教师。战火蔓延到武汉，寰和又随沈到昆明入西南联大，与赵瑞蕻、萧珊（巴金夫人）同学，与旅美剧作家黎锦扬成为睡上下铺的弟兄。重庆岁月，他在陈之迈的介绍下，到行政院政务处工作，顶头上司就是大名鼎鼎的蒋廷黻……

寰和最拿手的是摄影，自摄自冲自印。他曾为蔡元培、马相伯、巴金、沈从文、萧乾等留影；为四位姐姐当年的昆曲活动，为当年乐益女中校园生活留下许多珍贵史料。

寰和是张家十姐弟中最后一个挥手人世者，似可作为那个时代书香家族的句号。

7 季羡林（1911—2009）

（1通选）
（1992）

1 昌华先生：

惠书并赐寄的《一百个人的十年》已收到，谢谢！

此书外面传言已遭禁，看来还没有被打入"另册"。无论如何，我得此书，是十分高兴的。

我决非什么书法家。嘉命难违，勉强作被赶上架的鸭子。用毛笔抄录了一段拙作《八十述怀》中的文字，今寄上，请查收。

接到你上封谈吴作人先生的情况的信以后，我十分感动，立即拿起笔来，写了一篇《寿作人》，已于昨天（七月七日）见报：《光明日报》。我没有来得及征求你的同意，就擅自从你的信中摘录了一段。务请原谅，想先生已经见到此文。

今夏北方酷暑，前日竟达到摄氏三十七点五之高度。旱象严重，南方一些地方则又大水。

即祝

撰安

季羡林
一九九二年七月八日

• 季羡林（1996年，北京）

中国社会科学院
北京大学 南亚研究所

昌华足下：

　　惠书并赐寄的《100名人的十年》，已收到，谢谢！

　　此书早向傅璇琮遭拒，后来还没有讨到"另册"。无论如何，我得此书是十分高兴的。

　　我决非什么书话家。嘉吾难违。勉强作过近二茅二甲考了。同元华林剩了一段拉谈《八十述怀》中的文字。今奉上，请查收。

　　接到你上封信关你人生之情况之信以后，我十分感动。讯拿起笔来，写了一篇《对你人》，已于昨天（七月七日）交稿：在明知我没有来得及征求你的同意，就擅自从你的信中抄下了一段。务请原谅。查先生已回到此矣。

　　今夏北方酷暑。前日竟达到摄氏37度高温。旱灾严重。南方一些地方却又大水。

即讯

撰安

　　　　　　　　　　季羡林
　　　　　　　　　　1992.7.8

·季羡林致笔者函（1992年7月8日）

季羡林："感恩图报是做人的根本准则之一"

我结识季羡林先生缘于北大中文系商金林教授，商教授为他选编、出版过《季羡林自传》和散文集《清塘荷韵》等。北大朗润园季府我去过多次，季先生送给我不少大著，为我写过多幅墨宝，然信竟此一封（一九九二年七月八日致笔者函）。从这封简短的信中，可以读出他的平易与谦和。他在《寿作人》一文中，引用了我致他的信，还立马来信作了说明，对未及事先征得我的同意而表歉意。那是一九九二年四月，我拜访吴作人先生，同仁请作人在纪念册（出书制版用）上签名，他偶见纪念册上季羡林的签名，十分激动。时他已严重中风，不能言语，思维已不清晰。夫人萧淑芳女士请他写自己的名字，他见到季羡林三个字，非要把自己名字签在季羡林名字旁，可是他已不会写自己的名字了，签（画）出的只是几根线条，依稀可辨那是一个"林"字。我将这件事写信告诉季羡林先生，季羡林立马写《寿作人》，发在《光明日报》上，追忆他与吴作人相处的往事，接着又去登门拜访。

季先生一向认为"感恩图报是做人的根本准则之一"，他写的怀念师友文字先后达五六十篇之多。我借此选了三位，展示先生的丰富多彩的人际世界和色彩斑斓的人文情怀。

陈寅恪（1890—1969），是季羡林的老师，也是季羡林人生草图的设计者。一九四五年，季羡林留德已十年，准备回国。闻陈寅恪其时正在英国治疗目疾，他马上给陈先生写信汇报自己十年来的学习研究情况。陈寅恪不很了解季羡林学业的详情，一听季的指导老师瓦尔德施米特竟是自己的同学，且季的师祖便是自己的导师，陈寅恪即复长函致季羡林，奖掖、鼓励了他一番，并云拟将来推荐他去北大任教。

如果说陈寅恪当年写八行书向北大推荐季羡林，是伯乐的话，那么胡适（1891—1962），便是拍板接纳这位"千里马"的老板。季羡林到北大后，瞬间（十天）由副教授擢升为正教授，兼东语系系主任。尽管他与胡适的学术辈分不同，社会地位悬殊，但仍有较为密切的接触。作为系主任，他与胡适共事三年。从季羡林到北大后所受的极厚的礼遇，可见胡适对他的信任和厚爱。一九八五年季羡林写了篇《为胡适说几句话》，当时有人劝止他发表，季羡林仍坚持发了。一九九九年季羡林访问台湾，拜谒胡适的墓陵，献了鲜花，行三叩大礼。回来后他写了一篇长文《站在胡适之先生墓前》，文中特别愧疚地写到十多年前写的短文《为胡适说几句话》，说那篇文章连"先生"两个字都没有勇气加上。

一九四九年春夏之交，季羡林忽然收到一通发自中南海的信。信首写道："你还记得当年在清华时的一个叫胡鼎新的同学吗？那就是我，今天的胡乔木。"当年在清华，季羡林读外语系，胡乔木（1912—1992）读历史系。胡乔木一边读书，一边从事反抗国民党的地下活动。为唤起民众，胡乔木在清华办起了一所工友子弟夜校，邀季羡林给孩子们上课，季羡林义不容辞。某日夜间，胡乔木悄悄地坐在季羡林的床头，劝他参加革命活动，季羡林自言因胆怯未敢应承。

后来，胡乔木的官越做越大，但他没有忘记季羡林，在有关教育的许多重大问题上，私下征求季羡林的意见。诸如解放初有关大学院系调整问题，一九六八年冬"北大的爱国学生有一些爱国的活动"问题，等等。胡多次走访（邀）季到他家做客，季一次也没上乔的门。一九九二年住院的胡乔木捎信给季羡林，希望他去看自己。这次见面是他们的永诀。胡乔木逝世后，季羡林撰《怀念乔木》。

8 周楞伽（1911—1992）

（3通选1）
（1985—1986）

1 答张昌华问

一、您是什么时候发表处女作的，那时有多大年龄？

我在一九二七年秋宜兴农民暴动惨遭国民党反动派血腥镇压失败后，写了封愤慨反动派屠杀、同情农民群众起义壮举和不幸遭遇的热情洋溢的信，寄给同乡潘汉年。汉年把来（信）发表在第二卷第十一期《幻洲》半月刊上，加了个题目《乡音》，那时刚好十六足岁。但这只是一封信，真正的处女作是一篇以反封建为主题的散文《衣冠与礼教》，发表在左联五烈士之一胡也频主编的《中央日报》副刊《红与黑》第三十四期上，那时是十七虚岁。当时还不叫周楞伽，用的笔名是"华鬘"。

二、您发表处女作前有否被报刊、出版社退过稿？接到退稿信您是怎么想的？

我生平从没有被报刊、出版社退过稿，不论是在发表处女作以前或以后；反之，报刊、出版社的编辑只有竞相向我索稿，没有一处退我稿件的，所以体会不到被退稿者的心情，说不出什么感想。不过古今中外知名作家在未成名前被退稿的不在少数，但他们并不灰心丧志，继续努力写作，终于一举成名。据说有一个外国作家在未成名前一连被书店老板退稿七十五次，他把退稿信一张张编号保存起来。后来他成名了,书店老板颠倒来向他求稿了。他把一叠退稿信全部退了回去,附上一张"退'退稿信'"的签条道:"既有今日,何必当初,当初你们退稿退得痛快,今日我把你们的退稿信退回也退得痛快。一报还一报,下次请勿光顾为妙。"但这要能继续不断努力才能做到。如果因一次退稿就灰心丧志,放弃文学事业,哪里还会有这种痛快呢?须知退稿是鞭策你继续努力,不是教你从此灰心丧志,自卑地以为自己不是创作的人才。

三、请写出您最喜爱读的书目,其中您最爱读什么书?

我从小就爱读俄苏文学,特别喜欢屠格涅夫。他的《猎人日记》和《罗亭》等大部长篇被介绍到中国来最早,对我的影响很大,特别是郭沫若译的《新时代》,即《处女地》,他的译笔真好,当初由商务出版,现在买不到了。不知《郭沫若文集》中有否。(读过的书有:《猎人笔记》《处女地》《战争与和平》《安娜·卡列尼娜》《钢铁是怎样炼成的》《夏伯阳》《大卫·考贝菲尔》《老古玩店》《三个火枪手》《二十年后》《布拉热络纳子爵》《基督山恩仇记》《悲惨世界》等。)

四、您发表的作品,一般要修改几次?

不论写长篇、中篇、短篇,都不是一口气写到底,在未完待续开始续写时,就把前面已写好的重读一遍,尽量删去不必要的字句情节,每写一次就修改一次,自己也不知修改几次,完成时草稿已涂改得看不清,重新誊写时还要作最后一次修改。所以我的原稿没有一个错字,篇篇精彩,质量很高,读者众多,报刊出版社无不竞相组稿。

五、您认为搞创作一般要做什么准备？

第一，创作来源于生活，生活是创作题材的源泉，要写好作品，就要深入生活。生活中充满了广泛的作品题材，没有从生活中来的实践经验，单凭头脑里虚构空想，是写不出好东西来的。

第二，身边要常备一个小本本，看到某种事，某种有特征的人物，可以作为创作题材的，立刻记下来。有时头脑里闪过一刹那的灵感，不论是一种思想，一种感触，一个妙句，必须立刻把它捉住，马上记下来，否则稍纵即逝，以后再也记不起，想不出，不管它是否有用，总之记下来再说，以后创作时总会用得到的。这叫做善于捕捉灵感。俗话说："好记性不如烂笔头。"随身携带小本本，是搞创作最重要的准备。

第三，要善于采集语言，不论是成语、俗语、歇后语、中外谚语，都要广泛搜集，随时翻阅，牢牢记在心上，以后创作如要用比喻、形容时，可以摇笔即来，否则你的作品，只有干巴巴的几条筋，没有血肉，不生动活泼，读者不喜欢看。特别重要的是善于采集口头上的语言，每一种职业的人物都有这种人的行话，你要把他口头上的行话采集下来，以后写到这种人物时，三句不离本行，你就把这个人写活了。抗战后期一九四四年我在苏南游击区为新四军征募粮食衣被，执行二五减租政策，住在一户下中农家里，常和农民往来接触，采集了不少农民口头上的活语言，如农民被束缚在土地上，脚不落家门，老住在乡村，很少外出，就常常感叹："人落乡村铁落炉。"一家一户单干惯了，不喜欢和人合作，就说："宁可独偷一只狗，不愿合偷一条牛。"农民讲究实惠，而且是要现实的利益，眼睛看得见，手里拿得到。任空口头许愿，把未来美好生活的理想预许给他们，他们都不相信。他们常说"欠三千不如现八百","空谈无用,到来为实",所以要使农民接受共产主义理想很难,因为他们没有亲眼看到,无论你向他们宣传未来的共产主义社会如何美好也不中用。还有一种人有特殊的口头禅,总之是思路迟钝的表现,有些人话说到一半,说不下去了,就用"这个、这个""那个、那个"来间歇一下,等他想出下面的话再说,久而久之,习惯成自然"这个这个""那个那个"就成了他的口头禅。我曾遇见过好几个人,他们或者是土财主,或者是伪保甲长,或者是整天吃茶叶讲空话的闲汉,各人都有各人的口头禅,有人说话中间常常要来一句"我来对你说",还有人这件事说完了想说另一件事,就说"还有一个问题",明明不成问题的事在他口里也成了问题。这因为他说惯了,成了口头禅。过去张天翼、赵树理写人物时就常把他的口头禅写出来,这就把这个人写得活灵活现,成为恩格斯所说的"这一个",所以善于采集运用口头上的语言和每一个特定的人物的口头禅,在作品中常有画龙点睛之妙,切勿等闲视之。

周楞伽
一九八五年十一月

周楞伽："振兴中华赖读书"

周楞伽先生是聋哑人，既是编辑又是作家。作为作家，他的长篇小说《炼狱》，曾名噪一时。他的《田园集》与郭沫若、张天翼、王独清、巴人等名流并列收入"新钟创作丛刊"；曾与鲁迅、巴金、冯雪峰等人有交往。作为编辑，他是资深的老编审，为中华书局校注《裴铏传奇》《剪灯新话》和《绿窗新语》等。香港出版的司马长风的《中国新文学史》对他有浓墨重彩的一笔。我之所以如此这般推崇他，更因他是位聋哑人。他十岁因病致残，全仗勤奋自学取得如此成就，这恐怕在中国现代文学史上是残疾人中罕见的最具传奇色彩的一位。

第一次拜访先生是一九八五年春节前夕，那时江苏文艺出版社正积极筹办通俗文学刊物《东方传奇》，我衔命向他组稿。那天风雪交加，上午十时我便到他府上，门久叩不开，大声疾呼也无人应答。我立在八面来风的楼梯口，冻得缩作一团，只好靠跺脚取暖。楼道一邻居路过，说老人肯定在家，我只能耐着性子等他女儿下班。十二点整，周楞伽出门倒垃圾发现了我。他一脸歉意，"呜呜呜"地说了一通我听不懂的"周语"，他把我延至室内。然后，我们在纸上开始对谈。我说我这是"周门立雪"，他伸了伸大拇指，在纸上写道："可以收你做徒弟。"我说出版社想办刊物请他支持。他问是月刊还是双月刊，我说试刊先出季刊。他直摇手，在纸上写道："季刊时间长，易被人淡忘，起码应出双月刊。"他表示，为答谢我远道而来的诚意，可以考虑把即将完稿的写陈圆圆的《冲冠一怒为红颜》给我发表。我问他答，一个小时，写了五六张纸。他最后写道："凭我的名气，凭我的作品，包你们刊物一炮打响。"他怕我不信，拿出"人文""中少"等出版社的约稿信给我看。然而天不作美，通俗文学《东方传奇》未获批，改出纪实文学《东方纪事》。不得已，我将其大作《冲冠一怒为红颜》璧还。

当时，我业余在南京青春文学院帮忙代为组稿。从答问中看出，周楞伽是位非常自信的作家。

某年，南师大唐圭璋教授八十寿诞，邀周楞伽做客。周先生来宁后，便中突然到我的办公室访我，以至发生一些趣事，诸如他离宁时因身体不适不能向唐先生告别，委托我代他辞行，又怕我偷懒不去，非要唐先生写张条子证明我已把他的问候带到……当他拿到唐圭璋的"回执"后，很高兴，夸我是他的"孝子贤孙"，"后勤工作很出色"。一周后，我收到他为我写的一幅字：

振兴中华赖读书，新知旧籍尽醍醐。
成才舍学无他径，勤探骊龙颔下珠。

9 唐瑜（1912—2010）

（4通选2）
（1996—2016）

1 昌华先生：

《陌上花》早收到，谢谢！（苗郁将于春节返国。）

病魔缠绕，迟复为歉。

你的构思新颖，颇为精彩，装帧也特别，像加拿大的国家文件（加国系双语，一面是英文，倒过来一面是法文，加上封面一朵红叶，又是加的国徽），封面装帧我也喜欢，有一种"高贵"的感觉。

我曾看到一篇文章，大概也是"左王"之类人物写的，对写个人私生活，似颇有烦言，其实还没有写有甚于画眉者。（亦代宗英、祖光凤霞的书我也收到了。）

钱锺书、杨绛这对老幽默，你有没有设法拉稿，还有白桦、王蓓也可以活动。

但愿"好片能有好票房价值"。

祝

编安

唐瑜

一九九六年十一月五日

昌华先生：

陌上花早收到，谢々！（及郁将于春节返回。）

病魔缠执，足复为歎。

你的构思新颖，殊为精彩，装帧也特别，像份大的国家文件，（加幅像取语，一面是英文，侧边来一面是佐文，加上封面一枚红叶，又是幼的图案。）封面装帧我也喜欢，有一种"高贵"的感觉。

我字看到一等文章大概也笔左王之妻人物写成，对写个人私生活，似颇有烦言，其实还是有写有长于画眉者。（新编宋英，祖是风霞的书我也收到了）。

戏钟书，杨绛這时也去世，你有没有设信挂靠，还请白桦，王蒙也可以忙动。

但愿如片辨有好票房价值。

祝

编安

　　　　　　　　　　　　　　　唐瑜
　　　　　　　　　　　　　　　11.5

• 唐瑜致笔者函（1996年11月5日）

2 昌华小兄：

　　来信收到，欢迎你来北京，我也正有一个小册子想请教你。

　　小册子拟名为《男男女女事》，原拟叫"之"事，恐引起误会。

　　内容主要有几篇发表于《新民晚报》星期夜光杯，有与陈沂拉呱儿，蔡楚生百岁，洋场才子胡参，寄往天堂贺孟斧，郭老的风流韵事。

　　《Abe—XYC》（一个男子和二十六个女子的小故事）（未发表）。

　　《加拿大中国小女孩》，曾在广州《人之初》与王小波的《黄金时代》同时连载年余。

　　《女人街》《天涯书简》《三十年代日寇旅游中国摄影展》（部分）《拾遗筐等》《黄永玉大画老衲照片等》，约二十余万字。

　　（最好在定价二十元之内，江苏出版社不知能否接纳。）

・唐瑜（2006年，北京）

我的家在城郊之间，去八达岭的中间，昌平区的第一个镇。

811路公共车从公主坟方向北到云趣园三区后门，下车后向前走十多米一大铁门，入门后五米右拐走到底（约九十米），城铁西（东）直门到回龙观下车，公共汽车一元到云趣园三区后门下车，斜对过入门同前，地坛西门乘公（共）汽（车）407路至终点站前一站（回龙公园门口）对过下车，向南过马路系云趣园三区西北角往左走，约一百米云趣三区后门……向前走至尾六单元302室。

我病未愈可，恕不能接车。

　　祝

安好

唐瑜
二〇〇六年十月二十日

唐瑜："一生误我'二流堂'"

苗子、郁风的散文集《陌上花》出版时他们居澳洲，托我代寄一册给唐瑜先生。唐先生回复时他问我为什么这套"双叶丛书"没有收钱锺书、杨绛这对老幽默？我不敢怠慢赶忙作复，说明不是我们不收，而是钱、杨二位先生不肯加盟。

一晃十年，广州《南方都市报》李怀宇访我，我们聊起唐瑜，他说老先生还健在。我素喜恋旧，遂驰函问好，并云，将来进京得便拜访他。我本是客气话，孰料老先生十分认真，马上复函表示欢迎造访，并说他手边有本书稿，想在江苏出版，不知可否接纳。当时，我已退休两年，但老人信任我，更何况他是一位当年仗义疏财，襄助过许多文艺界朋友的"文坛孟尝君"，我岂能漠视？二〇〇六年秋，我请广西师大出版社理想国的曹凌志兄与我同往。十分有趣的是，唐瑜与夫人李德秀都是严重的耳聋者，我们打电话他不接听，捶门一直捶了一个小时，方把门叩开。

唐瑜先生听不见，我们在纸上问，他口答。谈了一个多小时，收获了一大堆答问小纸条。曹凌志把书稿带回出版社，由于书稿所写人物或事件较敏感，选题在社里没有通过。

唐瑜，已渐渐地为世人淡忘。他就是二十世纪四十年代赫赫有名的"二流堂堂主"。抗战岁月，唐瑜得其兄唐大杏（在国外经商。——编者）的财力资助，慷慨解囊，在重庆购地筑屋数间，名"碧庐"，使夏衍、吴祖光、凤子、丁聪、苗子、郁风等一大批文艺界人士有安身之所。那年代，秧歌剧《兄妹开荒》中有个词叫

"二流子",风传一时,这些文人个性散漫、自由,自然接受"二流子"趣味,不知谁别出心裁,将"碧庐"戏称"二流堂",唐瑜自然就是堂主。这本是无伤大雅的"戏说",后来演变成了骇人听闻的"政治问题"。直至一九七九年八月,唐瑜的错划右派问题终获改正。据姜德明说,"文革"前夕,潘汉年从监狱里出来,唯一去看望的就是唐瑜。他们是患难之交,时年十五岁的唐瑜读了潘汉年的书,给潘写信,意欲投身革命,潘汉年热情复信表示欢迎。一九三〇年,唐瑜由潘汉年推荐参加"左联"筹建工作,成为"左联"最早的盟员之一。唐瑜后来又支持潘汉年的地下情报工作,用其兄的资金帮助夏衍创办《救亡日报》;他曾因参加过"五卅"运动,被捕入狱……

一九八〇年代,唐瑜编写纪念潘汉年的集子《零落成泥碾作尘》,把稿费捐给潘汉年故乡的小学,后又把《二流堂纪事》稿费捐给潘汉年希望小学。

我们拜访的那次,唐瑜签赠一本《二流堂纪事》给我纪念,那书封底有吴祖光的一首诗:

中年烦恼少年狂,南北东西当故乡。
血风腥雨浑细事,荆天棘地作寻常。
年查岁审都成罪,戏语闲谈尽上纲。
寄意儿孙戒玩笑,一生误我"二流堂"。

⑩ 陈荒煤（1913—1996）

（32 通选 7）
（1987—1995）

1　昌华同志：

纪实文学《东方纪事》五册已收到。因病住院检查，回家后当再将你组稿信分赠几位同志。

看了杂志，对这类性质，尚为国内首举，很感兴趣。蒙你再三约稿，现寄去两篇去年的作品，供选用。千万不要客气，能用则用，否则退回即可。

这两篇都已交出版社编入我的散文集。原说今年二季度本可出书，现在又说可能三季度才能出书——也未必。本来交别处发表，既然三季度还不能出书，那么就不妨再发表一下。

所以寄你们考核一下。

匆此

祝好！

陈荒煤
一九八七年四月三日

刊物与书是否已经解禁？念念。

去稿收到后，望简告，以免念。

•陈荒煤（1995年，北京）

2　昌华同志：

你好。上周去天津见到冯骥才，他送了我一本《灰空间》，一看装帧、纸张、版面……就把我引诱了。很有诱惑力，不禁来了点灵感，就写了此信。

我近年写了点散文。自一九八七年春天至今年大约有十六七万字。原曾与人民文学出版社闲谈，可否交他们。他们说可以考虑。我原定年底编出来。

见到大冯此书，我可动了念头，试问你一下，你社明年有无出版散文集的计划？顺便问问，不望照顾和客气。如有可能，来信告知，当寄去目录，再具体联系。

匆此

祝好！

陈荒煤

一九九三年十月三十日

3　昌华同志：

八日来信敬悉。听说你社领导同意出版我的散文集，很高兴。现将本集目录编排设想寄上，供参考。字数没有作精确计算，大约在十五万字左右。到时再仔细算，因年内还想写一点。

书名暂定《九十年代新春的祝愿》。

另，寄去冯牧一散文集设想。因我与他说到我有可能在你社出版一本散文集事。他也有所动心，我就劝他把设想写一意见给我。

我觉得冯牧这个"散文选萃"很有特色。他的散文也很抒情，我希望你给社领导说说。如果明年安排不了这么多，我建议先把他那本列入计划。我的另找机会吧。如何？

我的稿子计划明年二月交稿，冯牧的如你们可出，我再告他提出交稿时间。我与冯牧十七日去苏州、上海开会，月底归来。

匆匆

祝好！

陈荒煤

一九九三年十一月十四日

我们二十四日到上海，倘有急事，可写信给上海作家协会徐铃同志转我。烦告社长，我和冯牧但求书印得好一点。稿酬一切按规定办，不必多想。还感谢他的支持。

4　昌华同志：

　　来信及来件均收到。这场官司（指《一百个人的十年》摄影照片侵权案。——编者）也真的使你操心了。现又寄上散文一篇，收到第三辑《闯荡俄罗斯海区》，谢谢。

　　另，第三辑《仍愿送别阿Q》之后，原拟附《笔下追阿Q》一篇，因无法与作者联系，征得其同意。只好取消。

　　匆此

祝好！

陈荒煤
一九九四年四月二十六日

5　昌华同志：

　　上月曾寄一信，不知你是否收到。我看到上期《书与人》杂志用的是一种白洁的纸张，我特意提出我的散文集《冬去春来》，是否可以用这种白纸印刷。如有困难，请至少为我用这种白纸印刷二百本，以便我赠送亲友。

　　这是我十年来第四本散文集，以前几本纸张质量都不好，所以提出这样的要求与希望，请你设法解决。

　　我现因心脏病住院，据医生讲需医疗一个时期，因此我的心情很急，希望能早日看到书的出版。

　　祝好

陈荒煤口述
何晴代笔
一九九四年十月三十日

6　昌华同志：

家里人已告我你来过两次电话，问到《冬去春来》样书问题。我回来又适逢春节，孩子、外孙经常有电话找他们，我家人怕过多干扰我休养，所以不让我接电话。

我心脏病情况近来还稳定。但肝、胃肠还有不适。这次诊断是急性心肌梗塞，至少还要休养治疗三个月到半年，也确实再无力干什么。上次接到你信后，看到你讲无纸，你们如何借到三千元等等情况，实在有点不安。我这本书给你们添如此麻烦，也给出版社增加了困难，真有些不好意思。

样书收到后，我很满意。更喜欢那种颜色较淡一些的封面。（不知全部出书用哪种颜色？）最后是两种版本还是一种颜色？总之，确如你说，是我四本散文集中最棒的一本。本想告全用淡色的封面，想到印刷厂将开印，也真不好意思开口了。不知你现在看到书没有？

无力多谈，匆匆祝好，拜个晚年。再次向你表示真诚的谢意。也请向社长同志致以真诚的感谢！

陈荒煤
一九九五年二月十日

7　昌华同志：

前信谅已收到。

二月十日信已见。今日已收到寄来的二十一本书。请放心。

上信已讲到，此书出版给你添了不少麻烦，为此你费了很大的努力，十分感谢。尤其是感谢出版社在经济周转困难的情况下，终于出来了，就很感谢了，还谈什么有什么不足？

近来心脏病情况稍有稳定，但胃热（中医叫"烧心"）病缠身。整天胸口到脚心如火烧，很不适，正在治疗中。

不多谈了，简告收到书，以免你挂念。

过几天身体稍好时，再签字把书给你寄去！

再次感谢你的帮助、关心！

祝好！

陈荒煤

一九九五年二月十二日

请转告社长吴星飞，我对他给此书出版的支持表示真挚的感谢！

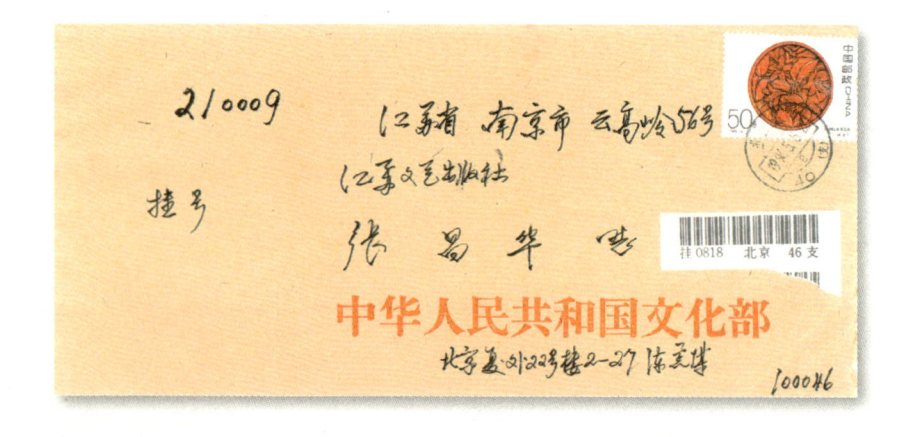

中华人民共和国文化部

昌华同志：

前信谅已收到。

2月10信已发。今收到寄来的21本书。请放心。

上信已讲到，此书出版给您添了多少麻烦，为此花费了很大的劳力，十分感谢。尤其是感谢出版社主任深周转困难情况下，终于出书，就很感谢了。还缺什么有什么不足？！

近来心脏病情况时有积变，但胃热（中医叫做"火"）病缠身，整天胸口到脚心，如火烧，很不适。正在治疗中。

不多谈了。自告收到书，心无挂念。

过几天身体稍好时再签字把书给好寄去。

再次感谢你的帮助。关心！就好！

荒煤
1995.2.12日

请转告柳社长吴墨飞，他给我对出版的支持表示真挚的感谢。

• 陈荒煤致笔者函（1995年2月12日）

陈荒煤:"我也确实犯过错误"

在我结识的文学前辈中,自始至终称呼我为"同志"的有三位:陈荒煤、周而复、华君武。我完全理解,他们都是老革命,上下左右的关系统称"同志"最为适合。

陈荒煤同志给我的信三十二通,都是谈书稿出版之事。

一九八六年秋,中国作协在厦门召开全国长篇小说出版座谈会,说也巧,领房号,我住陈荒煤的隔壁,会余爱到他房间聊聊,希望他支持我的工作,缘此,渐交渐深。次年,我社《东方纪事》创刊,我给他寄样刊,请他提意见并希望他便中赐稿。荒煤为人诚恳,不久给我寄来他的回忆散文《大海的怀念》,因稿挤,我延误了一段时间,他十分大度,说没关系,方便时用上就好。转年,《东方纪事》因故停办,我们的联系一度中断。时至一九九三年,他到天津调研,冯骥才送他一本由我责编的《灰空间》,他对此书的装帧、印刷、纸张十分感兴趣,便给我一函,说他有一本散文集《冬去春来》想在我社出版,不知可否纳入出版计划。那时社里经营极不景气,窘到靠向兄弟社借钱发工资。我陈请社长吴星飞,最终还是接纳了他的稿件,他听后十分高兴。不料,中途他突然"变卦",说冯牧是他的好朋友,有本散文集想出版。他建议可否把他的书暂搁置,先把冯牧的书出出来,并附来冯牧书稿的目录。我很喜欢冯牧的散文,正准备在选题会上讨论时,荒煤又来信,说给我添麻烦了,冯牧的书已有一家出版社接纳。《冬去春来》编辑期间,我觉得某篇稍嫌冗长,建议删去,荒煤一口应诺同意,合作十分愉快。书出版后，他还签赠若干本给社里相关同志纪念，并多次鸣谢。

在七八年交集中，我对荒煤同志印象甚佳。他是一九三二年入党的老革命，部长级大官，没有一点架子，平易得就像街坊邻居。记得我第一次拜访，他们大院的几幢楼相似，门洞多，歪七拐八，他怕我不好找，寒风中站在大院门口等我足足半小时。他问我《东方纪事》停办前后的情况，给我不少鼓励和教诲。当我谈到出版困境时，他叹了一口气说："现在大家都被搞怕了。"这句话给我印象特别深，今犹在耳。我因《一百个人的十年》照片版权问题吃了官司，他十分同情、关心，在电话和信中多次提及。

作为官员，荒煤人格磊落；作为长者，他亦慈亦让；作为一个公民，他坦诚率真。令我感怀的是，他八十大寿，中国作协举办了一场"陈荒煤艺术生涯六十年学术讨论会"，开会那天，他第一个到会场，迎候大家。同志们祝贺他，他在简短的答词中竟说："在过去的几十年中，在长期'左'的思想影响下，我也确实犯过错误，讲过一些错话。比如一九五八年，我写过一篇文章《坚决拔掉银幕上的白旗》，对许多影片进行过错误性的批评，这件事情至今仍然使我感到深深的内疚。"此言一出，惊骇四座，谁也没有想到，荒煤同志在大家为他评功摆好的会上，竟然说出这种"不合时宜"的话来。

11 黄苗子（1913—2012）
郁风（1916—2007）

(30 通选 13)
(1993—2003)

1 昌华先生：

　　祖光兄转来十月三十日大札，近始收到。现将写就拙作寄上，请察收。承嘱落上款写贵书《中国近当代名人手迹》，因涉个人标榜（冒充名人），所以只写了贵社的上款，请谅。

　　匆复即颂

文安

黄苗子
一九九三年一月十五日

出版后请惠寄一份为感。

・黄苗子（2006年，北京）

昌华先生：

祖光兄特来十月廿六札道好收到。近将写就拙作寄上，请查收。承嘱广上欲写贵社今中国近当代名人手迹，因涉个人稿酬（冒充名人）所以搁笔了。贵社如上欲请，请函复印作人标榜（冒充名人）——

匆匆即颂

　　　　　　　　　　年安

出版图请 惠寄一份书我

　　　　　黄苗子 一九九三年一月十五日

• 黄苗子致笔者函（1993年1月15日）

黄苗子："文章是老婆的好……"

苗子谦和、博雅、幽默。

苗子、郁风给我的信他们的署名往往连在一起，苗子单独署名的仅此一通，是我为编书向他求墨的。他的幽默和谦逊跃然纸上。尽管他俩都说，一人一把号，各吹各的调；殊不知那是对外的，对内的话自然是步调一致了。苗子在致我的《陌上花》序中说："从前有人说过，文章是自己的好，老婆是人家的好。我想把这话略改一下：文章是老婆的好，老婆是自己的好——除非吵架的时候。"

为增添阅读情趣，我搜集苗子、郁风散落坊间的一大批书信。且看下面这封二十世纪八十年代他致友人的信，反映出他们的生存状况及家庭生活情趣。当时居室狭小，无法笔耕，郁风哀叹："家里像蒸笼一样，外加来了探视的媳妇、小孙女，七八口人，像热锅上的蚂蚁，只有一天移到光宇嫂嫂家里去还出活。从来写东西没这么费劲。"在致另一位编辑友人信中也叫苦不迭："很抱歉，序文直到前天在紫竹院中国画研究院写成，当时由于该院人员要放假，必须将手中其他未了之文债搞完回家，故没来得及抄出。回家后三个孩子连媳妇孙女都回来，一天到晚乱哄哄，还有客人，每顿家里就有十人吃饭。今天才叫当医生的大媳妇抄出，但不料她的字实在难看……"我搜罗到一封没有第一页的信，大概是居澳洲时，写给老熟人、老朋友的。我摘录如下：

……其实他（苗子。——编者）也只须从明天起洗三天碗。因为我们家五口人，向来是媳妇小林做饭，我和孙女隔一天轮流洗碗，大威有时当大师傅掌勺。因为馋，爱做菜多搁油多搁作料。小林给他当下手，唯独老太爷向来吃完饭抹抹嘴就去看电视，明天开始他就不能不洗碗了。但只须洗三天，第四天fafa就驾到，当然是我做饭，她洗碗，或者她做饭我洗碗，又没他什么事了。

如果你们俩来了，多热闹，小妹一定很会做菜。咱们也训练你二哥和苗子轮流洗碗。

好了，晚安！明早如果苗子起得早，就由他写满下面三行吧。

郁风 十一月十二日晚。

信末是苗子的"补述"："老太太十分照顾，只留下三行让我写。因为怕我拖长了，小威他们走时，信带不出去。在这里环境当然好，但也忙忙碌碌，没有什么休息，这个那个的，烦人。好了，这是第四行，他们要动身了，再谢！苗子十三日上午六时三刻。"

2　张昌华先生：

三月十八日传真想早收到，拙稿直到今天才选出，复命并校改，共约十万字。今日下午当航空寄上，收到后请复一传真：（略），并说明以下几点：

一、最近我有一本散文集《时间的切片》即将由香港天地（图书公司）出版，国内浙江文艺出版社已决定重印国内版，俟样书到后即可寄杭州重排，因此为江苏贵社所选尽量避免重复，只有极少数几篇是选自《时间的切片》，其余是由一九八四年出版的（天津百花社）《我的故乡》和一九八七年香港三联出版的《急转的陀螺》，以及未结集数篇中选出的。如果你认为不够，或多些供挑选，我还可以从上述三本书中再选一些，因为这三本书目前国内读者恐都买不到，请示知要加哪一类内容以及大约字数。二、附上初选目录共二十一篇按内容大致有三类，但编书时不一定标出分类名目，且可以按尊意变动，整个按年所排或与其他三本体例相仿相同即可。三、所有各稿均可用插图（我的速写或照片），另外亦可选些生活照，只是这需看贵社整个出版计划和预算，是否能够用几页好些的纸（铜版或道林）大致按出版纸页多少，能容纳多少幅图，故请算好后提出具体需求，再按出版社计划的数量，选出照片插图寄上。

其他萧乾、祖光、亦代诸伉俪书稿是否已齐？盼示大致内容。

祝好！

郁风
一九九四年四月五日

我的稿子俟整理好当寄上。

苗子

3　张昌华先生：

　　为等苗子齐稿，又赶上周末，迟了三天才寄，兹分别说明。一、拙稿四月份已寄出十万字之外，现再寄十二篇，约四万字，共三十三篇，足够挑选，其中四篇（《冥邮》《家书》《续齐白石画稿》《丝绸路上失去的王国》）是从未发表或未收入集子的。九篇是选自十年前天津百花出版社出版的《我的故乡》，并未再版，早已买不到。在目录中会用 A 标明。七篇曾收入香港三联书店一九八七年出版的《急转的陀螺》，国内未曾出售，全用 B 标明。有少数是 AB 两种全有的，此外全是选自最近在香港天地图书公司出版的《时间的切片》国内版（香港版权只管海外），我已初步同意，尚未付排，总之请按国内读者的需要选择，并请考虑尽可能不与浙江出书重复。选稿时请注意，如果《赵无极在东西方之间》入选，则请把《巴黎珠贝》中最后一节赵无极删去。二、现补寄的《浩伯伯——五十年的家乡医生》插图两幅（用在文内），《面临生死抉择的心路历程》插图两幅，《中国现代美术的先锋》插图三幅。三、前批稿中有《一颗超载负重的心》，我记不清楚是否已寄过照片、插图？如没有请传真告知，当寄上几张很好的照片，包括万徒勒里和他的作品《幽兰达》。四、《红花之岛》和《巴黎珠贝》均请用原来文中插图原大，或放大亦可。五、此外，《读齐白石画稿》一定要用原插图（已寄），《澳大利亚土著艺术》是否前次已寄插图？如果没有，请告知，另寄。《伟大幽灵之屋》也有照片，但不知文中是否能用这么多插图，暂不寄。六、关于两人生活照片现选出四组寄上：①作品：书法两张，画三张，另有近作尚未冲晒，俟迟些补寄；②二人书画展及友人照片九张；③生活照片十一张（内有张乐平与三毛照片一张，很宝贵），可放在《百日祭》，苗子文与《冥邮》

二文中。如文内印不好，也可放在前面插页中；④旅游照片十一张，共三十六张。所有照片，务请妥善保存，用完后寄还给我们，切切。七、小传和序两篇，《陌上花》横的封面用，竖的用在扉页上。八、黄苗子稿另附，共二十九篇，约十三万字。加上小传和序，二人签名。九、关于此书的编辑顺序，可以有两种，一种是各归各，一人半本书，谁先后无所谓。不过其中有两篇写台湾作家三毛死的，苗子《百日祭》在前，我那篇《冥邮》最好紧接在后。另一种合编法是分为五辑：①人物小记，除我的九篇外，可将苗子写人物的，如《齐白石小记》与《徐悲鸿小记》，还有其他编入；②艺文志，除苗子的艺文志十二篇以外，可将我的美术评介六篇编入；③《散文游记》，郁风；④《蚁堂清梦》，苗子；⑤《杂拌儿》，苗子。也不知其他三本的体例如何？当然，以上仅供参考，由你全权处理。编好后，请将目录传真告知。（两人的小传，最好放在最后。）

　　即祝

暑安！

郁风
一九九四年七月二十九日

• 郁风（2000年，北京）

4 张昌华先生：

  名单地址已弄好，花了不少时间，还附上胶纸签名录，请一一撕下，贴在赠书扉页上。有些贴在苗子那面。只能另寄。国内要寄的有北京、上海、杭州、广州，共六十六本。另外请寄两本到美国，请扣除航空邮费。一、请寄三十本航空到 Brisbane，另寄五十本到北京，地址：（略）。二、赠书共六十八本，澳洲和北京寄书八十本，共一百四十八本，除样书二十本外，请按一百二十八本七折书价扣除。三、稿费亦请寄北京地址某收。他是我们的小儿子。承出版社代劳寄书，国内寄书请按此传真即办。其余赠书，等收到地址名单后再寄。十分十分感谢。

郁风　苗子
一九九五年七月十七日

5 昌华兄：

  七月十一日传真收到。好不容易才弄出这名单地址，还有个别请你查明。国内赠书六十六本，请即一一寄出。一、我已尽可能将就近的两三本一包合寄。感谢出版社的同志代劳。二、国外赠书，另寄美国两本，同意扣除国外邮费。三、我们的三十本样书，请即航空寄澳洲 Brisbane。四、另外请寄五十本到北京家中。五、购书数目共一百二十八本，请按实际数目在稿费中扣除。六、稿费亦请按上址寄某某某收转。他是我们的小儿子。听说冯亦代也很喜欢我们这书的样式，说下次也需照样设计，唯一缺点倒转的当中，应加一页空白纸。写得潦草没时间抄，乞谅。

  多谢一切代劳

郁风　苗子
一九九五年九月十五日

附签名纸条，请贴在每本赠书随便哪一边的扉页。纸条是胶片，从底纸上撕开贴上即可。包装时请注意收书人与签的上款人名相符。

6　张昌华先生：

收到来信，适赴悉尼举行二人书画展，未能即复为歉。《陌上花》出版后，为了寄赠友人给你添了许多麻烦，为此让你花了许多时间亲自一一包装寄递，甚至亲手面交，不胜感激。日前与北京大刚通话，知六百元照片稿费五十本书均已收到。嘱我告知，勿念。（其中八本，因他刚出差，工作忙尚未暇往取，大概现在已取去。）只是信中说十八日寄出澳洲的书三件至今未到，不知是航运或海运？

大刚电话是（略）。赠社内诸同事签名本纸签即另函寄。书费请在稿费中扣除。国内刊出的书评尚盼复印剪报寄下。

郁风　苗子
一九九五年十月九日

7　张昌华先生：

关于《陌上花》的一切赠书、寄书稿费等等，均已照单全收。本已结束，并复传真去示感谢，现又再拜托你代为购书寄出。因为寄到澳洲的三十本已送掉部分，其余留此备用。但香港大批友人均未寄，我们将于二月初到香港停留一周后再返北京，因此，请再寄三十本到香港（航空）。

地址如下:(略)。

希望能在一月下旬以前收到购书（是否能按作者祈求）及寄费账单请垫付，即用电话或传真（北京）通知大刚，我已嘱他收到你的通知即邮汇钱给你。

我们到北京过春节会住一段时间，定有机会见面。

祝

新春好！

郁风　苗子
一九九五年十二月九日

8　昌华先生：

来信早收到，就因为我需找资料，翻抽屉，耽搁了许久，因为很多很乱，每找或选些东西就不免又看，又整理、归类。

现在就寄上这些吧，只有两全版，最近此间报纸是去复印的。只不过看看我们在此生活的近况吧，不是为写东西的资料，说实在的，自李辉写了我们（为此他费了不少时间谈、找、看资料和改稿……），他最近又将其中抽出一些，加以剪裁发在《新民晚报》连载。实在不想被别人写了，弄得"臭名昭著"，反反复复，不就那么些事，我真的劝你不必再写。当然你要写评论我们的作品、文和画，或印象为人……又当别论。

由于你如此诚意要求，我不得不应命，只此一次，下不为例了。

说到冯亦代，我很惦念，注意到《读书》杂志他每期的美国文学介绍评论也没有了，可见健康状况不如以前。老人都会逐个凋零，无奈的事。

夏祖丽通过电话，她妈妈林海音曾小中风，近年也不再那么活动了。寄来的百岁苏雪林照片难得。

郁风

一九九八年七月七日

9 昌华先生：

过年时收到来信和非常典雅的亲自设计的贺年片，当时我们正忙于筹办二人书画展，忙得不亦乐乎。于十月一日开幕，是此间热心朋友与两个文化团体主办。反应出乎意料的热烈，应付记者来访，又举行作品义卖。直到最近善后工作才算了结。整理、保留积信才发现，误了复来信的时间这么久，十分愧疚！且信中更有关于某某教授重要信件拟交我的事，后悔莫及。近日收到香港出版的《明报月刊》三月号，刊出了汪静之生前一九九三年写下的重要文章一直未发表，因是有关某某某的隐私。去年汪的女儿曾据此写文刊于泰国的《曼谷日报》，已有人剪寄给我，汪老的原文中提到某某教授（曾是王的同学）知此事。我想她对你说的"重要信件"即与此有关。如今某某某已故，多年来达夫叔的这段冤案也可大白了。兹附上我给某教授的信，烦你尽速妥转为感！

今年十一月上旬，上海图书馆将举办苗子和我的作品联展。我们可能在五、六月返京，十一月到上海，届时或可一晤，苗子在画画，嘱代候。

郁风

二〇〇〇年三月十日

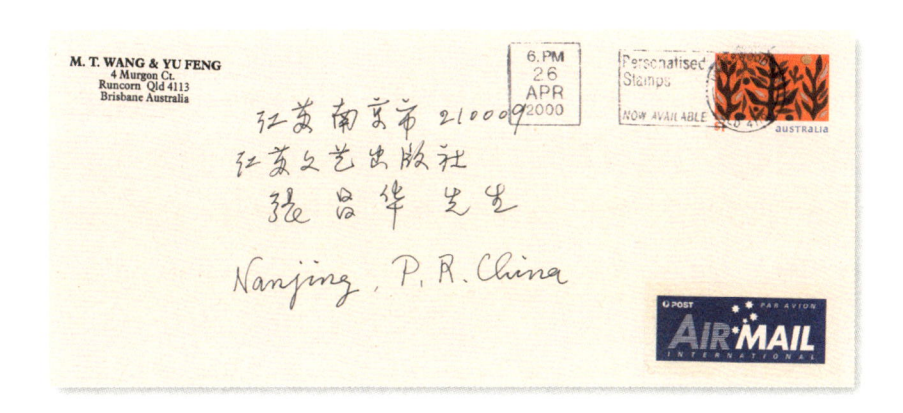

10　昌华先生：

久未询问，偶在书橱间翻出《南京情调》，还存有短简一页，因忆及多次蒙赠书来信和稿，大概很少收到回信，实在抱歉！我和苗子虽然不像其他老人经常住医院，可究竟体力衰退，加以京华来往人多事多，记忆力特差，请多原谅！这本书中不少老人记早年南京情景，犹忆最早我住南京是一九三四年至一九三五年，当时的莫愁湖玄武湖的情调与现在大不同了。

在《明报月刊》上发表的大作王某某晚年生活也拜读了。后面她女儿的来信还提到许某某之女到了杭州还专门去探望她，总算还念她父亲的旧情。

顺便请问《陌上花》一书，不知出版社尚有存书否？如能代向社里订购二十本，则非常感谢，并请告知共需多少钱，当即汇上。

　祝

暑安

郁风
二〇〇一年七月十日

近翻通讯簿，没有你的信址，只好写出版社转。

11　昌华先生：

　　信先收到，昨日书二十本也收到了，多谢劳神！（是我家老二星期日回来才往邮局去取。）既然一再坚辞，我也不便再汇款。但是那"交换条件"倒不一定办到；因为我们各自为政，我管不了苗子的事，反正全部来信、书稿都放在他桌上。关于《墨池飞出北溟鱼》已拜读，没什么大不了，很抱歉耽误时日发表。只有一处（或两处提到）说苗子当了某要人秘书"官衔少将"，是不对了，他当秘书最高是"简任"，和军职不相干，当时也没听说简任相当于什么。如发表最好改一改。《人物》中大作傅斯年，资料翔实，还有手稿，很下功夫，佩服之至！

郁风草
二〇〇一年七月二十四日

　　信写好，给苗子看了一下，他说先别发吧。下午就写了这张签（《书香人和》。——编者），附上。又及。

信写好，给苦子看了一下，他说告别告地，下午就写了这纸笺。附上。 又及

昌华先生：信先收到，昨日书也收到了。多谢劳神！

（是我说老二是星期日回来才往邮局去取）既然

一再恳辞，我也不便再汇款，但是聊一交换

修件，倒不一定办到，因为我们各自为政，我管

不了苗子的事。反正全部来信、信都放在他

桌上。关于"墨地比出比溪乱"已拜读。没什么

大不了。很抱歉发表时日发表。只有一处（我画

处提到）说苗子当了某要人秘书"官衔大得"

是不对了，他当秘书最高是"简任"，如果发表

不相干，当时他没职说简任相当于什么。

最好改一改。人物比中方位傅斯年，资历翱实

还差手梢。很下功夫，佩服之至！

郁风草七月廿四日

• 郁风致笔者函（2001年7月24日）

12　昌华兄：

收到惠赠大著《书香人和》已多日，昨日始翻阅。读写熟人数篇，轻松而又实在，中肯而又风趣。封面装帧设计典雅，印刷也不错，可喜可贺！只是所附小札未免太过谦虚，有些酸气，恕我直言，谅不为罪。

谨此致谢，不必回信。

祝春安

郁风

二〇〇二年三月十八日

13　昌华兄：

收到来信已很久，实在抱歉！只因我发现了乳腺癌做了手术，住协和医院近一月，近日始出院。《郁黎明文存》也收到，谢谢！

附上致刘文洁先生卡，请转交，照片我就留下了，也是一个记录。我真没有想到竟然有人假我之名卖画！因我既非名家，也没有在画店卖画。此人能用功（工）笔，也还画得不错，何不用自己的名卖画？真不可思议。

曾偶在《开卷》读到大作，知仍在作笔耕甚勤。

祝

身健笔健

郁风

二〇〇三年八月二十八日

郁风："一个讲真话的人"

关于郁风我已写多文，对她的为人为文已作介绍，此不再另。我想从另一视角谈她的为人。她曾任中国美术馆展览部主任，以下材料不见于任何出版物，是我从孔网上搜罗的，都是郁风散落坊间的信，虽是零珠碎玉，但是"独家新闻"。

孔网上有封一九八五年一月五日郁风致"中央宣传部负责同志"的信，以及附件《关于"上海青年妇女俱乐部"的报告》。从文字中获知，一九八三年五月中组部曾发文，为确认二十世纪三四十年代，一批群众组织（如民先、左联、演剧队、进步书店等）为党所领导的外围组织一事，并可将参加这些组织的同志的时间作为参加革命工作的时间。据郁风报告称：一九三六年三八节，"妇救"组织了上海妇女界响应"一二·九"运动游行示威，"青妇俱乐部"是一个以宣传抗日为主旨的妇女团体。郁风被上海地下党组织指定为担任游行的总领队。郁风是"上海青年妇女俱乐部"四位组建者之一。当年"青妇俱乐部"的房租和活动经费是四位组建者捐献或筹措。时至上世纪八十年代，其他三位如陈波儿、吴佩兰等已去世或下落不明。夏衍指示唯一健在者郁风据实写明"俱乐部"组成始末等相关情况及其参与者。郁风列出一些参与者，如作家白薇、吴似鸿等。在开列演员名单中她写道："演员除陈波儿外还有江某、吴茵等。"殊不知"文革"中，郁风坐大牢正是江某的操纵。可见郁风是一位尊重历史、讲真话讲究实事求是的人。

作为美术工作组织者，郁风对画家权益的保护，极为重视。她在致美协外联部一封信中，对某次展览途中刘开渠的雕塑《牛》的"不翼而飞"和冯河雕塑《野牛》的破损，深感痛心，她建议外联部"应追查责任然后再考虑赔偿作者或道歉的问题"。

郁风热爱美术事业，不时向美协领导提建议。有封没具明日期的《关于举办海外中国美术家作品展览的建议》，写得十分详尽，对拟邀旅居海外有影响的各国画家列出建议名单，并对几位重点画家的政治背景、作品影响等逐一作了介绍。对画家之间的微妙人际关系也作周全考虑，诸如赵无极与朱德群，两人有矛盾，以错开两人画展时间，化解矛盾。郁风不仅向美协提建议，还向文化部打电话反映，请部里出面让文联、美协关注此事，团结一切热爱祖国的画家；恰孔网有一件一九八三年三月十六日下午文化部电话记录，佐证了这件事。足见郁风认真细致，把工作做到了极致。郁风对赴法整理潘玉良作品也做出了大贡献，早些年在孔网上我见过此类文字，今已不存，无法细述。有封郁风致吴作人的长函，其内容很丰富，遗憾被持有者故意打上马赛克，无从阅读。

二十世纪八十年代，美术界对外交流日益频繁。美协出访多，也邀请海外华人艺术家回国办画展。郁风在出访法国时，因工作需要须滞留两周，为此致函美协外联部希准。关于经费，她主动提出住友人家，不劳公家破费。

12 冯亦代（1913—2005） 黄宗英（1925—2020）

（26通选11）
（1992—2012）

1 昌华兄：

　　手示敬悉。嘱为《爱的絮语》写序，不免有打鸭子上架之叹。然盛情难却，只能勉力为之。日内写就，当寄奉不误。望释念为幸。

　　我们有缘见过，但已不能尽忆。唯大名仍留耳际。承赐名人业书四册，谢谢。目前购书非易，我又病足，久未去书店，去亦无书可买，如你社有好书，乞介绍一二为盼。

　　文稿不用寄来，弟大都读过，虽不能尽记内容，但大致可见梗概，日内文成寄奉。尚乞大力斧正也。挂历尚未收到，当先谢拜。

　　匆上即颂

编祺

冯亦代　上
一九九二年十二月二日
新舍的邮区编码（略）

• 冯亦代（1996年，北京）

2　昌华同志：

　　大函及赠书已收到，十分高兴，谨此谢谢。

　　你要我与黄宗英出合集，可以同意。过去我曾出版过几本书，但多嫌分散，所以能够选为一集，是十分高兴的。我八十年代在三联曾经出过一本散文集《龙套集》，去年天津百花（文艺出版社）准备出版散文《湾流集》，因印数不够，始终未见出版。另外，我又出版几本关于读书的散文，拼拼凑凑加上宗英的二十万字，大概可以不成问题。不过，我们阴历年前应邀赴海南，要过了阴历年才能回来。所以具体商谈如何进行，要等三月初了。好在我的文章都在手头，宗英的文章，则需我找一找，但都是有出处的。我们的合集不包括去年及今年写的。因已答应上海文艺出版社出双人集。希望能得到你们的同意，请示下。

　　再，所寄的书寄错了，按序言列明尚有《清算已毕》未见，现在《时势的力量》下册有两本。没有的，请补寄，我当将多余的一册，随手奉还。

　　谢谢您对我们婚事的致贺。这原来是普通的事，在封建气味还很浓重的地方，写几篇可以开开风气的文章，但文章炒多了，成为千篇一律，就没有意义了。因在发烧，字迹潦草，希谅。即致
编祺

冯亦代　上
宗英附笔致候
一九九四年一月十五日

3 昌华兄：

六月三日大函奉悉。所询各节，谨答于后：

一、《后市街的童年》和《祖父的故事》早于上月底寄出，不知你如何未能收到，莫为邮局所误耶！兹再寄上复印件二份，收到后请告，以免挂牵。

二、我以前的爱人名郑安娜，前函你写为宋师母，我已在上函中请更正，以后请注意。因成为习惯可能影响发稿及校对，不情之请，乞谅。

三、《她就是她》请加副题"——悼亡妻郑安娜"，务请勿忘，因原稿中未写。

四、双人集我的部分均写回忆故人及家事，不适于夹杂忆友人的文章，故乔文请勿转载，以免破坏我的编辑意图。

五、《海石花》所载宗英谈赵丹画文，如能径函去《海石花》编辑部索用，似更佳。否则宗英说不载此文，但是件憾事。

六、请即将宗英已选文章目录寄下，以便写序，拟写后记代替，行文可以随便一些，文章登在何处，意以发行量大的报刊上为好，兄以为然否？

即致

编祺

冯亦代　叩

一九九四年六月九日

照片即寄。

4　昌华兄：

六月十三日大函收到。奉复如后：宗英已出院回家，原（元）气大伤，尚须一二个月休养。关于双人集中，她的文章经商定，一、删去《美丽的眼睛》《有缘万里来相会》《致聂子》及《链儿》等四篇，编入《小木屋》《插柳不叫春知道》《存亡天下》《〈海石花〉谈阿丹画文》《忆三哥唐纳》及《快乐的阿丹》等五篇。我已另函姜金城兄。请径洽《存亡天下》一文，可与彭新琪径约。前函已谈及。二、书名决定用《命运的分号》。三、序改定后当续寄。

匆匆此复，即颂
编祺

亦代　上
一九九四年六月二十四日午前

5　昌华兄：

六月二十五日及六月三十日二函均于昨日收到，查邮戳，该是同日发的。我的序已于六月三十日航空挂号寄上，想已收到。这《序》是宗英写的。

关于宗英辑的"目录"，经我们商定，兹特寄上，除将来另有写阿丹的稿件找到补入，就不再改动了。我们同意用《快乐的阿丹》作篇首，以《存亡天下》作次篇，然后是《插柳不叫春知道》，其他各文请按发表时间顺排即可。亦代辑就不改动了。

此书之名用《命运的分号》，不知足下意见如何？如另有总题目，则此名可作付（副）题，此书估计何日编竟付排，乞告知。

匆此即颂

编祺

亦代挥汗上
一九九四年七月五日晨

取消《越过太平间》，记得仿佛有万把字，如需补充，请考虑《大礼谢饭》——写我从前——四十一至八十（年代），谢各种赏饭之恩，如与佐临篇重复不多，颇愿再借此玉行大礼。——黄

中国翻译工作者协会　　1994.7.5
北京市百万庄路24号　电话：89.4805

冯华兄：

6/25及6/30二函均于悠日收到，害即载诸之同志阅后寄（兄）的序已于6/30航空挂号寄上，想已收到。兹将此记字莫等时。

关于字莫载的《日东》经我们商定，所将寄上（信）将承看所附的稿件改到补入，以不再改动了。我们同意用《块朱的阿母》作篇名，以《在之云了》作代篇。总后之《希腊和可以善知道》至地各文结构发表时间顺排即了。年代稍有无改动。

此书以后用《在远的岁月》，不知是了意如此好？如另有更适用，以此书于不任何送。此书任什行可留竟极任他，云云云；

知此记唱

冯亦

作我才手呼上
7/5晨

取情《越过太平同》》，记得伤引件有万把字，如需补完，请务处此大礼谢台及力一等我人个前谢名印责做之恩，如心依旅苦重爱不多，故愿再借此土护大礼

• 冯亦代致笔者函（1994年7月5日）

冯亦代："我们的脸皮太厚"

我结识冯亦代先生较早，二十世纪八十年代初，江苏人民出版社外文室在连云港开笔会，我参与接待工作，初识冯亦代。冯先生对我帮助颇大，苗子、郁风最早是他代我联络的；稍后，某出版社约我编一本纯亲情散文集《爱的絮语》，需要一名家作序，我便请冯先生担当，先生一口承应，可后来该书胎死腹中，那家出版社换帅，新社长怕赔钱，将已出三校的书稿下马了。我向冯先生致歉，先生把手一挥，"过去了，过去了"。

时至一九九四年，我策划"双叶丛书"，请新婚的冯、黄二位入盟。冯先生一点也不矫情，坦然接受。他说得有趣，说他俩与祖光、苗子他们夫妇不同，他们是新组家庭，故以原有家庭"各自为政"。至于书名，我不知是冯亦代还是黄宗英拟的，叫《命运的分号》，绝对精彩，拟定后又要求更改为《；——命运的分号》，更耐人寻味了。亦代致我的信，多谈书稿篇章的取舍，他特别提出《在重庆抗战时的生活》，在《收获》发时，被编辑删去一些他认为不该删的文字，希望恢复，他寄来原稿的复印件，我一一比对，恢复了被删的部分。亦代很高兴，说是还原貌了。从我来说，有点赎罪心理（《爱的絮语》序未刊发），做得比较认真。他高兴，我更高兴。

我是一个比较能折腾人的编辑，唯美主义思想较重。"双叶丛书"要求作者自题书名。亦代、宗英都未练过毛笔字，写得不大理想，就匆匆寄给我了。冯先生在黄宗英的信补缀一笔："我们脸皮太厚，决定重写。"看到此我不禁笑了。老一辈人讲究的就是"认真"两个字。

6   昌华同志：

　　翻箱倒柜掏阁楼才找到冯老家的笔砚。扎闹猛凑开学去文具店里买来宣纸和元书纸，试写书名。冯老十二年没碰过毛笔，而我又没临帖的基本功，写来写去都不灵光。他说明天再写，我认为大礼拜的儿来孙归未必有摊纸墨的地方，就自做主把一堆破字寄给你。我相信美编同志总有眼力找出有个性又不露"怯"的字来拼凑制版，若一人挑一个字排也挺有趣。剽悍的是我的，隽秀的是他的。反正两三月内难成正果。先这么靠美编大人提携勉为其难地拼选吧。

　　除非有神来之笔冒出来，就算是交卷了。望你月饼节快乐。

黄宗英

一九九四年九月十六日

　　我们脸皮太厚，决定重写。

亦代

7   昌华兄：

　　亦代已进医院快三个月了。我也病了。本来，我俩对别人怎么写我们都不参加意见，此刻，也只改了我在西藏病倒的事，是因为宗洛弟误写了。宗洛把当时组织上商量的打算当事实了。结尾关于儿女，请改一下，因为每次发病全是靠儿孙们啊！

　　结句对我分量太重。我已经有三年不动笔了，也请你改一下吧。谢谢。头晕，住笔。再谢。

宗英

二〇〇二年二月二十八日

· 黄宗英（2013年，上海）

8 昌华贤弟：

　　来信及《百家湖》月刊都陆续收到，已经出到一百三十期了，我都不知道。怎么到现在才想起邀我写文章？不过，还好。我的故乡浙江瑞安，将建一幢三层大厦，筑瑞安黄氏祠堂，一定要我写个详尽的自传。不写是说不过去的，那么屈就：一稿两投吧。你别催我。我正在读两本好书，放不下手。

　　《百家湖》题材多样，内容丰富，编排得当，是本好杂志。惜字体太小了，看着有些废眼。我是二百多度老花（眼），可不戴眼镜看报，看你们的杂志却非戴老花镜不可了。

　　此番用的纪念封，你收好备用，待有人为我寄挂号信时，我将寄给你一份我的纪念邮票。我不太相信华东医院里的小信箱。匆匆不赘

　　我要看书啦。

宗英　冬至后

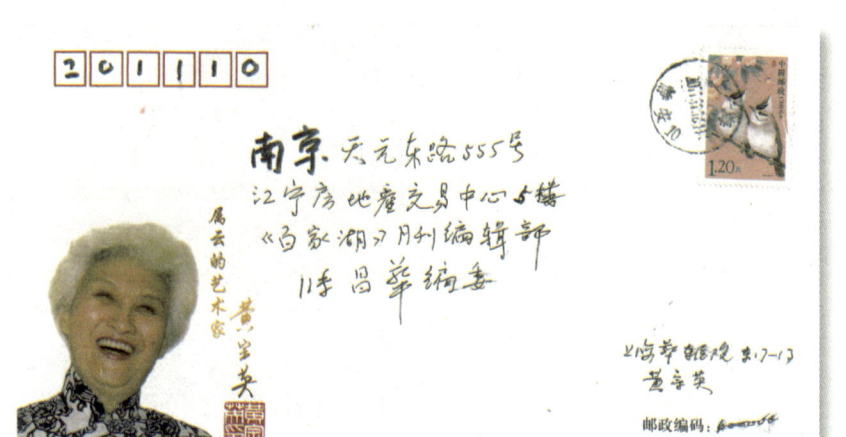

9　昌华好友：

　　今日（十一月二十四日）总算草草写了一篇自己的《命运断想》。是在我的硬壳笔记本上随想随写的。写了约有两万多字吧。许多人名地名都记不起来了。幸亏今年写了，明年后年大脑更加蜕（退）化了。我还得把草稿誊改写到稿纸上，再寄给你。就是照片有点麻烦，我们家，是经过毁灭性抄家的，一些带字的纸和照片都没给留下。陆续有朋友给我找来一些照片，又都被人出书给取走了。我重点写了赵丹。你试着邮购二〇一〇年刘澍著，命运交响曲《赵丹传》(《天下都乐：一代电影大师赵丹画传》)。我买了三册都被人拿走了。照片最全，因为刘澍是中国电影艺术资料馆的研究人员。你买一本吧，实在买不着，我再想办法……我已经不知要跟你说什么了。累了，打住。

　　我把我的纪念封和信寄到（你）那里了，你收到否，盼告。

宗英　傍晚
二〇一一年十一月二十四日

春贤弟：

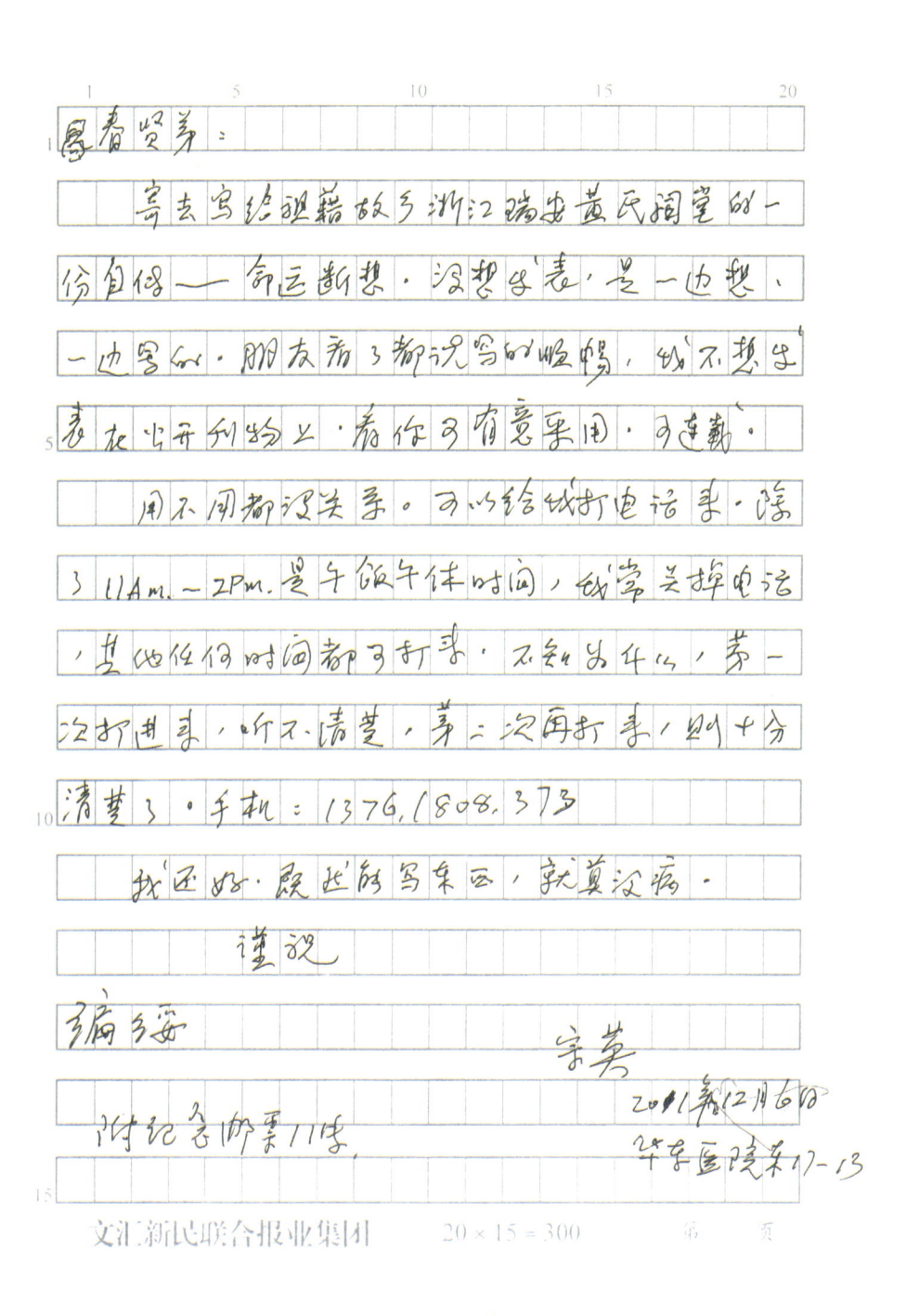

　　я去写给祖籍故乡浙江瑞安黄氏祠堂的一份自传——命运断想，没想发表，是一边想、一边写的。朋友看了都说写的顺畅，我不想发表在公开刊物上，看你了有意采用，可连载，用不用都没关系。可以给我打电话来，除了11AM.~2PM.是午饭午休时间，我常关掉电话，其他任何时间都可打来。不知为什么，第一次打进来，听不清楚，第二次再打来，则十分清楚了。手机：1376.1808.373

　　我还好，既还能写东西，就算没病。

　　谨祝

编安

附纪念邮票11张。

宗英
2011年12月6日
华东医院东17-13

· 黄宗英致笔者函（2011年12月6日）

10　昌华贤弟：

今天是十二月三十日星期五。

我在给您选书画。我看到《百家湖》杂志上印的书画还是很有韵味的。我希望你多用几张阿丹的书画。毕竟这是他的第二次艺术青春。其五十五页、六十一页（《赵丹画册》。——编者）是他在上海美术专科学校的习作，时年虚岁十五岁，实足年龄只有十四岁。有老师的批语，学名赵凤翱，到拍电影改名赵丹。我因为看到你们杂志上红色很鲜艳，所以老找有红色的。其实你们是行家，你们自己选吧。

另外，担心书画页上有的字不清，兹将重要的写在下面：

大起大落有奇福，十年囹圄发尚乌。酸甜苦辣极变化，地狱天堂索艺珠。

好啦，制好版后，恳请将画册寄还给我。我手里一册也没有了，都送光了。不情之请，乞谅之。

好啦，我的字写不好啦！

我很认真，我是把"断想"当作绝笔的。

你们的宗英
二〇一一年十二月三十日下午

可能画册先到。每星期六有一位周义同志义务为我服务。我想还是寄到编辑部，担心你会不在家。

11 昌华贤弟：

你让我题字的信早收到了。但我有发虚汗的毛病，听电话铃响，我一身虚汗；有病友来到我床前说话，我一身虚汗；吃一顿饭，浑身汗透……我只好把你给我的八张卡纸，夹在一本书里，呆坐着看CCTV-11的戏曲。前天，我觉得手不湿了，就找那八张卡纸；我把床边小桌上的书册，一册一册查看，没有，怎么也没有，又急我汗透。今天，我只好决定先用我仅有的可冒充的卡纸，为你写了，在膝盖上写的，很不像话，也算勉强完成任务了吧。候某一天，突然发现你给我的卡纸，我再写一遍吧。

匆匆寄你，收到时，请给我一手机短信。华东医院门口的小邮箱，使我不放心。

祝

如意

宗英

芒种后一日

黄宗英："一息尚存，不落征帆"

黄宗英我接触较晚，是在她与亦代结合之后；但自那以后我与她的联系迄今已二十六年，从未中断。亦代过世后，她便回到上海，长期卧病在华东医院十数年了。我很喜欢宗英的文字，她是"我手写我心"，写作时不讲究什么主谓宾定状补，往往不按常理出牌，猛然冒出一句警句来。二〇〇二年的那封信所言"结句对我分量太重"，是指我写她的某篇文章，说她有一枝如椽的笔，她认为过誉了，要我改一下。

我与宗英过从密切是二〇一〇年后，我到民刊《百家湖》工作，拉她为杂志写稿，以壮声威。蒙她不弃，对我们这份小小的民刊还颇垂青。二〇一一年岁末，她忽然用挂号信给我寄来两万余字的自传《命运断想》，我一口气读完，为她多舛的命途叹喟不已。那稿子是她在病榻旁，用硬壳本子伏在膝盖上断断续续完成的。据她语我，是应浙江瑞安黄氏宗祠而写，原稿被祠堂索去，唯一一份复印件寄我，让我做她的第一读者。她的信任，令我感动。因她写作时手边无资料可查，全凭记忆写就，时间、地点、人物，难免有些出入，我就到图书馆查资料，帮她纠误。最后我为该稿做了全本、节本两个版本。节本在《百家湖》上连载后，我又将其介绍给时在香港某报供职的董桥，董桥很高兴，对稿子"照单全收"，并给黄宗英写信说，是看她的电影长大的，并将《命运断想》在《苹果树下》专栏连载，反响奇好。黄宗英也给董桥写信致谢。打那以后，宗英每信于我称我为"昌华贤弟"。一年后我将该文全本，介绍给青岛报业集团臧杰先生,由《闲话》发表。

二〇一一年我到医院看她,她在我册页上题词:"一息尚存,不落征帆。"次年我再去看她时,她把赵丹的诗"大起大落有奇福,两度(另一版本为"十年"。——编者)囹圄发尚乌。酸甜苦辣极变化,地狱天堂索艺珠"写给我做纪念。关于赵丹,曾有人问她:赵丹演了一辈子的戏,哪一出最精彩。黄宗英说:"是他的死。"

13 周而复（1914—2004）

(33 通选 11)
(1984—2003)

• 周而复（2000 年，南京）

1　昌华同志：

　　函悉。《东方纪事》第二期亦已收阅。见预告登记证已取得，正式出版为双月刊，可以按期出版矣。特此祝贺。目前正逢整顿期刊之时，而能获得登记，不易也。

　　遵嘱寄去条幅一张，望查收。

　　约写人物文章，因出席全国政协大会，尚未动笔。见前刊登巴金书简，未识今后是否要名作家书简？如要，仆处有茅盾致我七函，可提供。茅盾致仆函多件，"文革"中被毁或抄去，因现代文学馆派人来要，我从箱匣中寻出。均系"四人帮"垮台后信件。

　　匆此并复颂

文祺

周而复
一九八七年四月二十四日

2　昌华同志：

两函并悉。"小说卷"与《诱降汪精卫秘密（录）》亦先后收到，特致谢忱。"小说卷"书款，早已嘱人汇去，想已收到。《新民晚报》所要"读书乐"题字，已写就，随函附去。望查收。

《长城万里图》各卷，人民文学出版社负责出齐。江苏文艺出版社拟出一卷，本应报命，但人民文学出版社早已约定，不好失信，谨致歉意，望谅之。《东方纪事》日有发展，闻之甚喜，祝不断取得新成就。

匆复并颂

文祺

而复

一九八八年二月九日

3　昌华同志：

函悉。遵嘱将茅盾先生致仆函复制一份寄去，望查收。××同志最近谈在坚持"四项原则"与"双百"方针前提下，对文艺界采取少干涉方针。《×××》重播，反映强烈。《东方纪事》不必担心怕出事也，执行中央方针即可。工作既然调动，不妨先做再说，不排除将来重操刊物编辑旧业也。不少出版社以经济效益为第一位，很少考虑社会效益。若干年后，将日益看出对社会主义精神文明建设损害也。

匆复并颂

文祺

而复

一九八八年十月九日

周而复致笔者函（1988年2月9日）

4　昌华同志：

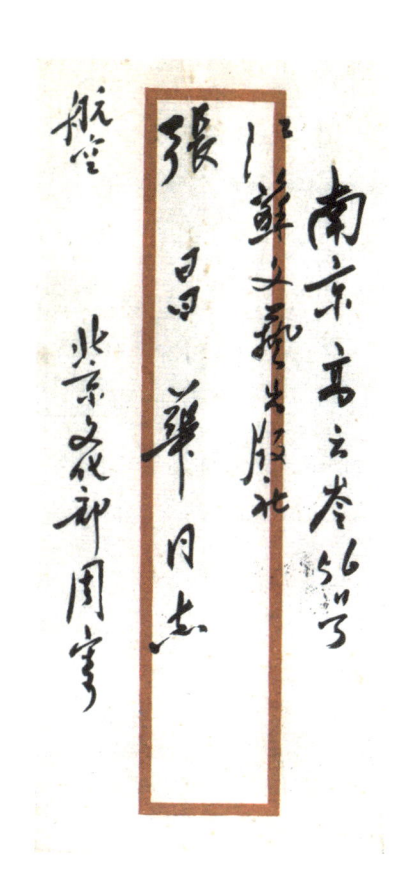

　　大札与《毛泽东生活实录》均悉。该书搜罗较详，富有历史价值。

　　《文汇月刊》至今无消息。该期刊物在京难于购到，如能找到，望代购一本寄来。

　　腰痛稍好，但时发时治。看来不易治愈也。大驾本月下旬将来京，把晤匪遥，当谋一叙。贵社编辑计划与业务近况如何，想逐步起色也。

　　匆复并颂

近祺

周而复
一九八九年十月六日

5　昌华同志：

大札与年历均悉。特此致谢。舍间电报（话）已改为（略），旧号码不用。

为贵社出版拙作事，早记在心，因忙于长篇系列抗日战争小说，暂时不便撰写，也无其他较长作品，但待长篇告一段落后，当设法报命。你社如需出版其他文学样式集子，近期可以设法尽点绵力。我所写长篇小说均用钢笔。你要我以毛笔撰横写一页，易于引起误会。弄虚作假不好。现以毛笔写一开头短文，以钢笔写《上海的早晨》一页备用。

匆此并复

文祺

而复

一九九二年一月八日

6　昌华同志：

大札与《世纪》双月刊，均悉。

大驾因年龄关系退休（退居二线。——编者），从此可以自由支配时间阅读与写作，可以为所欲为，不必上班。多年担任文艺编辑与文学界人士有所接触，介绍作家等，使读者有所了解人与作品，甚好。评介作家易写也难写。一般评介容易，如能表述作家性格，正确评论其作品，不为客观环境所左右，较难。实事求是谈易，真正做到则难。敢于使用春秋笔法发表不易。古今多少冤假错案，往往蒙冤者逝世后昭雪。近者如刘少奇、彭德怀、陶铸等，以及胡风、丁玲和五十年前左右的"右派"，沉冤二十二年始平反。

凡冤假错案，肯定平反，不过时间迟早而已。历史公正，历史无情：楚襄王用谗，谪屈原于江南，沉汨罗江；汉武帝腐刑于司马迁；襄王武帝而今安在？屈原司马迁作品却流传千秋。

你如进京，可以电话联系，当谋晤叙。所需《中国文化报》随函附去。

匆复并颂

文安

而复

一九九九年八月二十二日

7　昌华同志：

函悉。南京之行，畅叙甚欢。

遵嘱为凤凰台大酒店写一幅书法，已抽暇写就，随函附去。望转蔡玉洗编审。阁下索书与紫砂壶题字，也已写就附去，收到后望告。为紫砂壶题字，如制成，喜多得数个，付款也可以。

我原籍安徽旌德，但出生于南京，在宁生活十多年，南京实为故乡。此次寻访旧居，不是毁于火灾（如胭脂巷），便被拆毁另建居民楼。原住殷高巷口，面目全非了，我不相识，大有贺知章所谓"儿童相见不相识，笑问客从何处来"感受。

你虽离（退。——编者）休，是否仍兼管出版社某些工作，抑或闭门写作？望努力为之。

匆复并祝

近好

而复

二〇〇〇年十一月六日

8　昌华同志：

寄来《书香人和》等著与大札均悉。因事外出迟复为谅。寄《周而复研究文集》一册，收到后望告。

足下写老一代作家，多数系旧雨，阅时如见其人，行文又幽默流畅，引人入胜。但所写对象，缺少其重要成就与特殊贡献，今后拟写下册，不妨注意及之。当然不是写学术论文。

我一生庸庸碌碌，乏善可陈，不过笔耕不辍，尽其绵力，创作长篇小说与长诗，只是雪泥鸿爪，并非巨构。

你如来京过访，抵京后，可通电话（略），约定时间晤叙。

匆复并颂

文安

而复

二〇〇二年六月十日

9　昌华同志：

大札已悉，因忙迟复望谅。

《书香人和》续篇出版问题，如果其中有数篇吸引读者文章，想来出版不难；但目前出版界包括国家一流出版社往往不是社会效益第一，而是利润第一，迎合某些读者低级趣味，争取所谓"畅销书"。至于学术质量高的书和精心创作思想高尚的文学创作，不可能立即"畅销"，但能长期销售，成为国家文化、文学成就积累。"文革"以来，有的出版社利润不薄，但名著很少，哀哉！

"研究文集"尚有部分国际评介，因稀有文字（非通用英、法、德、意、俄、日等文字），一时未找到人翻译，尚未收入。

我不准备写自传，但早已写出《往事回首录》，已自一九九二年开始在人民文学出版社所出版《新文学史料》连载，时间将近十年，拟尽可能早日告一段落。如需要，可向图书馆借阅。

匆复并颂

文安

而复

二〇〇二年八月二十四日

10　昌华同志：

大札与《钱锺书传》《辜鸿铭评传》均悉。

春节前后忙于接待来客与参加某些必要的活动。今日稍有空闲。召开党十六大前，某某某等对我所制造冤假错案，经江总书记关怀已平平恢复党籍。

孔庆茂先生邀你合作，我表示欢迎。诚如你所说，我们相识近二十年，了解较多。我所写《往事回首录》于一九九二年在《新文学史料》（人民文学出版社）连载至今。你们如要参考，可向南京图书馆或其他处借阅，也可复印。

你明年五月将办退休手续。作家与学者退休后，时间更多，以后时间属于自己，可以继续从事自己创作或研究工作。除为出版社创收百万元利润，望在文学创作与研究方面获更多更大成果，这超过百万元。利润易得，创作与研究难得丰收。要努力，一分耕耘，一份收获也。

匆复并祝

新年健康快乐！

而复
二〇〇三年二月十九日

11　昌华同志：

新年快乐，万事如意。弟九月初患黄疸病，住北京医院至今，病情有好转，今年出不了医院。

而复
二〇〇三年十二月二十一日

周而复："历史公正，历史无情"

周而复同志，我知道其大名始于二十世纪六十年代《上海的早晨》，结识他时是他丢了"帽子"、失去"椅子"之困厄时期。他致我的信有三十三通之多。现挑出几通略作说明。

周而复一九八六年因赴日事件遭开除党籍处分，行政上保留全国政协委员职务。我向他求字，他书赠我一条幅，是杜牧的《念昔游》三首之一：

十载飘然绳检外，樽前自献自为酬。

秋山春雨闲吟处，倚遍江南寺寺楼。

诗的大意为：诗人自述不再过"绳检"之拘的日子，刻下过着自酣自酌、自由自在、自得其乐的生活；虽然貌似潇洒自在，但隐隐透出莫名的凄苦感。后两句写"游"，用"秋山春雨"概括，呼应上文"十载"，使人联想到诗人的"多少楼台烟雨中"，亦对世事沧桑之感叹。当时我在编《东方纪事》，每期寄他，他见某期刊有"巴金书简"后，说他有茅盾致他函若干，可否发表。我请他寄来，推荐给萧关鸿兄主持的《文汇月刊》发表了。（一九八七年四月二十四日致笔者函）

一九八七年岁末，他寄赠大著《长城万里图》首卷《南京的陷落》，当时不知后面几卷将由何家出版社出版，我希望他能给我们社一部。他客气地说"本应报命"，因已有约，谢绝。在他写《南

京的陷落》时，我曾为他搜罗《诱降汪精卫》等资料，他竟寄等值邮票给我以充书值。（一九八八年二月九日致笔者函）

一九九九年，我已从副总编席上淡出，我开始写点与文坛师友过从的小文章自娱自乐，他说"甚好"，在另信中劝我"不妨订一读书与写作计划，徐徐图之"。但他认为："评介作家易写也难写。一般评介容易，如能表述作家性格，正确评论其作品，不为客观环境所左右，较难。实事求是谈易，真正做到则难。敢于使用春秋笔法发表不易。……历史公正，历史无情：楚襄王用谗，谪屈原于江南，沉汨罗江；汉武帝腐刑于司马迁；襄王武帝而今安在？屈原司马迁作品却流传千秋。"（一九九九年八月二十二日致笔者函）

千禧年，他来南京参加全国艺术节，得以晤聚，"畅叙甚欢"，是指他在下榻的南京中心大酒店接受了我的独家采访。他一抵宁便让李秘书给我打电话，旋我与他直接通话。我提出独家采访他的要求，他同意了，但要我先拟一提纲让他过目。记得我拟了七条，比较尖锐的是他控诉《××青年》侵害他名誉权，以及十分敏感的"赴日事件"。周而复看过提纲后提出：一不准录音，二不准记录（听不清字句可问）。我当然恪守约定条款。他向我承诺，他所陈述的都是事实，如果照他的原意，见诸报端而引发官司，他可对簿公堂。（二〇〇〇年十一月六日致笔者函）

《书香人和》是我的第一本书，出版后我寄请他指正。他在礼貌性的评述后，坦率地提出自己的意见，云对所写对象要写他们重要的成就与特殊贡献。我说我将来想写写他，他谦称自己"乏善可陈"。（二〇〇二年六月十日致笔者函）这封信他写的字比较草，且字迹有些发抖，我请几位同事共同辨认，才将其读出。该信透露出他个人重大信息，即关于一九八六年的处分问题"新说法"。

其时我行将退休,他勉励我"继续从事自己的创作或研究工作"。对出版社的"两个效益"问题,他有微词。此之后的一封来信云:"'文革'以来,有的出版社利润不薄,但名著很少,哀哉!"(二〇〇三年二月十九日致笔者函)

周而复给我最后一封信是二〇〇三年十二月二十一日,时在病中,简短几句写在新年贺卡上,告知我他因病住院。二〇〇四年元月七日我进京,八日上午赶到北京医院去探视他。周而复已双目紧闭,我在床前呼唤他的名字,他没有任何反应,我怏怏离去,当天下午他便告别人世。九日,我在全国书展上获知,周而复的洋洋一百万言《往事回首录》已面世。该书单页广告上赫然写着:"堪称红色作家周而复,见证红色风暴的封笔孤本。"

14 王世襄（1914—2009）

（6通选4）
（1995—2003）

1 昌华先生：

遵嘱重写书签，随函邮上，不知可用否？

匆此即颂

编绥

王世襄

一九九五年十月二十二日

• 王世襄（1996年，北京）

2　昌华先生惠鉴：

大函及文稿收到，揄扬过甚，惭愧惶恐。题目尤为不妥，请勿用。我看用副标题做题目即可。请酌夺。

尊文流畅而有文采，只一些不尽符合事实的地方略作修改。

北京期刊《人物》若干年前发表过介绍下走的文字。去年又有人投稿记我和咸宁渔家打鱼的文章，再投可能太多了。《中华英才》（不知名称是否对？）曾两次要采访我，因未找到合适的执笔者而未果。不妨试投，或许比《人物》合适些。

《锦灰堆》中的图片您不妨尽管用。

草草函复，即颂

文祺！

王世襄

二〇〇〇年十二月十二日

3　昌华先生：

承惠寄《漫说》复印件，十分感谢。能经《新华文摘》转载，确实不易。今晨赴人民出版社购得一册，收藏留念。

大作有关范用、郁风两位大文，先睹为快。发表后如蒙函告出版日期，即可查找，谢谢。匆此即请

撰安并颂

秋冬大吉！

王世襄

二〇〇一年十月十一日

昌华先生惠鉴：

大函及文稿收到，褒扬过甚，惭愧惶恐。题目大不妥，请勿用。如用副标题作题目即可。请酌夺。

章文流畅而有文采，只些不尽符合事实的地方略作修改。

北京期刊《人物》若干年前发表过介绍个老的文字，去年又有人投稿记刻和成于演家书画的文章，再投可能太多了。《中华英才》（不知名称是否对）曾两次要采访我，因未找会适的执笔者而未果。祝劳动减 或许比《人物》更适些。

《锦灰堆》中的图片您不妨酌情借用。

草此函复，即颂

文祺！

王世襄 2000/12/12

• 王世襄致笔者函（2000年12月12日）

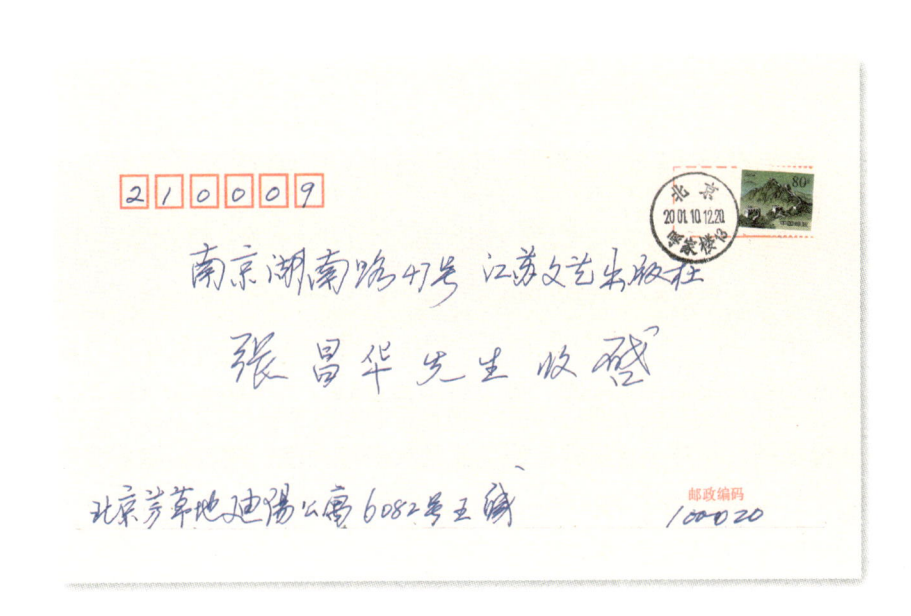

4 昌华先生大鉴：

　　蒙赠木刻水印信笺，十分感谢。仍当观赏，一般信函，舍不得用也。

　　知有大作将面世。晨舟所写一书中的照片，请尽管用。

　　此覆并请

撰安！

　　　　　　　　　　　　　　　　　　　　王世襄

　　　　　　　　　　　　　　　　　二〇〇三年四月二十八日

　　疫情南京没有北京严重，但也须注意珍摄为要。

王世襄："编者往往比作者更重要"

新千年前后，王世襄先生大名远扬，如雷贯耳，被誉为"京城第一大玩家"，文博界、民俗界的粉丝多得不得了，到他北京芳嘉园拜访者一时如过江之鲫。我虽喜附庸风雅，但不敢贸然访谒。我有缘识荆，拜陈小滢所赐。我为小滢父母陈西滢、凌叔华编散文合集《双佳楼梦影》时，请小滢自题书名。小滢说她自幼生活在国外，汉字写得能吓死人，她推荐王世襄，说王先生与她母亲在英国有交往，而且还说她母亲去世时，王先生亲自吊唁，还送了一副挽联："叶落丹枫归故土，谷空兰谢有余馨。"一九九五年秋，我登门拜访王世襄，请他为陈、凌散文合集题签。先生自谦一番还是答应了。第一封信中他说"遵嘱重写书签"，非字写得不好，而是陈小滢对原拟的书名《爱山庐梦影》不满意，要求改为《双佳楼梦影》（她父母居武大时楼名）。迫不得已，请王先生重署。

二〇〇〇年前后，我在《人物》开了一个专栏，专写文化名人，编辑部点名要我写王世襄。受人之托，忠人之事。我不敢造次，写好后，呈请王先生寓目。他把我笔下对他的溢美之词删掉了，另纠正几个史实上不确切处。我原拟标题是《唯王独尊》，他觉得太过誉了，认为不妥，后改用原副题《漫说王世襄》，他认同了。稿子在《人物》刊发后，社会反响不俗，《新华文摘》予以转载。我将此事告诉先生，他十分高兴，写信告诉我说，他还专门到人民出版社门市部买了一本。

某年，我去他家玩时，请先生为我留墨，他在我的册页上题了一句"编者往往比作者更重要"，我无以为报，送了他一函水印木刻《北平笺谱》。王世襄为人特别随和谦恭，质朴得像尊陶俑。先生样子木讷，平时话不多，但出语幽默，其书法也属上品。他的芳嘉园小院名字就有诗意，院内花木扶疏，给我印象最深的是宅前有只自制的大信箱，是他自己用几块未经加工的毛糙的木板钉制的，足有小书柜大，他用毛笔自题"王世襄信箱"五个大字。那信箱经风雨侵蚀，斑驳不堪，一如他为人的质朴、实在，有容乃大也。一九九七年，王世襄迁出生他、育他八十年的芳嘉园小院。此前，我听说小院要拆迁，悄悄溜进小院，未敢惊动主人，专门拍了小院风景和那只质朴无华硕大无朋的"王世襄信箱"。

15 赵清阁（1914—1999）

（2通）
（1998）

1　昌华同志：

大函及照片收到。谢了！

雪林老友回大陆，我先由张卫同志通知，原以为可望谋面，不意她又匆匆返台，不胜怅怅！从安徽寄来报纸看到她的一切情况，尤其照片印象十分健康，为之欣慰。比起她来，我老病不堪，愧甚，愧甚。

近三年不接她来信，据说视力不济，我亦视力衰极，彼此皆老矣！

中央电视台日前来拍《二十一世纪中国妇女》（《二十世纪中国女性史》）系列片，我已推荐苏雪林，他们可能去台湾采访，便中告诉她。

下次莅沪可先电知时间，电话（略）。

匆复，祝

夏祺

赵清阁

一九九八年八月十三日

·赵清阁（1999年，上海）

2　昌华同志：

　　手书及两本"双叶丛书"均收到，谢谢。"双叶"的策划别出心裁，很有意思。难得你把赵元任夫妇的文章征集到了。他们的文章在大陆不多见。凌叔华夫妇和徐志摩夫妇的出版没有？志摩的日记可以收进，里面包括小曼的日记、信札、名人字画，颇具可读性。

　　中央电视台上月赴台湾去看望苏雪林未见到。我托他们带了封信，也没交给本人，空跑一趟。我原要他们录点形象资料，让大陆读者一睹丰采，留个纪念，竟未如愿，甚憾！你最近和她通信否？情况如何？十分惦记！便中代我致意。

　　视力不济，余不一一，顺颂

编祺

赵清阁

一九九八年十月三十日

上海社会科学院文学研究所

昌华同志：

手书及赠本人《双叶丛书》均收到，谢谢！"双叶"的策划别出心裁，很有意思。对你们把港台作家归的文章汇集到了，他们的文章在大陆不多见。凌叔华夫妇和徐志摩夫妇的书收没有？志摩的日记可以收进，里面足够办几册的吧。信札、名人书画，均足观可读性。

中央电视台北京赴台湾专看张苏雪林未见到，我托他们带了封信，也没交给本人，空跑一趟。我要求他们有关资料形像，让大陆读者一睹异采，留个纪念，竟未如愿，气愤！你们还和她通信否？情况如何？十分惦记！便中代我致意。

视卅不俱，余不一一，顺叩
俪祺

赵清阁 98.10.30

赵清阁："苏雪林是我的老友"

结识赵清阁缘于苏雪林。我因编《苏雪林自传》遂与苏先生有交往。苏雪林曾对我说过上海她有两位老朋友：施蛰存和赵清阁。苏雪林继子张卫来宁时，也曾与我说过赵清阁与其母关系不错，一直有联系。

一九九八年五月，苏雪林回大陆省亲，事先赵清阁已接张卫函告，或因苏先生来去匆匆，或因赵清阁身体状况欠佳，她未能到合肥晤聚。我去合肥见了苏先生，并将所拍的一些照片寄赵清阁，她很高兴。第一封信中所言"近三年不接她来信"一句，其中有故事。我后来读《苏雪林日记》始知，苏雪林寄给她的书、信，不知何因赵清阁没有收到。那时两岸关系还相当微妙，苏雪林担心她老给赵清阁写信，会给对方引起什么麻烦，故而中断。后来苏对赵的问候大多请朋友口头转致。不过，一九九四年，苏雪林说台岛文友为她九五华诞要出一本纪念册，请赵清阁也参加热闹一下，赵清阁写了《隔海拜寿》，苏雪林还寄赠我一册。二〇一六年我为商务印书馆编《苏雪林日记选》，发现苏的日记中对赵清阁有多次记录，还为赵清阁代转过纪念陆小曼的文章给《联合报》。

她们的友谊始于二十世纪四十年代中期，苏雪林在武汉大学执教时，曾与法国汉学家善秉仁合编《当代中国戏剧小说一五〇〇提要》一书，广征二三十年代作家资料撰成小传，苏雪林因征集赵清阁的资料而与其相识。翌年，赵清阁拟选编一本现代女性作家散文集，反过来又请苏雪林供稿，苏雪林衔命为赵清阁写了篇历史小说

《黄石斋在金陵狱》，后由晨光出版公司出版，题为《无名集》。时至一九四六年她们在上海见面，赵清阁还带苏雪林去拜访陆小曼……

赵清阁一直没有忘记老友苏雪林，一九九八年中央电视台采访赵清阁，拍《二十世纪中国女性史》系列片，赵清阁推荐苏雪林。其时我与苏雪林通信甚勤，她嘱我通知苏雪林有这么回事。后赵清阁又来电话，要我给央视这个摄影组提供一些有关苏雪林的文字资料，我当然立即照办。

赵清阁后来又告诉我央视摄制组到台湾，却未见到苏雪林，"空跑一趟"，不知何因。据我所知，其时苏雪林已住进安养中心，健康状况极差，基本不能言语，不便接待吧。

一九九九年四月，我由上海友人沈建中陪同，去看望赵清阁先生，其时她已在病中，但精神状态尚可，她说："苏雪林是我的老友。"我们聊了一个小时，孰料半年后她便作古。

16 梅志（1914—2004）

（4 通选 2）
（1997—1999）

1 昌华先生：

先谢谢你照的相片，果然是很好。校样已看过，我没什么地方要修改的，就付排吧。

我觉得还是用《长情赞》好，这是胡风先生早在几十年前就定下了的。我不忍心改它，不用它。

别的我无意见。你还有什么意见可来信商酌。专此颂

编安

梅志
一九九六年十一月二十九日

·梅志致笔者函
（1996 年 11 月 29 日）

171

•梅志（1996年，北京）

2　昌华先生：

　　谢谢你的贺年卡。

　　现寄上你要的资料，不知合格否？

　　胡风的亲笔签名是不可能了！我从他的评论集中勾出来的，不太有劲，你如能找到他的评论集用上当更好（人民文学出版社）。

　　说明两节也附上？合用否？个别字可删节。

　　提什么问题可来信，我当尽可能修改。匆匆专此顺贺
春节好

梅志
一九九七年一月十五日

附梅志《长情赞》序

我和胡风都十分喜欢秋天的红叶。看着它们经过了寒风和严霜变得那样红彤彤的,我们不由得产生了敬意。因此,当我看到江苏文艺出版社推出的"双叶丛书",封面上还用了红叶时,一下子就被它吸引住了,并被主编的匠心和深情所感动。

可是,主编却来向我约稿了,并且十分诚恳且执着。这可使我为难了。因为我早已成了孤叶一片!不过,我也曾与胡风双叶并列,经受过萧杀的秋风和凛冽的寒霜,同甘共苦相伴过了五十一年。现在,我虽孑存,幸有故人和往事与我相随,活在我的记忆里。

记得过去我只要看到红得耀眼的红叶,就会捋下两片来。一片赠给胡风,夹在他的日记本里,一片就夹在我正在看的书中。可惜,这些红叶一片也没有留下。他日记本中的那些早在一九五五年查日记时就查得一片也不存了,而夹在我书中的那些也没有再见到。

如今,每年面对红叶时,我除了感到酸楚之外,总要想起一些往事。从胡风去世后,我写的多半就是对逝去的导师、友人和亲人的回忆,尤其是我和胡风一起度过的那些岁月。

当然,我的文章没有他写得好,但这些都是出于我的真情和思念,我想,亲爱的读者是能够理解的。

一九九六年十月

梅志:"老老实实做人而已"

在我结识的女性文学前辈中,梅志所受的苦难是最深最多的,而她的端庄与典雅是可数的。我认识她时她已八十多岁了,一口乡音(常州)仍是那样浓烈。

"双叶丛书"第一辑出版后,我在文学圈内广为散发,给梅志先生寄了一套,并邀她加盟。她表示同意。具体选稿工作由其女晓风担当。

书稿编成后没有冠书名,晓风嘱我代拟,我试拟《二度梅》,被梅志否决了。晓风没有说明具体原因,只是说母亲不喜欢,改为梅志自拟的《长情赞》。据晓风说,那是父亲胡风在狱中写给母亲的一首诗的标题名,"自然有特殊意义"。后来我想大概是我初拟的书名太俗,且又是以"梅"为中心,而梅志所关切的是胡风与她的"长情",《长情赞》书名既大方又有内涵,比我拟的好得多。书名的题字,是梅志从胡风遗稿中拣出相关的字,由她亲仿的。

我两度拜访梅志,曾写一篇访谈稿,寄请梅志过目。晓风复我一信,对此稿不大满意,她认为"让她自己来复述这些内容不很合适",因为她的《往事如烟》已广为流传。《胡风传》已经出版,读者对很多情节已经熟知,现在再用她本人语气来概述某些内容,不仅不能感动读者,反而有"炒作"自己之嫌,不但显不出"亲切自然",反而会起副作用……我仔细想想,她还说得实在有道理。晓风建议我从第三者的角度,写自己印象和认识或会好一些。推心置腹,语意恳切,我自然接受。于是我重新构思,改变视角,重写了一篇，再奉晓风。晓风对这一稿改动了几处，看得出她仍忧心会不会吸引读者；但她没有直接表示反对，我就将其发表了。

梅志为人一生低调，晚年在总结自己时说："我实为一个平庸的老妪，仅比一般人多受了一点苦难，也就是知道一点为人之大不易。其实，我也仅仅是尽自己一点能力，不伤害生灵，不哗众取宠，老老实实做人而已！今天能坦坦然地见人，理直气壮地说话，可能也就是我的平庸吧！"最后一次见到梅志是一九九八年，在北京纪念许广平诞辰一百周年暨《许广平文集》首发式上。那日她是由鲁迅的儿媳马新云陪伴而来的，大家都是熟人，我们三人还合了张影。晓风对我为她母亲拍的一张照片挺满意，梅志逝世后出了个小纪念册，她把我拍的那张照片用上了。

梅志的文字清丽隽永，饱含深情，故将其《长情赞》序附后。

17 华君武（1915—2010）

（12通选8）
（1992—2007）

1 昌华同志：

　　我不善写文章，写了亦未留原稿，题字是领导人事，我的字又不好看，只配我的漫画，因此也没有。现寄上近作《八戒入浴图》复印件。今用我（一九）八一年旧作《死猪不怕开水烫》的一些关于漫画民族化的看法，两帧均为复印，寄奉请看能用么？我十月三日至十二日去日办个展，十月十九日至十一月二十三日在陕沪、深圳、福建，都不在北京，特告此期间不要来信，以免误事。祝
学安

华君武
一九九二年九月二十五日

·华君武

2 昌华同志：

　　示并《文人漫画》收到。漫画本应和文学有密切关系，丰子恺之画之个性亦是他的文学素养。（我）现在患病住院两个月，现已出院，要静养休息半年，以待恢复，在此期间，不要过多活动，请你谅解，即祝
大安

　　　　　　　　　　　　　　　　　　　　　华君武

　　　　　　　　　　　　　　　　　　一九九三年十月二十六日

　　又：中国漫画作者缺这点维生素，故不耐咀嚼。作家随手涂来，极富生趣，好比儿童作家妙趣似天成。但大人要去学他，反而不成，唯有韩羽可得此天趣，但成了阳春白雪，下里巴人就难领略了。草草请谅。

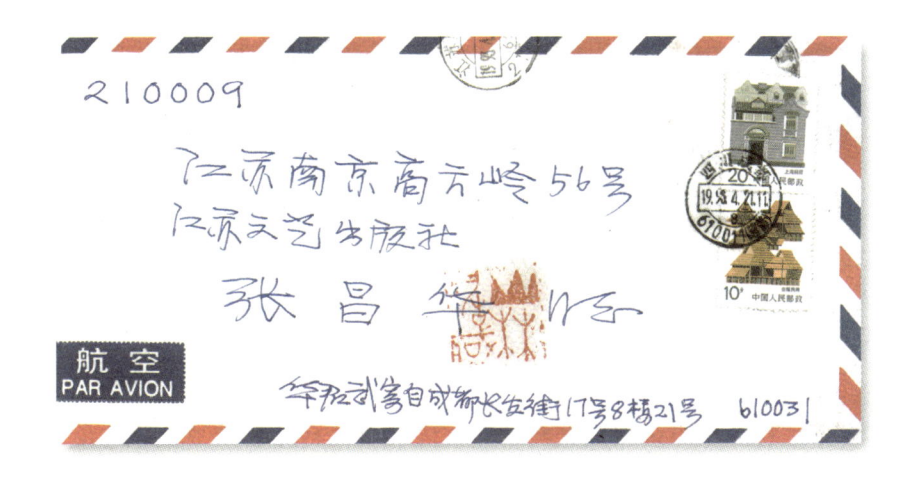

3　昌华同志：

因检查住医院半月，回来后见到信，迟复请谅。我今年已八十五岁，人老易忘，蒙赠两册书是什么已记不得了，烦再告我。约在去年底，在上海《文汇报》笔会似看到你的一篇文章谈许多作家，如与钱锺书等的交往，我还想张昌华是谁呢？可见一九九二年的事已忘得干干净净了。我不惯写训人的辞，请谅，另附最近出版一本未上升为理论的创作经验谈（另邮挂号寄奉），请指教。

祝
春节快乐

华君武
二〇〇〇年一月三十一日

又：不必告了，是周有光夫妇、赵元任夫妇的书。

4　昌华同志：

八月二十日手示早到，以为你要来京看书展，故在家坐等，没有想到应该先回信欢迎并告你京寓电话。因此书展已过未见驾到，特函抱歉。

今天写信：一、廖冰兄的漫画是很厉害的，因首先是佩服，但画上官僚手持人骨大啃，又不注明贪官身份，使人误会是整个共产党，这是不分个别与一般，局部和全局的关系，因此我看冰兄某些画，有不分延安西安的感觉，仅此一点意见。我曾送他一画，画中孙大圣从老君炉中逃出，未吃仙桃，却沾了一身臊气。你的文章写得很有味道，和你漂亮的字一样是有修养的非等闲之辈。

二、我今年三月在广州开百幅漫画展时，他来看了我的漫画，悔无详谈，返京后，四月下旬因不慎练拳摔倒，股骨头折，动了手术，卧床四十天，换了钛金属的，六月初出院，迄今，恢复良好，可不扶杖走路，但究竟是老人了，还不能快走。生活可以自理，但伤腿穿袜，还要老伴帮助。伤后曾作顺口溜：

老头练太极／还想金鸡独立／摔断了股骨头／自不量力。

"文革"前我几乎年年到南京，"文革"后去少了，老友大多都"阴"国留学了。

迟复请谅。

安

华君武
二〇〇〇年九月二十五日

5　昌华同志：

示并书早到，因近一个月我的爱人病危（淋巴瘤），你的书信，不知放在何处，今天方发现，但现在无心写长信，我因早年在《人民日报》工作，复信成了习惯，每信必复，也成了乐趣。我只有三种信不全复，一为集邮签名，二为索字索画，三为收藏。一月前还想写一短文，希望出本新式尺牍，现在又用电脑写信，将来连手写的信也消灭了，写的信狗屁不通，信封也不会写，常常写了姓名没有称呼，连有文化的机构也直呼你名，如打个叉就像"文化大革命"重新来了。

现在无兴致写，特此简复。谢谢《书香人和》。

致
礼

华君武
二〇〇三年二月十九日

6　昌华同志：

收到来信和《走近大家》十分高兴。这半年是我的不幸的半年。今年二月二十日，老伴宋琦因淋巴腺瘤，离我而去，相识六十年结婚五十九年。至今我才了解"老伴"之可爱和涵义，当然生离死别是每人必须过的关，她也八十三了，可称高寿，但走后从未感到的"冷清"却来到身边。相别之前，我们互相商量，后事简办，因此只在三十人范围，简单告别，不敢麻烦大家，请谅。

《走近大家》中的人物，大多是老前辈，早已闻名，但不都相识。你的取材是生活中来自有佳趣，我会喜欢的。但你要写我，我的生活不是起义将领，又非地下工作，因此前几年北大出版社要出社会上一些"贤达"的丛书，几费周折，听说选中了萧乾和（原信空白。——编者），嫌缺少他们二位的"坎坷"，因此作罢。所以你如果要采访最好能商量一下，再则对我采访的人多了，电影、电视、报刊不时光顾。我肚子里只有那么一点"货色"，讲久了都是"陈货"，很像破裂的"留声机"片，连我自己也听烦了。如果你采访，望能躲开为好。

今年大热，是我一九三八年离开上海奔赴延安（可称北方）六十五年所未见。南京之热更可想见。如今你们还在秋老虎掌下，我们已经享受二十七度的秋天了，特此慰问。

华君武

二〇〇三年九月八日

中国美术家协会

昌华同志：

　　收到来信和《走近大家》十分高兴。这半年是我的不幸的半年。今年2月20日，老伴宋琦因淋巴腺癌，离我而去。相识60年结婚59年。至今我才了解"老伴"之可爱和涵义，当然生离死别是每人必须过的关，她也八十三了，可称高寿，但走后从未感到的"冷清"却来到身边。相别之前，我们互相商量，后事简化，因此只是30人范围，简单"告别"，不敢麻烦大家，请谅。

　　《走近大家》中的人物，大多是老前辈，早已闻名，但不都相识。你的取材是生活中来自有佳趣。我会喜欢的。但你要写我，我的生活 不是起义将领，又非地下工作，因此劝劝北大出版社另找社会上一些"贤达"的丛书，只费周折。听说这中了"有乾和

华君武致笔者函（2003年9月8日）

7　昌华同志：

信到。因人老了，眼、耳、心、手、脚都老化，动作也慢，事倍功半。你的文章里误笔甚多，要一一改。一天两天也改不完，这些小事，比如说数学老师吴在渊和助教的事混在一起，我过去在文章中已写得很清楚了，不知为何又变成你写的样子了。又如华潮改名，你不是杭州人，又变成浙江土语？我的意思是编造的话华潮＝造话，是同学跟着叫，并非一个同学叫，这是小学生爱闹造成的。

我进银行是"初级试用助理行员"，你又变成初级试用助理员了，我的《西行漫记》也不是银行同事借读的。

总之我写这些是我自己的感受，你在一个"八路文书上士"题目下，写了那么多，连解放后和傅抱石对酌都成了"上士"的内容了，因此我也不再犹豫。

我近年还请人刻了闲章，一方是"大愚若智"，这是我自省在我参加革命后所犯的错误，或"左"的错误漫画之总结。你写我闲章这就很难讲，这种图章只好自己写文章。但我又无权不要你写，所以我看你还是再考虑一下。

为《光明日报》作漫画，前因后果不写就片面，我说"你敢登我就敢画"当中缺了一段中南局宣传部王匡一段事，穆欣才来找我的。

这种事只有个人写才能抓住关键。所以我写着写着也就不想改你的文章了。

还说我是（上世纪中国漫画第一人），你这不是替我自找麻烦吗？

我决定不修改，你发表了，我又变成"上世纪中国漫画第一人"了，我敢这么默认吗？

华君武

二〇〇四年八月二十七日

你的长信很漂亮扣留不退了。

8 张昌华同志：

感谢邮书《曾经风雅》，华老已阅赞之。君武老先生现年已九十有三，目前难以握笔，所托题字一事不能办理，今托我代笔复音并致谢，请谅之。

致以
敬礼

服务员老汪

二〇〇七年十二月十二日

183

华君武："再送东西就断交！"

华君武同志赠过我画稿，赐过我大著，写过十多封信，然阴差阳错，我们却无面缘。对我的信，华君武几乎是每信必复。衰年写不动了，最后一封信是让服务员老汪代笔复的。从他致我的十二封信中，他对当代漫画的看法，对友人画作的品评，以及对我写他文字的意见等，可看出这位老革命的一身正气和幽默。华君武逝世后，孔网上流出一大批他致领导、同事、友人的信札，我地毯式地搜索一遍并下载了，从我看到的这些信中，看出他对下属的关心，对读者的帮助，不愧为"亲民大使"；对官僚主义、歪风邪气，他嫉恶如仇，不愧为共产党人。为助大家阅读兴趣，我在此援引几封他一身正气的信（隐去上款，保留日期）。

华君武在中国美术家协会（美协）领导岗位上时，党组反映某同志有颐指气使、目无组织的行为。他在接到报告审阅相关材料后复信说："任何党员都要接受党的审查，遵守党的纪律，向党陈述意见，绝不能允许对党采取任何蛮横的作风。"并一针见血指出，某某某这种胡闹"实际上是一种'文革'的后遗症"，并指示应按党纪"在调查之后"处理。（一九八六年四月十四日）

他对体制系统内的文牍主义、公文旅行深恶痛绝，在致相关领导同志一函中说："信（某老画家的诉求信。——编者）是给艺术局的，如按公文转，又要转出版局、人美，就要变成踢皮球了，不如径直寄你，提高功效。"大概是此类情况较多，信访往往如泥牛入海。信末，华君武不客气地又补了一句："望你解决同时复我一

信，不要官僚主义。"（一九七七年五月三十一日）

某年，上级领导部门就美协顾问、理事人选征求华君武的意见，华君武复函直言不讳："某某同志作美协顾问，我没有意见，虽然我对他的为人存在怀疑。某某同志作理事，除非有人提出，我个人不能提出，因为这不是属于团结和反对这个概念，这样的人如果团结了，我们就会失掉一些人对我们的信任。"即令如此，华君武最后仍表示："如果人事安排小组认为应安排，我就执行。"（一九八四年十一月十二日）

对待上级机关派来的"钦差"，他也不唯上，不盲从。一九八八年邮票评审委员会已审定为李可染、吴作人与叶浅予三位出邮票。但发行局内部有人"横生枝节"，向邮电部打小报告称："美术界内部复杂，门户观念，不宜出此邮票。"作为评委之一的华君武在相关会议上，直言有关部门："不要老用美术界复杂之说来颠三倒四。"他的发言获得与会者一致认同。而某部来的自称"领导美协的"某同志在会上不表态，不反对，会后又以"我是来领导美协的"自居，搞"小动作"，并放言"美术界就是复杂"。华君武忍不住拍案而起，致函那位"领导美协"的"领导"，诘问："这种举动意味什么？"（一九八八年十月二十六日）

在美协日常工作，承办对外展览、派员出国，以及接纳外国来华进修的艺术家问题上，华君武秉公办事，恪守"外事"原则，不以对方提供经费方便为方便，坚持"我们的权利"。（一九八三年十月十一日）

对某些书画专业出版社不积极为画家服务，他幽默地批评说："不要摆出一般老爷架势，占住茅坑不拉屎——尽放屁！"（一九八八年五月十二日）

华君武方圆有度，不仅在对"公"问题上坚持原则，自己在做人上也清操自守，一位友人（名人）托亲戚给他送来礼品和一幅画，希望华君武在那画上题字。华君武认为此举俗气，拒题。复信说："我不喜欢的画如何题字？"并声明："再送东西就断交。"（一九九五年六月五日）

18 杨宪益（1915—2009）

（1通）

（2009）

1 昌华兄谢谢

杨宪益

二〇〇九年一月十九日

• 杨宪益（2008年，北京），赵蘅提供

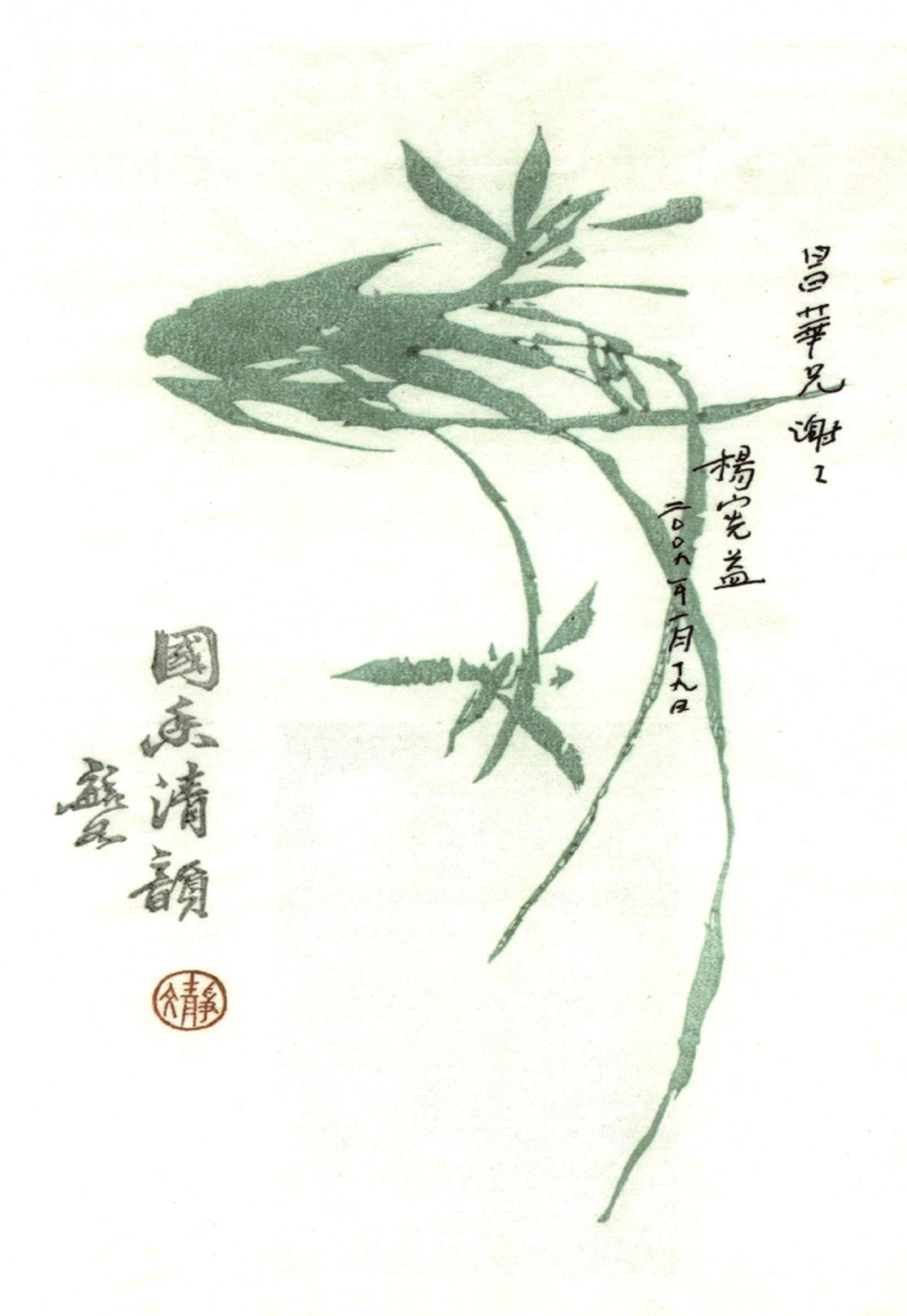

•杨宪益致笔者函（2009年1月19日）

杨宪益："不甘寂寞，自作风流"

杨宪益先生是京华名士，以诗酒风流著称。他与吴祖光、苗子、范用等都是我尊敬的文学前辈，而我结识先生却很晚。直至我退休写"文化名人背影"系列时才对他发生兴趣，广泛搜罗他的资料，地上的，"地下"的，为他与夫人戴乃迭各写一篇文章。我曾冒昧地给杨宪益写过一封信，没有得到回复。不过，当我将二万言的《杨宪益的百年流水》写好后，托他外甥女赵蘅转请他审正，先生认真审读文稿，纠正若干史实舛误。后托人带给我一封信，我打开一看，只有五个字："昌华兄谢谢。"据赵蘅说，舅舅饶有兴味地读了这篇文章，还说："这个张昌华怎么找到这么多资料，好多事情我自己都忘了。"

杨宪益自言"散淡的人"，以中译英享誉业界，自谓"卅载辛勤真译匠，半生漂泊假洋人"。他的一生，曾以诗酒名噪中外。一九七二年，杨宪益的错划右派问题改正后，酒后涂了一首《狂言》："兴来纵酒发狂言，历经风霜锷未残。大跃进中易翘尾，桃花源里可耕田？老夫不怕重回狱，诸子何忧再变天。好乘东风策群力，匪帮余孽要全歼。"从此，他诗情勃发，专写打油诗，类似时下坊间流传的"段子"。他在丁聪为其作的漫画像旁打油曰："少小欠风流，而今糟老头。学成半瓶醋，诗打一缸油。"出入杨氏"油坊"的常有吴祖光、苗子、王世襄、范用和邵燕祥等，与其饮酒唱和。吴祖光曾赠联："毕竟百年都是梦，何如一醉便成仙。"杨宪益戏答："一向烟民常短命，从来酒鬼怕成仙。"他认为成仙后在天上飘来飘去，无酒可喝，何乐之有？不如刻下"对酒当歌"。又一次，杨宪益与苗子唱和，撰了一联："久无金屋藏娇念，幸有银翘解毒丸。"启功夸他写得不赖。于是乎，有好事者将他星散于新朋旧雨中的打油诗，搜罗结集出版，冠名《银翘集》。（福建教育出版社二〇〇七年八月版。本文所引杨诗，均出于此。——编者）杨宪益是酒仙下凡，十岁便染唇开戒。用今人的话说是"遗传"。他生于簪缨之家，其祖父杨士燮翰林出身，不愿做官，自号"三壶太守"，即烟壶、酒壶和尿壶。

杨宪益由开戒到贪杯，一发而不可收。他请访客喝酒，客人说不会喝，他觉得扫兴："那一个人喝多没意思。"没意思，他也喝！晚年，他已患病在身，仍要喝酒。某年过生日，大家吃蛋糕，他要喝酒。妹妹杨苡心疼他，问："还喝啊？"他回答："不喝不行。"他还劝大家一起喝。倒酒时，妹妹杨苡一个劲劝阻"好啦，好啦！"而他非斟满杯不可。二〇〇二年岁末，范用请客，带一瓶五粮液和一瓶威士忌。同桌都不胜酒力，两瓶酒几乎让他一人包了。赵蘅与他通话时，他的舌头都大了。赵蘅问他为什么要这样，杨宪益振振有词："他们谁都不喝，都打开了，带不走。"赵蘅感慨地说："酒成了舅舅生命的一部分。"

杨宪益品酒的名句是："民以食为天，我唯酒无量。"因此，打油诗中关于酒的佳句迭出："何当过敝庐，喝它三两斗！"多气派！"岁暮无聊常醉酒，风寒不耐久蹲坑。"多无聊！"歪风邪气几时休，饮酒焉能解百忧？"多无奈！他的代表作数《祝酒辞》："常言舍命陪君子，莫道轻生不丈夫。值此良宵须尽醉，世间难得是糊涂。"相映成趣、耐人寻味的是《谢酒辞》："休道舍命陪君子，莫言轻生亦丈夫。值此良宵虽尽兴，从来大事不糊涂。"诗因酒发，酒助诗兴，一如锦上添花。连他的中文自传也冠名《漏船载酒忆当年》。苗子戏称他是"现代刘伶"，说他的诗是在酒缸里"泡"出来的，字字句句有酒味。于是世人便奉杨宪益为诗酒风流的名士。诗酒风流者千万，传世名士者几何？乏魏晋风骨者，可乎？

对王世襄的赠句"从来圣贤皆寂寞，是真名士自风流"，杨宪益幽默地作注："难比圣贤，冒充名士；不甘寂寞，自作风流。"

19 丁聪（1916—2009） 沈峻（1927—2014）

（9 通选 2）
（1995—2013）

1 张昌华同志：

您寄来的《陌上花》和《绝唱》都已收到，谢谢。您（你）们都很忙，本不必亲自送来，邮寄还是很方便的。这两本书做得都很漂亮，也很别致。刚拿到时，我们还以为装反了，后来才发现是一种奇特的设计。

丁聪一贯懒于写信，让我代笔向您致谢。

祝

秋安

沈峻

一九九五年八月十三日

• 丁聪（1997 年，南京）   • 沈峻（2013 年，北京）

张留华同志：

　　您寄来的《陌上花》和《绝唱》都已收到，谢谢。您们都很忙，本不必亲自送来，邮寄还是很方便的。这两本书做得都很漂亮，也很别致。刚拿到时，我们也以为装反了，后来才发现原来是一种奇特的设计。

　　丁聪一贯懒于写信，让我代笔问候致好。

方之

秋安

沈峻
95.8.13.

· 沈峻致笔者函（1995年8月13日）

2　昌华先生：

　　你好！热情长信已收到，其实我自制的简陋贺卡，不值得你回这么长一封信，特别是你漂亮的信笺，我长久以来已很少看到，很享受，谢谢你。

　　那张贺卡是我自制的，穿红衣服的就是本人，八十五岁那年尝试滑雪时照的，英姿很飒爽吧？

　　你"拜年"两字很漂亮，我已和其他贺卡一起放在钢琴上了。谢谢。

　　你要的"红包"，抱歉，我不能给你，因我和吕恩他们不一样，一是懒，二是文章没有文采，所以很少写文章，也怕写文章。为了不辜负你一片好意，偷梁换柱，给你一篇陈四益的已发表过（的）文章，登不登都可，完全没关系。我只觉得很好玩，是不是有点迷信？

　　我的健康情况不错，到处旅游。我前几十年都是为别人活着，现在好容易自由了，要为自己活活有限的几年，不过分吧。

　　吕恩怎么把我给她的贺卡转送给别人，真不像话，可惜我已无法批评她了。

　　我家的电话是：（略），因只有我自己一人，一出门即无人接电话，故安了一个录音电话，留言即可回复。

　　祝全家

春节愉快，健康！

沈峻

二〇一三年二月二日

丁聪："愿听逆耳之言，不作违心之论"

丁聪是"二流堂"圈子里的堂友，堂友们吴祖光、苗子出的书我自然要送他。我送书的另一目的，是想得到他一封回信，回信是得到了，却是夫人沈峻的代笔。沈峻说丁聪"懒"，最懒于写信，我知道那是丁聪太敬业，太忙。新千年丁聪曾在我册页上，题过一幅字，那是他的"招牌字"："愿听逆耳之言，不作违心之论。"他曾题赠我多本漫画作品集，却没有得到他亲写的一个字的短简，实在遗憾。

丁聪过世后，我与沈峻倒有一段交集。那是我在主事《百家湖》的日子，因请她写丁聪而获得的短简，都是"电报式"的，繁琐的事都在电话里解决了。那几年，每年新年都能收到沈峻寄来的自制的贺卡，非但我有，连《百家湖》编辑部几位同事都沾光。二〇〇三年的这封信最长，是她复我向她要"红包"（稿子）的事。她自己没写，说为不辜负我的一片好意，"偷梁换柱"，给我一篇陈四益（为丁聪画作配文的老搭档。——编者）写丁聪的旧作新编，如此这般我已很感激了。

次年，即二〇一四年六月，我进京专事拜访沈峻，在她的"云斋"聊了两个多小时，为她拍了一些照片。她送我一本《永远的小丁》，始知丁聪的一生，是漫画的一生。他四岁便发表处女作《京剧人物》，截至九十一岁绝笔《看病难》，凡八十七年。一九四三年他在香港作的一幅宣传抗日的漫画《逃亡》，宋庆龄很喜欢，作为"保卫中国同盟"招贴画广为宣传；宋庆龄与丁聪合影，还用上海话打趣问丁聪："（这画）阿可以卖把我伲？"

丁聪后来的日子令人鼻酸。爱国爱民、守时勤政、努力工作的他，一九五七年莫名其妙地成为"人民的敌人"，戴上右派的帽子。新婚不久，被发配到北大荒劳改。"文革"中，他因漫画"攻击"罪，加上是"二流堂"成员，屡遭批判。漫画家丁聪，他快乐，他苦恼，他迷茫。他曾说："三十年代，我画漫画，骂国民党腐败，我敢骂是我有后台，我的后台是共产党。"新千年后又曾说："有一次，一位大领导请我们几位漫画家吃饭，席间号召大家拿起笔来揭露腐败，说他来给我们撑腰，可没多久，他却因腐败倒台了，这叫我怎么画？"

拜访的那天，沈峻送我一张贺卡式的照片，着滑雪装，手持雪橇棍，戴着墨镜，好不潇洒。她在照片背后写道："昌华先生，见笑了，八〇后（80岁）老太太玩疯了。给你留个纪念。沈峻二〇一三年六月十四日于北京家中。"沈峻曾说她的生命始于八十五岁，玩到玩不动的那天。孰料，我那次访问后不到半年，她就真的"玩不动"了，挥别人世。

20 吴祖光（1917—2003）
新凤霞（1927—1998）

（16 通选 9）
（1995—2013）

1　昌华同志：

因为太忙，所以选稿迟了，十分抱歉。今天忙了一天，补充几篇稿件，复印寄上。

凤霞的目录选定了，我就不必写什么了。关于她的写作等等，我已经写了不少。她现在比我写得（多）太多了，已经成为高产作家，可以不必介绍了，是吧？

照片是否一定要？不要成不成？请再做决定。字画是否也一定要？望在电话里谈一下。

每天来客太多，难于应付，但都是一片好心，也不能不热情接待。匆祝

安吉

祖光

一九九二年六月三日

《闻鼙鼓而思将帅》，是一篇写京剧青年演员的文章，不用也罢。我也没有找到。

增选的文章多了些，如受篇幅限制，则由你选用，悉凭尊裁可也。

•吴祖光（2000年，北京）　•新凤霞（1994年，北京）

2　昌华先生：

　　大示奉悉。夸奖我的字愧不敢当，抄了一页稿纸寄上，这是一本风雅有趣的书，应当支持也。只是我写稿从来不用毛笔，这一点没有达到你的要求，对不起。

　　抄的是我在一九八一年山东人民出版社出的一本小诗集《枕下诗》的一页，可以偷懒少写点字。

　　赠书谢谢，祝

编安

吴祖光

一九九二年六月二十七日

附《枕下诗》

春光

春光浩荡好吟诗,

绿遍天涯两地知。

看取团圆终有日,

安排重过少年时。

七夕

七夕夜色明如玉,

一带银河泪似泉。

法海于今胜金母,

年年牛女不团圆。

蛛网

团泊中秋,室内蜘蛛到处结网,茶杯放在案头,转顾之间亦有蜘蛛牵丝,小诗盖纪实也。

秋月三圆照减河,

客心夜夜唱离歌。

至今身在盘丝洞,

处处蜘蛛结网罗。

3 昌华兄：

你来我家次日，我曾去国际书展一行，到江苏出版社而未见到你。

寄来的"黑猫白猫"收到，颇有新意，最近听说，两个"之"、一个"高衙内"都下台了，人心大快。

《散文集》事，你瞧着办吧，费心至感。祝

安

祖光

一九九二年九月二十一日

4 昌华同志：

因多次外出，又大感冒一场，今日方稍见好，大示稽迟至今方始作复，罪甚。苗子信已转去，今始知他夫妇月来屡屡出行，海外游客行踪飘忽，比之我辈无自由不可以"道里"计也。已又致书催促，盼能有以为报。为愚夫妇出书热情可感，当牢记心中，冀其终能实现也。请多多联系。

即祝

编安

吴祖光　凤霞嘱候拜上

一九九二年十二月一日

（向）贵社诸公问祺。

来信嘱我自写"伉俪传"只能敬谢，此事决不为也。"回忆录"则有计划，但未作认真思考，只能俟之异日。

5　昌华同志：

北京中山公园于一九九三年十二月三日热情邀请我们夫妇于本月二十四日在公园唐花坞举办书画展览会。热心的朋友们为此设计制作了精美的请帖、招贴和海报。但在十五日忽然又通知画展取消了，理由是不久将有一个日本人的展览会亦在此举办。唐花坞因此需要装修，我们的展览只有停办了。

这种说法值得思考：中国人的展览可以在没有装修的场所举行，外国人的展览就需要装修。何其轻中媚外？而且还是对曾经长期欺凌中国的日本人？

今年五月在北京燕莎商城画廊，我们的展览会于开幕日横遭取消而哄传中外。为时半年，故事重演。任何人没有经历过的烂事竟一再发生在我的身上，真是不可思议。是什么力量迫使商城和公园背信弃义和编造理由呢？难道不能公开宣布吗？

然而，为了感谢朋友的关心，将这份漂亮的已经无用的请帖，权当一九九四年的新春贺卡不是很好吗？

顺祝

新年快乐　春节幸福

吴祖光　新凤霞

一九九三年十二月除夕

1995.9.21.

智华兄：

书、款都收到，多费情神感谢之至。弟荷日方外出归来，今日又风雪题画盖字一幅寄上，以免雅命。此书出版懒费周折，奉见辛劳也可想。

安好

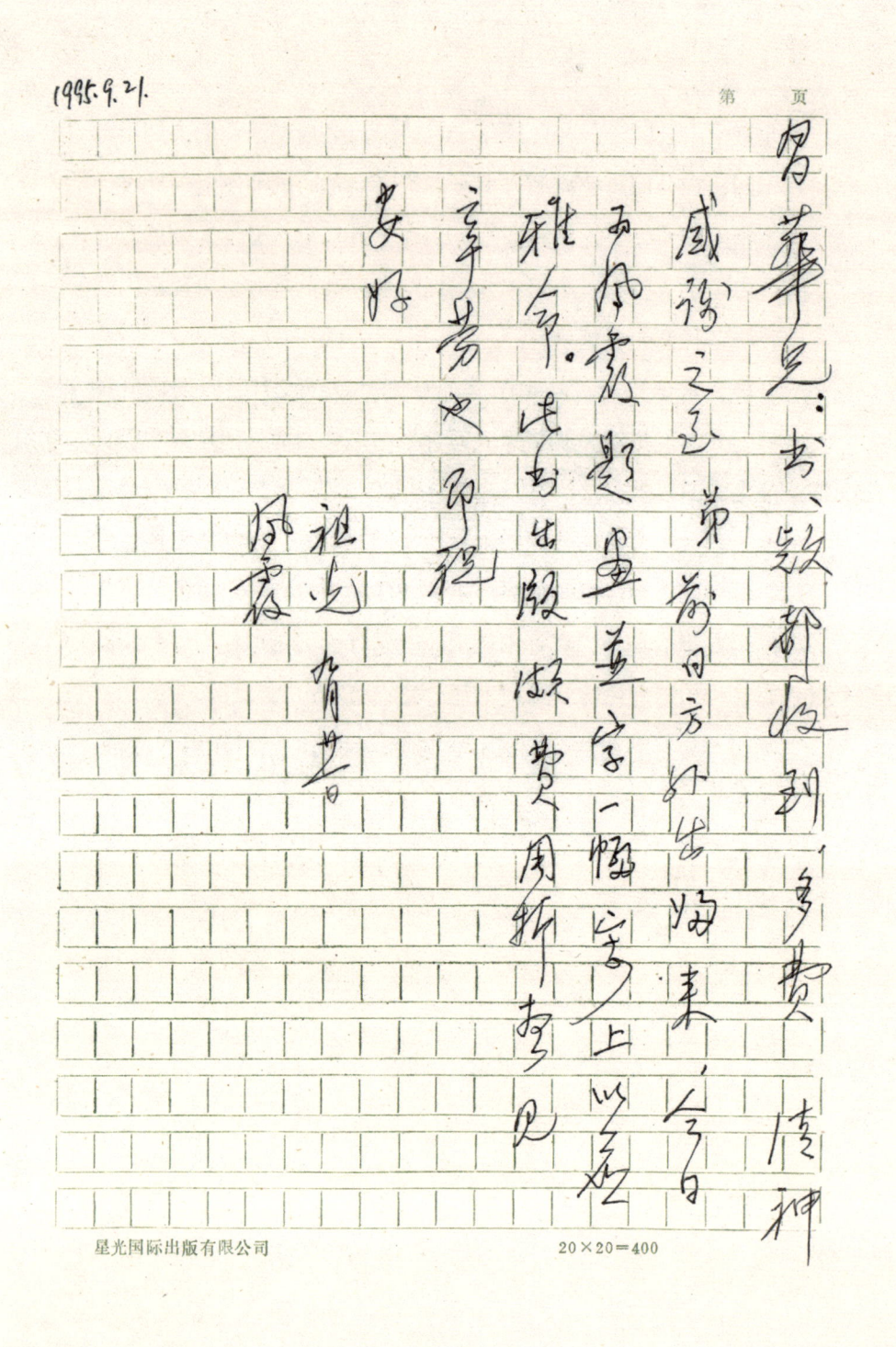

祖光 凤霞 肖芋

• 吴祖光、新凤霞致笔者函（1995年9月21日）

6 昌华兄：

来信收到。《绝唱》喜爱者多，但都说市上买不到。我接到几封不识来信，只好寄赠。不知有可能改善发行否？

何时再版，希望再做一次校对。

寄上"国贸"案结束后的两篇文章，此案即告全部解决，以后不再提它了。此两文可附在我的文章第二○四页之后，国贸便有头有尾，共七篇文章，全部结束了。

最近我与夫人出版了一本《诗书画集》，另邮寄上，收到后请来信谈谈观感。

即祝

安吉

吴祖光

一九九五年十月十二日

7 昌华兄：

很早就收到你的信了，但半年来忙整理旧作，出版新书，忙碌不堪，从未给你好好写封回信，至今款款，今晚抽时间写信给你，心里觉得抱歉之至。

我写的电视连续剧《新凤霞传奇》经过八年之久才写成，但年来记忆力大衰，全然忘记寄给你没有了。还有凤霞出了两本书《人缘》和《舞台上下》，另外我的一本新版《枕下诗》收集旧体诗二百三十余首，近日出版，日内可以收到。假如你没有见到请来信，可以赶快寄给你。

你去年十一月来信说，又有新的"双叶"出版，望每种都寄来，但信上说老舍夫妇的《热血东流》则至今未见到，不知寄出没有？

你转来的美国读者蔡仙英女士信，我迟至昨日方复信寄出，亦是由于琐事缠身，每日来客不断，蔡女士诚挚令人感动，所以我复了信。

我今年已八十一岁，身体尚可，但终已年老，首先是两条腿行走吃力，不似当年。人先从腿上老，此旧戏台词，现在才有切身体会。无可奈何也。匆匆作复

合家欢乐

祖光　手启

一九九八年二月三日

凤霞嘱候

8　昌华兄：

真是对不住，我迟迟至今才给你写信。我以前告诉你的电话大概是错了，电话早已改成（略），无怪你总打不通了。《老盆景》大文已看过，有几处错误，我改过了。陈淑梅女士昨日取去，照片也取去了。我家每日来客太多，我的记忆力近年大大衰退，每天时时刻刻都在找东西，十分痛苦。近来忙的另一件事，是新书两本的出版，日内给你寄去，收到速复我。

凤霞虽然行动不便，但记忆力比我强得多，每天都写很多文章，约稿信有求必应，真真可佩，太羡慕她了。匆复祝合家大吉，春节不知不觉过去了，家里又添一新电话，见名片。

祖光

一九九八年二月二十六日

某某现为香港巨富，但在数年前已与我断交，久无交往，不能为你介绍了。地址为（略），与他交流，不必提我名字。

吴祖光："我对自己很失望"

主雅客勤。吴府我去过七八次，二十世纪八九十年代，我们社出差均固定住在价廉物美、交通便利的中纪委招待所（现和敬府宾馆），招待所门口有车直达东大桥，所以跑得很勤。每次去时，吴府家中大都有客，好在那时新凤霞健在，我可与她先聊，等候"前客让后客"。

新凤霞过世后去过两次，末次是新千年八月，适其女吴霜在家。那时吴祖光的身体状况已很不好，老年痴呆状明显，不大认得人了。他坐在沙发上，在看球赛，我向他问好，他似乎没有什么表情，只用无神的目光向我望了望，然后继续看他的球赛。我细细打量了一下，他的花衬衫穿在身上不像以前那样平帖、周正，嘴巴歪了，且流着口水，在侧的吴霜不时地用餐巾纸给他揩擦，一只宠物狗窜到他膝下想与他亲热，祖光大骇，"呀"地叫了一声，双手都挥了起来。吴霜对我说："父亲老了，真的老了。"看到这一切，我有一种英雄末路的悲哀。

我与吴霜简单地聊了几句，感谢她父母对我出版工作的厚爱与帮助。吴霜说，父亲是个极其随意极其本色的人，他为人忠厚，爱打抱不平，与人交往从不算计，永远善良待人。我点头称是，我说我有切身感受。这种感受，可以从祖光赐我的信中读出。

第一封信记得还是请冯亦代先生代转的，因编选《中国近现代名人手迹》向祖光求墨。之后的信，均为选编他与新凤霞的合集《绝唱》。记得他寄来的文章中有一篇《闻鼙鼓而思将帅》，虽然是写京剧青年演员的文章，我还是忧虑有人"联想"什么弦外之音，怕惹麻烦，我建议删去。祖光十分大度，"悉凭尊裁可也"。《绝唱》

书稿定下后，我想请他写一本"伉俪传"或回忆录之类，对"传"，他"敬谢"，对"回忆录"，他说有计划，但未作认真思考。"回忆录"大概太难写，至今我是没有读到。

记得《绝唱》出版后，我送书上门他很高兴，为我签名还持着书照了张相。不久，他为了酬谢我，寄来一本他们夫妇合作的画册，另让新凤霞为我画了一幅梅花，他在画幅上题的诗句是："冰雪林中著此身，不同桃李混芳尘。忽然一夜清香发，化作乾坤万里春。"他还送我一幅大字"生正逢时"，那是己巳年五月初一夜写的，据说他因事困扰一夜难眠，一气写了多幅分赠友人。

祖光喜欢赠书，我有幸获赠八本。我最喜欢的一本是《吴祖光闲文选》（明报出版社一九八九年版），最引人注目的是封面一幅照片（拼版），吴祖光与新凤霞两人头像，画面上吴泰然自若侧视新凤霞，新凤霞一脸愁容，旁有两行引自吴祖光该书《自序》中小字："你呀！又是闲得难受，没事找事啦……"该书是吴自选的"闲文"精品，"自序"也很幽默，开头即是"我对自己很失望，虽然已经过了古稀之年，却还是十分幼稚，极不成熟"。

关于吴祖光、新凤霞的故事，我写了多篇，不再浪费纸墨了；但有一件事确令我很感动。《绝唱》出版后，风传海外，一位在美读博的蔡仙英女士读后，写了一封很长很长的读后感寄给我，她说很希望吴祖光先生也能看到。我当即复她一函，说我与先生已有不成文的约定，因他年事已高，授权由我代为处理读者来信，我代祖光谢谢她的美意。同时我当即用电话将这件事告诉吴祖光，祖光说他很想看看。我就把信转给祖光，当初他说好只看一看不复信的，可八十一岁的他还是写信向蔡女士作了一番道谢……

脸红的是初版《绝唱》中，由于我们的编校粗疏，有不少错漏，愧对故人，今日想起，汗颜不已。

9　昌华同志：

拜年问好。收到你寄来的信纸，谢谢！

你介绍我的那个女士《东方女性》，她要我的文章，我也寄她了，还有照片三张。她收到后来过一次电话，可是已三个月了，一点点消息没有了。不用没有什么，应当退回照片，请你问问。

关于你借走的那些书，请选好后速还。因为我要用。

不知我和祖光的这本书，几时能出来，请告诉我。

新年欢乐

凤霞
一九九四年十二月三十日

祖光问候祝新年全家好！

新凤霞：亦艺亦文，凤飞已成绝唱

我与吴祖光、新凤霞伉俪的交往，以祖光为主，新凤霞的信仅此一通，一目了然。我想谈谈"八行书"以外，新凤霞与"红娘"老舍的小故事。

解放初期，新凤霞在天桥唱评剧《刘巧儿告状》《小二黑结婚》。赵树理看完新凤霞的演出很兴奋，把老舍拖到天桥欣赏，老舍看完新凤霞的演出给予肯定，夸她"字正腔圆""名不虚传"。打那以后，老舍常来看戏，看完了还到后台坐在土台子上与新凤霞聊天，鼓励她要提高思想，多读书，学文化。

那时的新凤霞正是花季，有许许多多人主动为她介绍对象，包括她的领导李伯钊（杨尚昆爱人），所介绍的对象大多为干部和军人，级别高，年龄大。新凤霞看不中，又不好得罪介绍人，当对象来"相"她时，新凤霞马上使出绝招找个借口说："叔叔，我要出去一趟，有点事。""叔叔"一喊，对方就不好意思再打小辈的主意了。一天，老舍和新凤霞谈起为她介绍对象的事，一连说了几个作家、艺术家的名字，新凤霞都不知道，只对"吴祖光"这三个字有点印象。那是新凤霞看过周璇、吕玉坤主演的电影《莫负青春》，她还会唱电影里的主题歌："山南山北都是赵家庄，赵家庄有一个好姑娘，要问姑娘长得怎么样，你去问山南山北的少年郎。"这歌词作者便是吴祖光。老舍说吴祖光还写过《风雪夜归人》，一听《风雪夜归人》，新凤霞的眼睛更亮了，一九四六年改成评剧后，她在天津国民大戏院演过。

老舍这月老不好当，阻力来自新凤霞的领导："你是要嫁给从香港来的电影界的吴祖光吗？你不了解他，事后要后悔。""叫吴祖光要了，你哭都找不着门。"反对的人很多，风言风语传到老舍耳边，老舍和蔼地对新凤霞说："你如果觉得不踏实，再了解了解也好。连市领导都说我不应该给你介绍吴祖光这样的人；不过，我认为这是对的，我坚持。"新凤霞想自己在台上演戏，刘巧儿要婚姻自由，台下我自己的婚姻，还怕谁干涉呢？她毅然决定立即就嫁给吴祖光。不久他们在南河沿欧美同学会的大厅举行鸡尾酒会，场面很大。男方主婚人阳翰笙，女方主婚人欧阳予倩，介绍人老舍。郭沫若、茅盾、洪深、赵丹等都到场祝贺。

吴祖光被打成右派，发配到北大荒劳改，老舍仍关心新凤霞，开导她，还劝她学文化，给吴祖光写信。一九六二年新凤霞获北京表演艺术特等奖，发奖会上老舍写了"继承、发展、改革、创造"八个字鼓励新凤霞。尤值一提的是，吴祖光离京后，因家庭生活困难，新凤霞把齐白石送她的《七雄图》《玉兰》卖掉了。吴祖光回京后，某日夫妇俩在王府井邂逅老舍。老舍盛情地拉他们到他家去，并说："祖光，我正要找你。"在老舍家喝茶时，老舍拿出一幅画笑着送给吴祖光："祖光，这是你的画，现在还给你。"吴祖光接过一看，新凤霞愣住了，这正是她卖掉的那幅齐白石的《玉兰》。原来老舍在逛画店时，发现这张画上有祖光的名字，就买下了。还画时，老舍还在画边上题了一行小字："还赠祖光，物归原主矣。"

新凤霞逝世我送了副挽联：亦艺亦文凤飞成绝唱，为人为己霞落缀哀辞。

21 吴冠中（1919—2010）

（4 通）
（1992—2005）

1 张昌华同志：

信悉，感谢盛情！

传记满天飞，我一向无意生前写传记，人们想读李清照、八大山人、梵高等有突出才华、性格、遭遇及贡献者的传记，自立传记或贻笑后人，或增添废纸而已。东方出版社（人民出版社）与香港中华书局合作选了我的可作传记素材的文章出版《望尽天涯路》，港版已出并可能已售完，因台湾已有翻版。东方的正在印制中，主要对国内，珊珊（姗姗）其来迟。港、台、新加坡均出版过我的文选，以最近出版的新加坡版《艺途春秋》为最佳。以前四川美术出版社印过我一些文集，印数奇少，市上已烟消。不少人想写我传记，我均婉谢，只知中国艺术研究院美术研究所翟墨（葆艺）同志仍坚持在写，不知他将交哪家出版，似乎是群言出版社。

我一向不用毛笔写文稿，感于盛情，附上一份《水仙》初稿，系艺术断想之一篇，已发表于今年上海《文汇报》，并将收入我的散文选。

我主要精力用于作画，偶或写文，从不考虑产量。今约稿者多，愧对编者伯乐！

匆匆祝

撰安

吴冠中
一九九二年七月四日

博右华同志：

 你好，感谢盛情！

 传记滴水飞，我一向无意于前写传记，人们苦读李清照、八大山人、黄宾虹者突出才华，性格，遭遇及其成就的传记，自己传记，或炫示友人，或培养废纸而已。东方出版社（人民出版社）与香港中华书局合作选了我的可作传记素材的文章出版"望尽天涯路"，港版已出而方版已售完，因台湾已有翻版。东方的正在印制中，主要对国内，即将来书处。港、台、新加坡均出版过我的文选，以最近出版的新加坡版"文途春秋"为佳。以前四川美术出版社印过我一些文集，印数奇少，市上已无售。不少人书写我传记，我均婉谢，只有中国艺术研究院美术研究所翟墨（曾克）同志们坚持在写，不知他定哪家出版，似乎是贵家文出版社。

 我一向不用毛笔写文稿，感于盛情，附上一份"水陆"的稿，仅是书"断想"之一篇，已发表于今年上海文汇报，並将收入我的散文选。

 我多精力用于绘画，偶成写文，从不致意产量，今约稿者多，恐时绮奇伯乐！

 致敬

摆安 吴冠中 4/7/1992

·吴冠中致笔者函（1992年7月4日）

附吴冠中自撰简介

• 吴冠中

　　一九一九年诞生于江苏省宜兴县农村,一九四二年毕业于国立艺术专科学校,一九四六年考取公费留法。一九四七年至一九五〇年之间在巴黎高等美术学校进修油画。返国后曾任教于中央美术学院、清华大学及北京艺术学院,现任中央工艺美术学院教授。兼任中国美术家协会常务理事及全国政协委员。

　　艺术上探索油画民族化及国画现代化,已出版画集十余种,文集有《东寻西找集》《天南地北》《风筝不断线》及《谁家粉本》。

（写于一九九二年七月。——编者）

2　张昌华先生如晤：

大札及"双叶丛书"、《霍达报告文学选》均收悉，十分感谢！

我虽爱好文学，毕竟只是手艺人，识字无多，读书太少。偶写文，纯由于自流，从不硬挤，故成品少，配不上作家，虽然承蒙约稿的不少，颇自愧。若日后有合适的稿子，当请教。文艺家散文选应具独特风格及高质量，只怕这样的文稿难得，不易成集，因不允许任何一只滥竽。颂

撰安

吴冠中

一九九五年十月十八日

3　昌华先生：

大札悉，感谢盛意。人情透明，君子之交。

握手

吴冠中

一九九九年十二月十六日

4　昌华先生：

大札及大作均悉，致谢！

人民文学出版社最近出版了我的《画外文思》，系文配画的专集，故我近期不拟再出版这方面的作品，以免读者有重复之感。

请代转谢出版社的美意。

握手

吴冠中

二〇〇五年七月

吴冠中："美丽的误会"

　　世界上的事情成功与否，不一定取决于自己的坚持与努力，有时不得不靠智慧和运气。我在作家圈中游走了三十多年，有两位名流的稿子始终无缘获得，一是钱锺书，一是吴冠中。组不到钱锺书的稿子"理所当然"，一是他不喜欢滥出书，"向不入流"或不流俗；二是他的作品几乎被京华几家大社包揽了，像我们地方小社是根本无法插足的。吴冠中先生主要作画，文字少。我没有攻下这个"堡垒"，谅是在选题策划上不精准，不对先生的胃口。如果从艺术散文角度想出一个好点子，先生或能接受。广东人民出版社有高招，后来出了《吴冠中谈美》和《吴冠中画韵美文》，两个效益均佳。吴先生曾将这两本书签赠予我。

　　吴冠中复函四通，曾赐《水仙》手稿二页供《中国近现代名人手迹》用，可那书命运多舛，没有出版。第一炮哑了，之后连连败北。

　　二十世纪九十年代，社里出"名人自传"丛书，盛极一时，我邀吴冠中入盟，先生在复信中说："传记满天飞，我一向无意生前写传记，人们想读李清照、八大山人、梵高等有突出才华、性格、遭遇及贡献者的传记，自立传记，或贻笑后人，或增添废纸而已。"后一封信中先生又以"我虽爱好文学，毕竟只是手艺人，识字无多，读书太少"而婉谢。后来我见人文社出他的《画外文思》，以文配画，点子颇新，我也想走这条路，又被先生打了回票。拾人牙慧之举总成不了气候，编辑策划能力，往往取决于他自己思想高度与智慧，有扛枪打鸟的勤奋，技术不佳，百发也难中。

  二〇〇七年，我终于做了一回吴冠中稿子的编辑，想不到的是闹了一个大笑话。社里拟出一册《鲁迅的艺术世界》，由我参与策划。在研究作序人选时，我首推吴冠中，因他最崇拜鲁迅，视鲁迅为精神之父，曾言："一百个齐白石也抵不上一个鲁迅。"又说："我不该学丹青，我该学文学，成为鲁迅那样的文学家，从这个角度来说，是丹青误我。"当时先生已八十五岁，如果由出版社或我出面请他作序，显然分量不够，于是我请海婴出面邀请。他们本就熟识，又同为全国政协委员，常见面，成功把握大。海婴同意，但他谦言不知此信如何落笔，在一次出版该书讨论中，海婴与令飞一起提议邀稿信由我起草，让他们父子过目、审订，再由海婴签名钤印发出。不久海婴接到吴冠中复函，纯以信的形式，谈他对鲁迅的艺术世界的点滴看法和鲁迅对美术的贡献。我就以此信作序，刊于书前。组稿这件事七传八传，不知怎么传到吴冠中耳中，三人成虎，变成我"冒充"海婴给他写信组稿子，偏偏出版社寄他的样书他又没有收到。吴冠中一生最恨作假，对此事自然大为不悦，说："张昌华怎么这么干？"无隔风之墙，这话七传八传又传到我的耳朵，我十分惶恐，忙给先生打电话、写信，说明此事原委……是年春节除夕，我正在吃年夜饭，忽然接到吴冠中先生拜年电话，我十分惶恐。他说他年纪大了，一般不写信只打电话了。又说"那件事"（指"冒名"事）过去就过去了，是场"美丽的误会"，叫我不必记怀，可先生的宽容与大度我怎能忘却。

22 黄裳（1919—2012）

(34 通选 12)
(2000—2010)

1 昌华先生：

手教奉悉。

承厚爱，命为《南京情调》作序，愧不敢当。过去写了不少南京文字，可说的话都已说了，实在想不出新意，乞谅之。选目匆匆看过，亦无甚意见。朱偰曾撰《金陵古迹考及六朝石像记事》，图文并茂，似可选取一二。又南京图书馆沿革始末，亦当涉及，不知有合适篇什否？

匆此敬复并致歉忱，即候

撰安

黄裳

二〇〇〇年四月二十五日

· 黄裳（2000 年，南京）

2　昌华先生：

赐示收悉。

先生拟为《人物》撰文，以我为题，不胜荣幸并惶惑。平生碌碌，无可言说，行径都在过去所出诸集中，汇总为文集六卷，如承循览，当知梗概。我不善言辞，接谈甚难令先生满意。但亟愿晤面，如承过访，当扫径以待也。

《人物》封底广告有《李一氓回忆录》，不知何处可得，南京有此书否？

匆此敬复，即请

夏安

黄裳

二〇〇一年六月十七日

3　昌华先生：

手示并稿一件，拜收读讫。

深谢您花了如许功夫撰成此文，并盛情吹嘘，不安之至，感与愧并，草草读一遍于有关史实诸事，少加删润，即于前稿上加墨，务希恕之。

《文汇读书周报》曾有一长文，亦记我藏书事，不知曾寓目否？与前文写法不同，无妨并存。

《人民日报》（海外版）要求写近事，而我近来深居简出，实无可以抒写之处，则更难着笔矣。

匆复，即请

冬安

黄裳

二〇〇一年十二月二十六日

4　昌华先生：

《紫荆》文亦收到，先生大文，转刊香港，忝为作者，极感光宠。谨致谢。

《信趣》一文，早在《文汇报》读过，念远怀人，文情俱胜，您以文艺编者，得识文坛先辈，一时俱逝，情何以堪，此情读者同感凄恻。

何日有申江之行，盼得良晤。

匆复即问

年禧

黄裳

二〇〇三年一月二十日

5　昌华先生：

　　承惠大作两册，收到，谢谢。

　　此书内容丰富，读一遍知兄能广搜遗闻，言皆有据，以风趣之笔出之，可读亦可欣赏，佩甚。

　　不无误字，P5，钱公（锺书。——编者）一笺，"秉及拙著"，秉字误，疑是采字。不敢怠尊锡也，怠字疑误。"讲聘译拙作寄"亦不能解。钱公作书，颇不易读，致误，意中事耳。

　　匆匆问
近好！

黄裳

二〇〇三年八月二十七日

6　昌华先生：

　　手教早悉，因年前俗事纷来，至迟奉复，憾憾。

　　充和先生未过沪，遂未能相见，憾。所书《归去来辞》已由董桥拍得且将之见还，至今心感。云将托人带沪，约春节后可得。

　　南京近有何文化举动，久无消息。《白门秋柳》销路如何？报端曾见数文提到此书，不图炒冷饭而得关注，亦意外也。

　　匆祝
年禧！

黄裳

二〇〇五年一月九日

7 昌华先生：

前数日得南京汇来八千余元，但未附信，料想是《白门秋柳》之版税，知为阁下过问此事，遂得迅速解决，感谢无已，今日得南京电话，问款是否收到，已告知收到无误矣，但仍盼得一稿费单及完税凭证，以备查询，是否仍劳驾通知出版社？麻烦多多，甚不安也。又《白门秋柳》样书分送已尽，愿再得新版三五册，不知得见允否？

暑热已来，南京素有火炉之称，不知热得怎样，伏维珍摄。匆此复谢，即请

夏安

黄裳

二〇〇七年六月二十六日

8 昌华先生：

奉手示及复印材料一叠，命为"南京"新书作序，甚感荣幸。近来我几成有关南京的新书的专业写序户，思之不胜惶愧。我对南京其实知之不多，脑中旧货将尽，实在无可多说，甚望对贵社诸君子之盛情，转致其感谢微意，并陈鄙意为幸。

前得惠赐新作，甚感。抽暇选有兴趣诸章，浏览一二，深感此书为您着力之作，取材详尽，笔下情感充溢，不愧佳作。惟于陈寅恪篇，称其名句"晚岁为诗欠砍头"，后改为"笑乱头"系出自改，疑非事实，此改句初见于广东某学术杂志，读作疑之陈先生奈何欠通如此。改者当另出不明诗法之妄人，非自改也。鄙意如此，不知

当否，聊作一说，希不罪。

  匆复即请

撰安

黄裳上

二〇〇七年十一月二日

9　昌华兄：

  得来信，知《鲁迅的艺术世界》一书即将问世，不胜欣幸。这实在是一个重要的、过去较为冷落的鲁迅研究方面，在我看来，实在是极为重要必不可少的方面。现在能有一部全面系统的、总结性的大书出现，真是一件文艺界的大事、胜（盛）事。欣喜之至。

  回忆个人数十年来受到先生的种种熏习、垂教，文章之外，实以美术方面为最多、最鲜明而深刻。从《朝花夕拾》中无常的画像，直至《两地书》中屡见的"红鼻子"，留给我的是一幅严肃而又喜（嬉）笑怒骂的真实面影，与通常所说的不苟言笑，严肃得使人敬畏的一般印象绝不相同，这就对我读先生的遗文、接受先生的遗泽时，产生了绝大的影响，相信与通常的学习方法绝然异致。这是回忆、检查、思索中所得的重要一点。

  回忆六十年前在上海霞飞坊景宋夫人那里得见先生的遗稿、遗藏，给我留下深刻印像（象）的是先生集藏的大量汉画象（像）石刻拓本，使我惊异的是先生对前人美术制作的尊重、爱好。他对文艺园地（的）开阔、深远的视角，和挚爱的深情，这使我回想起先生以选编《北平笺谱》和对郑振铎所写的《访笺杂记》的欣赏。还有就是当时有的人（包括周作人）对此"玩古董"的雅好的讥嘲，真是所见过于狭隘。同时又见先生对这种流言的回应，真是痛快淋漓。人们就是不能理解，从事左翼文学运动者为什么就不能对古典文艺同有爱好。仿佛一个人只能有一副面孔、正经面孔，连吃饭、睡觉、打（喷）嚏……都不可走神。其荒唐可笑有如此者。

较为人知的是，先生不仅"好古"，同时还"崇洋"。他印过大册的诃勒惠支木刻画册，印过小册但极精的《引玉集》；印过果戈理的《死魂灵》的阿庚画"百图"……收集过苏联木刻家的版画原作并作展览。他还支持、扶掖新生的中国青年木刻家，不遗余力……综（合）起来看，他在美术园地的辛勤耕耘与他在《自由谈》上写战斗杂文，几乎是"双峰并峙"的同样的战斗工作。

为了全面地了解鲁迅、研究鲁迅，先生在美术方面的业绩是不可忽视的重要方面。《鲁迅全集》已有新刊，而先生在美术方面的制作，还未见有依原样精印复制的新本。这是一个缺憾。希望"艺术世界"功成之后，更能见先生的美术制作全编问世。举全国出版界的力量，分工合作，集腋成裘，并非十分困难。姑悬一愿于此，不尽欲言。顺颂

撰安

黄裳

二〇〇八年十月十三日

・黄裳致笔者函（2008年10月13日）

10 昌华先生：

惠函奉悉（签名书不知收到否），照片两张拜收。大文拜悉，甚好，但希望：

1. 不要写我的失聪。

2. 《珠还记幸》与书无关。

3. 沈尹默所书条幅为上世纪三十年代所作，其时方精力充沛之时，这张字写得好，非"发暗"也。

4. 我的一些"选本"全是别人代编，代炒（冷饭）非"自做羹汤"也，这点必请改去。

您的笔墨是活的，但不可佚出事实，谨陈所见希鉴查无怪。

此前我曾写一信给你，寄成贤街尊寓，不知收到否？该信已将四卷大致选例说清了。其原则是，欲以"新"为主，即与过去许多选本不同，面目一新。请参阅。

不必急急，工作要以扎实为要。

匆祝

近安

黄裳

庚寅元月初二

11 昌华先生：

来示敬悉。此书初议时，我本拟别出心裁，出一较过去选本不同而有特色之"别集"，观亏盈种种，书店方面所见持有不同，反正是老板说了算，作者只有遵从，只盼早日成书，如阁下面谈时可许优惠条件，坐等版税之来而已。

  阁下如此快速拟成全目，令我深佩，亦不必别提意见，前寄所拟选目，系花数日功夫始草就，请参阅，其有与尊选不同者，酌量选取加入可矣，我亦不必再看，近日写作较忙，亦无时间细看也。

  尊写大文亦不必再看，即照改稿付刊可矣。

  最后提一希望，此书校时，务希着重加意，以少错字为盼，所望如此，希予亮察，余不一一，即问

近安

黄裳
二〇一〇年二月二日

12　昌华先生：

  示悉。鄙简略述如下：

  一、选一类游记，以过去未选者为主，如《诸暨》《淮上行》《山东游记一组》《过灌县·上青城》（日记）等，可一新耳目，不是炒冷饭，苏州选《东山之美》，杭州《西北游记》（西安、兰州、敦煌），《白门秋柳》有特殊意思，应选。游记小品可少选一些，以备一格。

  二、打架文章。从《陈圆圆》《不是抬杠》起，与柯灵、张中行、葛某（复旦教授），直到最近与止庵，可用花城出版之《嗏余集》参考。这一本最吸引读者。

  三、每卷仍以二十万字为准。四卷皆然。书话卷，可以《黄裳书话》为底本，此外，多选藏书小品，这是我的散文中别格，只此卷有插图较多。游记卷，尊处如有别致的照片最好，常见者不用。

四、戏评、杂说可续一卷。《旧戏新读》流传较多，可少选一二，此外如《恶虎村》《恋梦》《朱翁子》《吴门读曲记》《访陈书舫》《人间说戏》《贾桂思想》《为宋士杰恢复名誉》（以上均见四川版《黄裳论杂文》）。

以上略书所见，还凭阁下花些功夫多看看原书。出版社应有资料室，也可求之于图书馆，不能依靠作者。又此书初议每册二十万（字），何以改为十六万（字）？插图集、书话集并不多也。校对是重点，我不能校了，但也许看看清样。交流平信即可，不必快递，要跑邮局。

你们走后，南师大有人来约出书，为我婉谢了。

匆复，祝

快乐地大步前进！

黄裳

二〇一〇年二月五日

黄裳："余为'南京'新书作序，甚感荣幸"

新千年岁末，黄裳应凤凰台饭店老总蔡玉洗之邀来南京做故地重游。玉洗请客，出席的有黄裳的老友杨苡、高马得，我有幸叨陪末座，方有缘识荆。次日，先生要重访金陵历史遗迹，玉洗命我全程陪同。我衔命当导游，访鸡鸣寺，陪先生喝茶看台城风景；觅胭脂井，探陈后主与张丽华遗踪；登扫叶楼，谒龚贤故居；寻老虎桥旧址，访周作人旧痕。均属跑马看花，匆匆一瞥而已。晚餐席上，我请先生在我备的册页上留墨。黄裳在自述故地重游行色匆匆后，结句是"自笑如老伶工登场点到而已"。令在座者见之，捧腹不已。

我与黄裳结识虽晚，但互动多矣。我梳理一下，在我三十多年编辑生涯中，我为黄裳编的书最多，先是《白门秋柳》，后是《秦淮旧事》《书香琐记》《故人闲话》和《我的书斋》，在他过世五年后，我又为他重编《金陵五记》。我为他写过的推荐文字，长短皆有，不下七八篇之多，甚有两篇刊在香港《大公报》和《紫荆》上。蒙先生不弃，每每必致谢一番。先生厚我爱我，对我的鼓励与援手也很多：赐我墨宝，赠我大著，为我作序。因为他的《金陵五记》写得太绝，几乎成了南京的一张名片，似如南京明城墙的一块砖石，与日月同在。凡我社出版有关南京方面的书，都请他作序，甚而兄弟出版社出南京方面的书也托我请先生赐序，折腾得先生不胜其烦。某日函我说："余为'南京'新书作序，甚感荣幸。近来我几成有关南京的新书的专业写序户。"然而，我脸皮厚并未罢休，二〇〇八年我编《鲁迅的艺术世界》，又请他赐序，他不计前嫌，一口应允；但他不贸然下笔，非要等读了全书大样后才动手。盖他崇敬鲁迅，序文中说："回忆个人数十年来受到（鲁迅）先生的种种熏习、垂教……产生了绝大的影响。"此文是黄裳以给我信的形式写就的，称我为"兄"，真令我受宠若惊，惶惶不安。为组稿事宜，我先后到他府上拜访过三次，他都热情接待，频频赠书。在我与他过从的十二年中，他致我的信达三十六通之多。

黄裳的函札，一如他的作文，言简意赅，精练平实，读者一览，便知其事。信中有关对拙著的评论，那是客气与抬举，我既愧不敢当，也不敢当真；或是捧场戏言，或是"盛情吹嘘"吧。

我为黄裳编的《秦淮旧事》（江苏文艺出版社版）等四本散文选，黄先生旨在求"新"，多选过去选本未选或少选的篇目；而出版社旨在求"名篇"，便于营销。各有所好，都有道理，然我无法从中斡旋，使之"和谐"，最终由出版社"拍板而定"。对此先生有点不悦，我也无奈，只表遗憾。唯只在他逝世若干年后，为其重编《金陵五记》（商务印书馆版）聊作弥补。

23 杨苡（1919— ） （4通选2）
（2014—2016）

1 昌华兄：

　　送上拙稿，请你斧正！我认为我已经写不出什么来了，语无伦次，思绪紊乱，笔也不好用……一言难尽！只是让你看看，如果经你改了之后能在香港《大公报》上发表，则对我是很大的鼓励，你懂吗？

　　我还好，只是小病不断，越来越喜欢在床上过日子，呜呼！

　　信撕掉！我反对朋友们留我的信。谢谢！

　　祝

撰安！

杨苡
二〇一四年六月五日中午

　　如用，希望保留我真正完稿日期！

・杨苡（2014年，南京）

2 昌华兄：

你好！大作令人十分感动！谢谢你不嫌我才疏学浅，给我机会拜读这些佳作，足见你笔耕极勤，却对人"没架子"，你知道我是最怕接近文化名人的。

小陈和我女儿赵苡也都拜读过了，我对女儿说："看看人家幼年少年时过得多苦，你连农村生活也没体味过！"

读后本来有马上给你写信的冲动，可是我的习惯是"冷却"，不比年轻时那样用笔如野马脱缰了！我确实有很多很多感想，似乎更不敢写了！

那篇胡扯的杂文，也只是打趣而已。我这人从小没出息，又不用功，"文革"七斗八斗之后，加上我哥的口头语"无所谓"的调教，于是特别容易开玩笑。我姐说最讨厌我的不严肃，玩世不恭的毛病。我已九十七岁，没法改了，写点什么，不为发表，也不想给文友们添麻烦，如此而已，岂有他哉！

因此，还是不发表的好，你说呢？不然我的笔就更不敢天马行空了！一笑！

天忽然变冷，又是春寒，我的大拇指总在扭曲作痛，肌腱炎之类，反正每天轮流都有一种小痛作怪。

最近又有老朋友老同学病逝的噩耗传来，当然又是我欠人家的信债！（如当年曾敏之，"小五哥"。）感慨来之！抄一段我旧日已故好友曾在信上写的话。（你会欣赏的，不必考虑是何人所写。）

"究竟每个人终生好友是不多的，死一个便少一个，终于使自己变成一个谜，没有人能了解你。我感到少了这样一个友人便是死了自己一部分（拜伦语），而且也少了许多生之乐趣，因为人活着总有许多新鲜感觉愿意向知己谈一谈，没有这种可谈之人，那乐趣自然也减色。"

我是可以写长信的，当然全是废话。

匆祝

健康，保重！

杨苡

二〇一六年三月二十五日

请原谅潦草，因大拇指又作怪了！信勿留！

March 29

昌华兄：

谢、你写文章论我一遍，这使我很窘！（我不会写现在时兴的"窘"字，让你见笑了！）最好别发表。真的。盖棺论定，我不过是一个令人厌烦的老东西而已！

我最近很烦，因为儿女（二个）的生活习惯和我不一样，理念也有距离，大有"话不投机半句多"之意！

见报知汪国真病逝，才59岁！我总觉得被"捧杀"的青年诗人少了一个，真是可惜！我曾提醒过他，不要听信别人的吹捧，也不要在乎别人的打压苦讽刺，只管走自己的路……这个人一转眼就"没"了！而我由于不喜欢同名人接触，也和他只通过一次信。收到过他的贺年片（有他的诗）我也没回。想、又有点歉意了！

我总是个不爱写信的人，但人家一旦来信，我把戏"堵"回去，一笑！

匆祝 撰安！

杨苡

信勿登！

杨苡："我们都是手帕党"

如果杨苡先生要搞"我的小友"评选的话，只要有三个名额，我肯定不会名落孙山。其一是她写给我的小纸条什么的每每都称"小友"，其二是近十多年来我与她的过从极密，我在《百家湖》的五年，隔三岔五向她邀稿。特别是我乡下小房子被拆后无处可去，勤走动的地方只有与几个老友聚集的小酒馆，再就是杨宅，非她莫属了。我喜欢听她讲故事，讲她母亲，讲她哥哥杨宪益，讲她中学英文老师李致，讲当年在西南联大的青葱岁月，她与萧珊（巴金夫人）、"小树叶"（萧乾前夫人）三个人同一宿舍，那正是她们的花季，一到周末，三个人各自伏案，给"那个人"写信……

杨苡先生晚年不喜欢写信。她与张寰和是西南联大同学，她喊他"小五哥"。二〇一四年七月我去拜访寰和，寰和托我转信致杨苡，杨苡收到后很高兴。我催她复信，她说过几天，过几天，可没过几天，寰和先生作古了。提起此事，杨苡很懊恼，说："我欠'小五哥'一封信。"我认识杨苡先生三十多年，她赐我的信仅存两通（共四通，另两通送编辑室同人了）。一短一长，她很幽默，说："我是可以写长信的，当然全是废话。"

关于杨苡先生，我写过若干小文章，不想冷饭重炒。我想"跑马"，说说老太太的幽默和风趣。

杨苡先生善"侃"，口袋中常备有一只小手绢，不时取出在手里把玩，不抹眼泪，不揩面颊，在手里缠来缠去，颇有花季岁月的遗韵。她偶见我也用手帕，某次我去访她，她一下送我一叠男士手帕。我问这干吗呀？她说："我们都是手帕党。"

二〇一八年，她寿登期颐，我用红纸写了许多字送她，什么"萱堂春晖""上善若水"之类，还有一副对联："人生不满公今满，世上难逢我独逢。"她让阿姨小陈将其一一贴在墙上。一天，我带几个朋友去访她，她指着墙上的字幅饶有兴趣地对客人说："满眼都是张昌华。"更有趣的是有一次我与内子一道访她，她送到门口忽然说："我将来死了，肯定会有两个人写悼文。"此话说得我们一愣，无言应答。她笑着指指我说："你肯定会写。"杨苡先生厚我爱我，其兄杨宪益送她一幅端木蕻良的画，她居然转送于我。我说您留着给赵蘅吧，她说东西要留给喜欢它的人才有意思。

杨苡的先生赵瑞蕻教授去世后，她遵其遗嘱，把家中大部分藏书捐给赵先生的故乡温州大学图书馆，二〇一八年，这批书不知何因流入"孔网"，我高价买了一本赵瑞蕻签字本《艾青诗选》，赵先生原有题字是："全国第四届文代会期间在国务院第一招待所书亭购得此册，大快，以为纪念也。阿虹记，一九七九年十月底于北京。"二十多年后，该书被钤上"温州大学图书馆受赠书"蓝印。我持此书给杨苡看，先生淡然一笑，说："温州人会做生意。"我请她题几个字作纪念，她挥笔写道："此书转了一大圈，又被昌华兄购得，感激万分。杨苡二〇一八年圣诞节。"

二〇二〇年中秋节，我偕内子去拜节。她说，你们俩也来了，前两天邓小文、邹小娟刚来过，拼命要和我照相，好像要照最后一张似的。我忙说，哪里，哪里，她们喜欢你嘛。我发现她的床移换了位置，由东西向换成南北向，床头靠窗子，窗外即是花木扶疏的小院。窗子边挂了一份日历牌。我说这下可以"晴窗一日几回看"了，杨苡笑了笑，指了指日历牌说："我一张一张在翻，翻完了，就完了。"我马上接话："你翻不完，不等你翻完，我把二〇二一年的就给你挂上了。"

二〇二二年元旦、春节期间，我数度电话表示要去看她。杨苡先生以小区有疫情为由婉谢。我只好将挂历、贺卡之类快递给她。大年初一，我打电话给她拜年。她说，自赵瑞蕻先生二〇〇〇年走了之后，她家就不过年了。崇尚俭朴爱真，是杨苡先生的毕生追求。她的豁达、谦逊和宽容，令我小辈敬仰。

24 丁景唐（1920—2017）

（10 通选 4）
（1995—2013）

1　昌华兄：

新年贺卡收到，谢谢关心。

听说你已退下来，大概仍在上班吧？请告你的住址和宅电。

现在已有友人索取兄编的《王映霞自传》和兄写的关于王映霞去世的文章，未悉能惠赠一二否？先致谢意。

由我作序的《菡子文集》五卷本，何时能出版？

请设法将我的序文校样送我一份，我有用处。

言昭还在编"郁王书简"等。感谢兄以前的帮助。

我年岁大了，已不参加社会活动。只有时到鲁迅纪念馆走走。那边有我的一个专库收存我的书刊等。

问候郭济访夫妇。

握手！祝新春好！

丁景唐
二〇〇三年二月十五日

• 丁景唐（2013 年，上海）

2　昌华兄：

感谢割爱赠书。

帮女儿弄笔头，我找些书在看。我们对映霞老人晚年的情况较少了解。约一九九七年，我曾托现在美国攻读博士的女青年（曾在我社当过编辑。——编者）回国（家住杭州）探亲，特送了一只花篮给老人。

你的两篇送别映霞的文章（《西湖落霞》。——编者），引人深思。

一九八一年十月，杭州公开浙省纪念鲁迅百岁诞辰时，郁飞、钟嘉利陪同我、王朝闻的夫人解驭珍（时任《文学评论》编辑部主任）、杭州大学郑择魁专访大学路场官弄内六十三号（王映霞旧时的门号）一所旧式房，与隔壁的一个庵堂为邻。这是郁王一九三三年四月五日移家杭州的住处。以后才在住房的贴邻一块菜园上筑起风雨茅庐。我们走进六十三号（未留意一九八一年时是否改了门号），发觉已与隔壁庵堂打通，露出一块"般若堂"界石。我们在天井里拍了照。今奉一幅，以为留念。我们又到风雨茅庐前留影，看到郁达夫亲笔写的"王旭界"三个字的界石。此事，我竟忘了好几年，这次在看书和一九八一年的"老"照片，才记了起来。……

未悉你仍有一些时间在社里办事否？

济访未有信。请代我望望济访和秀玫。祝

健康快乐！

老丁

二〇〇三年三月十六日

年龄大了，文字打结，词不达意，写后看看改改，请谅。

3 昌华兄：

我希望你能找出《逸梅文存》，看一下郑老先生为我写的文章（记王映霞将她外祖父王二南的扇子赠予老丁的事）。原来我将扇退还王映霞，而她又将它送赠郑老先生了。现奉郑序（未全），可见一斑。

我应田仲济先生的女儿田桦、女婿杨洪承（南师大中文系博导）之约，费大力写了"追思"一文，已刊新近出版的《新文学史料》。可能这样的文章，以后写不出了。

握手！

老丁
二〇〇三年四月十二日

又，告王宏波先生：文二篇收到，谢谢！不知《菡子文集》何时出版？问候郭济访、夏秀玫伉俪。南京我有不少朋友，许多（年）未通音讯：姚北桦、江树廉、苏俊、乐良秀……都好吗？请代候。

4 昌华书友如见：

我八月间，写纪念石西民同志百岁诞辰发言稿，加上三月以来又是拍电视《关露·红色的蔷薇》（香港凤凰台摄制——中国的心系列片）、叶奇摄制一小时录像、琐碎文事等，病了一次，医生嘱勿再撰文舞墨，我也有余悸，不敢写信了。

但看了你的大著和友情绵绵的书信，却不能不写上几句感谢和感动的话。

你约我为你主编《郁达夫—王映霞》(《岁月留痕》。——编者)的"双叶丛书"题词："岁月留痕"，真太好了。王映霞与我们夫妇（言昭的母亲王汉玉）比较亲近。说实话，我是为王映霞女士"打包（抱）不平的"。她八十岁生日时，我曾写了字幅（文字收在言昭整理的《王映霞自传》），你找一找可以查到这幅字的涵义了。

因为你的书信与《名家翰墨》编得美——好，我就送你一张为瞿秋白母校题词的照片，附了一份说明。想你也会高兴的。

我自二〇〇九年八月五日入华东医院就诊以来，不觉住了三年多了。幸好，病情稳定（是福）。对外信息联系均由言昭为我侍奉。她是一个孝女，在当今之世而有如此侍父的，已很少有了。我为之自豪。

今日兴趣迸发，为你写信。请复函为荷！

丁景唐

二〇一二年十月三日于上海华东医院

上海文艺出版总社

昌华书友如见：

我八月间，写纪念石西民同志百岁诞辰发些稿，加上五月以来又是拍电视《芙蓉·红色的著报》（李辉及陶氏摄制一辑的小型片），叶摄制一小时录像、读碑文事等，病了一次，遵嘱勿再搜文弄墨，我也有余悸，不敢写信了。

但寄你的大著和友情绵绵的书信，都不知从字上如何感谢和感动的话。

你为我书作主编《郁达夫—王映霞》的代仪吗给书题词："岁月当歌"，真大好了。王映霞与我们夫妇（主观的母亲王以玉）比较熟近。说实话，我是为王映霞女士"打抱不平"的。她八十岁生日时，我写了实幅（又装裱主观赠我的"王映霞像自"），你找一找可以查到这幅字的返文了。

因为你的书信与《沅斋翰墨》编得蛮一好，我就送你一嘱为慧我与母亲影绸的照片附了一份说明，望你也为珍惜的。

我自2009年8月5日入华东医院就诊以来，不觉住了三年了。幸好，病情稳定（是福），好环饮食服药均由女婿为我侍奉，她是一个孝女，在当今之世而存如此孝文的，已很少有了。我以之自豪。

今匆报道句，与你写信。请多加不劳！

丁景唐 2012年10月3日于上海华东医院

• 丁景唐致笔者函（2012年10月3日）

丁景唐："犹恋风流纸墨香"

最早熟知丁景唐大名是一九八五年，上海聋哑作家周楞伽来宁访我，我请他在南京山西路"西湖饭店"吃糖醋鱼，他觉得那家饭店的小酥烧饼很好吃。饭毕，我俩在纸上对话，他写一小纸条示我，请我代他买十块小酥烧饼，带回上海送朋友。我问送谁。他说丁景唐。

我结识丁景唐先生，全拜王映霞所赐。

一九九五年我编夫妇作家散文合集《岁月留痕》，到上海拜访王映霞。稿子谈定后，我对她说，按此"丛书"要求，书名要双题签，题署者须是作者本人或与其相关的人氏。王映霞说她那一辑自署，郁达夫那一辑找老丁。我问："老丁是谁？"她反问我："你不知道老丁？老丁就是丁景唐！"我有点尴尬："丁先生会签吗？"王映霞说话有点霸气："我说会就会，我们是几十年的老朋友了。"

记得那天下午，我衔王映霞之命，登上永嘉路丁府。时丁景唐早已从上海文艺出版社社长、总编辑位上退下，归隐书林，居家收拾砚边余墨了。叩开丁府门，我便自报家门，并声明是遵王映霞之命而来。景唐先生十分热情，赐坐赏茶。我做事素喜直奔主题，简约说明来意之后，先生立马找来纸笔，伏案题写"岁月留痕"横竖两款，说让我便于取舍。题签到手，我心即安，遂与先生闲聊起文学来。他是学界公认的左联文学研究专家，我们聊鲁迅、郁达夫，他忽然提到关露。我只知关露是才女，红色女谍，命途坎坷，具体情况不清楚，不敢深谈。我请他介绍一下关露的情况。尽管丁景唐一口浙江话，我不大懂，但基本清楚：二十世纪四十年代初，上海有个刊物叫《女声》，关露受党的指示在那里做编辑，当时他还是光华大学三年级学生，向《女声》投稿，几乎都被采用，共有五十多篇。后来关露约他到她家见面，于是有了往来；但相互不知道对方的政治面貌，直到一九五三年，他到北京中宣部学习，遇到时在文化部电影创作所的关露，话旧时，始知当初认识时，大家都是中共党员了。

行文至此，得说几句关露的人生遭遇。关露，当时与张爱玲、苏青、潘柳黛并称上海滩的四大才女，她的诗作《太平洋上的歌声》一时蜚声上海文坛，著名电影《十字街头》主题歌《春天里》即出自其手。关露是一九三二年入党的老党员，本想在文学创作上大展宏图，后受党的指示，潜入谍海，打入汪伪特工总部七十六号，策反李士群……抗战胜利后，她因汉奸罪被捕入狱。一九五五年、一九六七年受潘汉年案牵连，两次入狱，一生背负汉奸罪名达四十三年之久。她在被囚禁的日子里，以诗《秋夜》明志："云沉日落雁声哀，疑有惊风暴雨来。换得江山春色好，丹心不怯断头台。"中组部于一九八二年为其平反。沉冤昭雪三个月后，她服两瓶安眠药告别人世。药瓶下白纸上书"青山不改，绿水长流"八个大字。

在我与丁景唐交流中，看出他对关露的遭遇深表同情，并惋惜。他对我说，他最欣赏关露的狱中诗句"犹恋风流纸墨香"。他的浙江话教我听不清楚这几个字怎么写，请他写出来示我看看。先生似乎挺激动，从柜子里搬出一个四方形的饼干铁盒子，取出一枚方形印说："我请人刻成印留存了。"我素喜印，便从口袋中掏出随身携带的小本子，请他盖上。先生在我小本子上钤印后并作笺

242

注，文曰："此为左翼女诗人关露'文革'时囚秦城监狱中诗 特请杭州篆刻学会副会长唐诗祝治印以为留念。一九九五年十一月三日，昌华自宁来沪书此赠 老丁（印）。"先生的字写得十分潇洒有韵味，我很仰慕。记得第二天我上街买了一本册页，在请王映霞题"花香不在多，室雅何须大"之后，我又专程到丁府，请丁景唐用毛颖把关露的这句诗写在册页上做纪念。意想不到的是十八年后，景唐先生在来信时，又把关露这句诗题在印有一棵苍松的笺纸上送我。后来我又知道，丁景唐的"六十年文选"，亦用此诗句作书名：《犹恋风流纸墨香》。

丁景唐的人品很值得称道，他一直关注老战友关露的生活。关露出狱后，用补发的工资，在香山置一间十平米简易平房，室无长物，简陋得连自来水都没有。她一生未婚，更无子女，晚年生活甚为凄苦。一九八〇年，丁景唐偕夫人与女儿丁言昭专程到香山脚下看望关露，安慰她，并给予尽可能的帮助，还向她了解三四十年代上海文艺界的一些情况。当他知道关露很怀念《女声》杂志的编辑生涯后，便想方设法用不菲之资觅求到全套《女声》杂志，托友人送给关露。丁景唐忧心关露不肯接受馈赠，告知这是用她本人的稿费买的。关露诧异：她未写稿何来稿费？言稿费，亦非空穴来风，那是当年丁景唐偕其女丁言昭拜访时，关露所谈当年上海文坛相关史料，有心的丁言昭作了记录，后将其整理成文，署关露之名刊于《中国现代文艺资料》上。关露悟知后，十分感动，写长信致谢。

景唐先生对萧军、王映霞、赵丹、董鼎山、董乐山、黄源等关爱；尤其是对梅娘的呵护，更令人倍增敬意。景唐先生与梅娘的通信有七十多通，他们是同乡，他视她为亲人，以至梅娘深情地说："苍凉丛生。更使我明白了你这样的领导者，不是以简单的划分来判定是或不是，我很替你覆盖下生活过的文化人庆幸……"

丁景唐雅好翰墨，风流纸墨香也。他与沪间文化名人程十髪、张乐平、钱瘦铁、钱君匋等过从甚密，还喜常与友人"雅集"，把酒临风，衔觞赋诗，诗酒唱和，何等风雅，直至暮年豪情不减。他知我爱收藏翰墨，他喜欢把他"雅集"墨宝赐我收藏或分享。如他手书林放的诗句："平步云天上，闲吟水阁中。欢聚太阳岛，把酒话年丰。"癸巳年他与一群文友雅集后专书赠予我："癸巳雅集 昌华尊兄惠存 有缘相会，其乐融融也 丁景唐题。"平易得就像隔壁的大叔。

我与景唐先生因无书稿交集，过从不甚密，但相识二十多年间，音问从未间断。他对我供职的出版社工作给予不少支持，为《菌子文集》写序，我编《岁月留痕》时，他给我寄来几帧与郁达夫相关照片，有幅他陪同郁飞访郁达夫、王映霞杭州故居照片的注文就有两百余字，十分详尽。……

丁景唐晚年一直住在华东医院，我去拜访过两次，最后一次我去看他时，他一边输液，一边接受北京鲁迅博物馆一位女同志的访问，大概快要结束了，见到我来，那位采访者准备告辞。临别时，景唐先生伏在病床旁小柜上给采访者写签名什么的，输液完了也不知道，血倒灌进输液管里好长一截，看护的保姆直喊："血，血！别写了，别写了！"老丁淡淡一笑："没关系，没关系，这就写完了。"

我当编辑，心中立了两根隐形"标杆"：一范用，思想"解放"，要有现代意识；二丁景唐，光大人文情怀，注重文化积累。

25 吕恩（1920—2012）

（43通选9）
（2008—2012）

1　昌华先生：

　　大函和《曾经风雅》已收到多日，读到了许多历史人物，同时对你的广交朋友性格开朗，都有进一步的认识。我的交友面狭，仅只在自己的文艺圈内，拜读了你的大作，使我的眼界开阔了。我很喜欢读历史人物的事（传）记。徐志摩、陆小丽（曼），我曾经听张光宇的夫人说过，没有你写得系统。有些人物虽然离我远，但是还有人在我记忆中说过，所以我并不陌生。

　　先生对我的恭维，我不敢领受的。我没有读过四书五经（似乎我的年令［龄］应该读的），完全是五四以后的产物，可我对文学也没有研究，以后我们平等相称吧！

　　有光老先生我很熟的，他教我学会了汉语拼音，使我老了还可以发短信。

　　奉上拙作一集（篇），请批评指教。

　　祝

安好

吕恩
二〇〇八年四月十六日

昌华先生： 大札和"曾经风雅"已收到多日。读到了许多历史人物，同时对你的广交朋友性格开朗新有进一步的认识。我的交友面狭，仅只在自己的文艺圈内，拜读了你的大作，使我的眼界开阔了。我很喜欢读历史人物的专记，徐志摩，陆小曼，我曾经听过支字的夫人说过，没有你写的丰富。有些人都曾经离我远，但是还有人在我记忆中还在，所以我并不陌生。

　　先生对我的恭维，我不敢领受的，我没有读过四书之经以手我的年会应该读的，完全是主观以你的言扬，与我的文学也没有研究，以为我们平等相称吧！

　　有关老先生我很通的。他教我学会了汉语拼音，使我老了还可以发短信。

　　奉上拙作一集，请抱歉教授。

　　　祝

安好

　　　　　　　　　　　　　　吕恩
　　　　　　　　　　　　　2008.4.16日

2　昌华先生：

　　（从南京）回来就因感冒喉痛咳嗽住入了医院，你的来信、来稿、相片都（是）由保姆送到医院看到的。现在好多了，可以起床走动，晚上也能睡着了。拜读了你的稿件，你真行，短短几天就写出了那么多。

　　我看了两遍，有些时间、事件有差错的都改了，因坐在凳子上，扒（趴）在床上写的，一些字不知能看清楚否？最后一章我没动，因相片要去孩子家照（找），现在去不了，想下次再写好吗？结尾仍可用。

　　我老了，虽然仍想写点什么，因为懒总没有成功。这次出院后，在你的鼓励下，也许可以写点小东西。谢谢你的不弃。匆匆此复

大安

吕恩
二〇〇八年六月十八日

3　昌华先生：

　　来信已经收到。《人民日报》（海外版）九月十二日"名流"专栏，登出了我的文章《家姐郁风》，也收到了。你为我做了很多事，再此（次）感谢。

　　国庆期间，你们一定很热闹吧。我去了一次天津看我弟弟，六日回来（昨天）看信箱就看到你寄来的报纸，今天回复不迟。

　　祝你文思泉涌阖家快乐！

吕恩
二〇〇八年十月七日

4　昌华先生：

您好！我今天收到你转寄来《人民日报》（海外版）的稿费一百八十元，谢谢你代劳。

我的电脑坏了，要到月底才能修好，因此我只能给你笔谈了。

你们都好吗？看报纸南京开了一些很有价值的会议，你是能者多劳，会忙得不可开交的。

我在上月二十八日去了一次四川江安，是国立剧专在江安的陈列馆，他们拍摄了一部大型历史文献电视片，十月三十日在江安首演开幕，邀我们一些老校友回去看看，我被邀请了五天。我是七十五年前（一九三九年三月）第一批到江安的学生（剧专那时从重庆迁江安），老校友了，看到江安进步得太快了，很是欣慰。现在又回到了寒冷的北京。北京的树叶干枯快掉光了，而江安的树木都发出油光翠绿的光泽。可见我们祖国的物博地大。

感谢你对我的帮助和鼓励。再次谢谢！

祝

俪安

吕恩
二〇〇八年十一月八日

・吕恩（2008年，北京）

5 昌华先生：

厚礼"月饼"和诗句在电子邮件上收到。没有及时回复抱歉。

近来身体欠佳，动不动就乏力心跳，去医院诊断说心脏有问题，嘱我服药休息，便把要给你的信件拖了下来。

在《作家文摘》上读到了你写袁克文一文又让我增加了一些知识。

你赠我的《书窗读月》，我常放案头，一位友人来访看了爱不释手，去书店寻找未能买到又来问我，我也不知，只好向你求助，你处还有存书否？（没有，请指示在哪里可以买到。北京）如有能否请赐一册给她，以满足她对你书的喜爱。她是一位文艺爱好者，叫曹安宁，也是我的一个好友。几十年来，用惯了笔写字，还是用手写字方便，可能我学的汉语拼音还没有过关。

祝你安康！幸福！文思泉涌

吕恩
二〇〇九年中秋节前

6 昌华先生：

昨天收到了你寄回的稿件和大札，当晚我就腾（誊）清出来了。同时发了一个邮件给你。

这几天，北京在为纪念曹禺而忙录（碌）。昨天上午冒雨，我去剧院开了纪念曹禺座谈会，这是我病后第一次出门，坐上了轮椅，到剧场又有两位服务员来扶我。我想我从三十岁出头，每天骑车到这里上下班，如今我已经成了半自理。时光过得真快，所幸我头脑尚算清楚。

我写的东西都说的大实话，文笔更是粗率，很没有自信。我永远是一名业余的写作者。人家用我（稿子），我清楚我肚子里还有一些故事性的人物。

　　我对你为我润色是真的感谢，不是出于社交辞令。现在我发此信仍附上你改过的稿件，我在你改的基础上，又改动了几处小地方。

　　昨天回来，今天休息。你看我头脑里还有一些电影话剧界演员的故事，以后有时间慢慢地写。当然写好后，第一个读者，我就会寄给你的。你不会烦我吧。我是否是个啰嗦的老太婆？

　　我自认为我是老了，但是还不算太老，所以我署名的上面不写老朋友而写大朋友！

　　中秋快来临，你也许又会灵感泉拥（涌）写出好的散文或诗句来。

　　祝
中秋节日快乐

大朋友吕恩
二〇一〇年九月十八日

7　昌华先生：

　　对不起，信复迟了。《老年报》我也阅读了，办得很好！你写的吴冠中先生的文章我也看了。吴冠中和我住一个区，他在二十五楼。

　　最近一阵子为曹禺诞辰百年之事乱烦了一阵，到底年龄大了，去年又一场大病，今年里不少朋友离世，如唐瑜夫妇、吴祖康（祖光之弟)、范用、黄宗江等等,也使我的情绪有所波动。可我一直惦记还没有给你写信,就像欠了一大笔债一样。从中你也可以看出我的性格了,身上放不了一件事,总要做了以后才痛快!这叫君子肚里不能撑船。

上个月底到十月初,我写了一篇短文,回忆夏衍的故事。灵感来源于秦威之子秦龙(父子画家),秦龙是电影《一江春水向东流》中白杨的儿子,送来一张我没有的照相(已经在电脑中附给你了),我很珍惜它,想起了照这张相的故事,初稿附上,请你一阅。如能发表,又要请你做介绍人了。收到信后请你在电脑告我一下。电脑比发信要快多了,就是不好保留。

近日北京天冷了,不出太阳了,阴凄凄的不好受。我喜欢阳光,因此我也爱交比我年轻的朋友。

祝安好!

大朋友吕恩
二〇一〇年十月二十二日

8 昌华先生:

邮件收到。你对我显得太生分了。你称素我(张素我,张治中之女。——编者)为大姐,为什么要叫我先生?其实我与素我不能比,她的背景,她的学问,她的地位比我高一大节(截),称我大姐,我还汗颜。以后请你不必称我先生,我们是平等的,我倚老卖老,就叫我声大姐吧!

你对我拙作提的意见非常好,改的标题更好,我写这片(篇),其实是为郑秀,我觉得郑秀为曹禺牺牲了一辈子,为他做了不少工作，无人知道太不应该。你说中了，也许你看出来了。

　　我说实话，我不会写东西，我没有文学基本工（功），我只是凭兴趣而已。最多只能写一些记叙文也是竹筒倒豆子，直来直往。我认识了你这位大编辑，我算有了靠山，如果以后我有什么东西，还要求你帮助，能答应我吗？我们订"攻守同盟"好吗？我等你的来信，我也想要充实那些事实。

　　祝全家安好！附上一个《只有我们俩》供你们一乐。

大朋友吕恩
二〇一一年二月二十六日

9　昌华老弟：

　　最近写了一篇短文附上请你看后修改，你寄给我的杂志还没有收到。《寻猫记》已经复印好，就等邮局送信来了，现在的邮政太慢，从江苏寄出的信起码六天，而高铁到上海只需五个半小时，飞机更快，而邮局是老牛拖车。嗨！这个社会许多事说不清楚。

　　收到我这份邮件只要给我一个收到的信息就可以了。有话还是在电话中或文字来往中说把（吧）。

　　祝一切愉快！

吕恩
二〇一一年十一月三日

吕恩："就叫我声大姐吧！"

面对这个陌生的名字，读者或许会问吕恩是谁？吕恩就是吕恩。她是我国著名的表演艺术家，她自谦"我是一片绿叶"，在我看来她是一朵红花。

吕恩，江苏常熟人，本名俞晨，青年时代热爱演艺事业，父母坚决反对，认为"戏子"低人一等。吕恩为追求自由与光明跑到重庆，报考剧专。但她是"孝子"，为不"辱"俞氏门楣，从外祖父姓吕，易名吕恩，"恩"以示戴德感恩之意。

吕恩于二〇〇八年到南京看望她的"师妈"金玲（陈白尘夫人）时，我才有缘识荆，此后的几年间我们的过从甚密，四五年中，她致我的函札（含电子邮件）有六十通之多，电话更是周周不断。她的信最初是手写，她性急嫌纸信走邮局太慢，后渐渐地学会用电脑发邮件；而我不会打字，复她的信先手写，拍成照片，再发她邮箱。

吕恩当年结识的剧坛人物都是大师：俞上沅、曹禺、张骏祥、黄佐临；她曾与白杨、张瑞芳、秦怡、金山配戏，所以她对我说她是"跑龙套"的，是"绿叶"，专衬"红花"的。她的演艺生涯从《清宫外史》中瑾妃起步，演过花枝招展的交际花、又老又丑的老妓女；也演过主角，她是新中国成立后第一个在话剧《雷雨》中饰繁漪的。

吕恩的文化水平不高，但她的人生阅历太丰富了，除演艺界的名人外，她与张大千、徐悲鸿、叶浅予等都有交往。她有一肚子故事，想把它写出来，可限于文化水平，不能如愿。收在此的这些信都是我们相识后谈写作的。最初，文稿由她手写或请人打印后寄给我，我在纸上改好退给她，她再改一遍寄我，最后由我定稿后代转相关报刊，就这样不间歇地往返。她写重庆"二流堂"堂主唐瑜的仗义，写胡蝶的风骨，写周璇的"犹太"（吝啬），写曹禺的温情、张骏祥的严厉、郁风的良善，都是通过细节表现，活灵活现。当然还写过她与"怨偶"吴祖光的往事。唐瑜八十八岁大寿，"二流堂"人马全部聚集为寿星庆寿，那时吴祖光已有点老年痴呆了，饭桌上光吃饭不说话了。餐毕，他突然对唐瑜夫人李德秀说，"想与吕恩照张相"，吕恩大大方方地与吴祖光合了影。此成永诀。

四十年代，徐悲鸿在四川曾为她画了张《猫》，"文革"中这只"猫"被造反派"捉"去，后来这只"猫"又被林彪"养"了起来，林彪折戟沉沙，这张画流入故宫博物院。张大千在香港时曾送吕恩一张《仕女》，"文革"时与《猫》一同被抄走，这画被康生索去，有趣的是这画后来也流入故宫博物院。因这两张画都有上款，后来落实政策时物归原主。吕恩以此写了篇《寻猫记》，很好玩。

吕恩的故事，经她写我改并推荐，四五年间陆续发表在香港《大公报》《人民日报》《文汇报》和《人物》杂志上。后来我向董桥推荐，董桥说"吕恩的稿子我都要"，一气发了她十多篇。她的《寻猫记》在香港发表后，反响奇好，一位与她失去联系几十年的香港老友因此又联系上。

吕恩是位心直口快心的善良之人。建议大家看二〇一一年二月的那封信，简直让我乐坏了。她见我称张素我（张治中女儿）为大姐，问我为什么要称她为先生？"以后请你不必称我先生，我们是平等的，我倚老卖老，就叫我声大姐吧！"其实，她比我老妈还大三岁！

26 许渊冲（1921—2021）

（6通选3）
（2008—2012）

1　昌华先生：

　　得到大作《曾经风雅》，非常高兴，立刻拜读，日读一人全书现已过半了，内容丰富，见解公允，回顾旧作，看人多半主观片面，不免贻笑大方了。吴超兄处书尚未出，出后当即寄来。

　　南京六十年前旧游之地，出国前曾赴成贤街教育部领学术证书，当时桥边小楼不知而今是否还在？当年街道狭窄，行人拥挤。年前赴东南大学讲学，旧地重游，但已旧貌换新颜了。

　　专此即贺

新禧！

许渊冲
二〇〇九年一月三十日

《光明日报》社索题，并赠昌华先生。

2　昌华先生：

　　"文化名人背影之二"（《民国风景》。——编者）收到，谢谢！书中许多大人物的小事，还有不少小人物的大事，读来很有趣味。对照自己一生，也有点像杨振宁一样，觉得很幸运了。如袁昌英女士，我在初中一年级的国语教科书中，就读过她的文章。考大学时，我报名的第一第二志愿就是联大，第三就是武汉大学外文系了。读了大作，才知道她当时是系主任，后来我在美国志愿空军做翻译时，也有

北京大学

2009

昌华先生：

　　收到大作《字里风华》，如宝至，立刻拜读。为读一人全书晚已足矣，内容丰富，见闻公允，印版印纸惊人爱不忍释片面，不觉挑灯十才了。实难久矣，夜尚未央，出此奉即奏去。

　　北京已十年旧游之地，出国曾赴城里街教育部颁发奖话事，当时桥边小楼不久也今孔盖延去，当年街道快餐，行人朋桥车去赴东吉大学讲学，旧地重游，但已别换新颜？

　　此致
　　学此印奏
新禧！

　　　　　许渊冲　一月卅日

《光明日报》社亲启，并赠昌华先生

•许渊冲致笔者函（2009年1月30日）

几个武大同学，但并没有谈到他们的教授。更巧的是，我在清华研究院和端木正同学，后来又同在巴黎大学攻读学位，直到读了大作，才知道端木是她的学生，这也可以算是代我受教了。武大文学院长陈西滢，我在牛津见过一面，不像《闲话》那样能言会道。读了大作，才知道他是内向的。还有杨宪益夫妇，我在联大和他妹妹静如（杨苡）同班，来北京后见过一面，谈到译诗的事，他们把《毛泽东诗词》译成分行散文了，我改译成韵文。他说是当代英美人不喜欢韵，但我奇怪他们译《离骚》为什么用韵体。读了大作，我才知道杨宪益只译文字，押韵是他夫人的事。他们夫妇都读法国文学，为什么没有把毛诗译成法文？结果是南京大学的何如教授译成半散半韵的。他们夫妇合译的《长生殿》也是散体，现在（他）夫人不在，我只好来改成韵体，让英美读者了解原貌了。大作谈到他夫人比中国人还更爱中国，令人感动。比起他们来，我真是太幸运了。苦难受得比他们少而轻，还有什么可抱怨的呢？这也算是大作额外的收获罢。专此祝好！

许渊冲
二〇〇九年四月十五日

3　昌华先生：

《故人风清》收到，谢谢！翻了一下，很多都是故人，张素我在北外同事，翁文灏在欧美同学会有一面之缘，孙立人则用瑞典话向他敬过一次酒。等读了以后再说吧。寄上近作稿样二页，书出再寄。南师大有个来学清知道吗？他在《中国翻译》二期和我讨论杜诗，得暇可以看看。

专此祝好！

许渊冲
二〇一二年六月十五日

许渊冲："可是我这个瓜甜呢！"

　　许渊冲先生是翻译大家，有"汉诗西译第一人"之誉，曾获国际翻译界最高奖"北极光"奖。他是首次获此殊荣的亚洲翻译家。我与先生相识，亦属偶然，二〇〇八年湖北人民出版社出了一套丛书，拙著《书窗读月》与许先生的《忆逝水年华》同在一辑；经责编吴超兄介绍而相识。当时我主动结识先生是有企图的，其时我正在致力于"文化名人背影"系列写作，想把许先生纳入写作计划。友人某见之语我，许先生不好写。我询其由，他说许先生是译界狂人，"豪气加霸气"，对立面不少，弄得不好，你两头得罪人。我遂作罢。现在想想有点后悔，当初不妨写一下。许先生实在是位人生阅练丰富，在事业上卓有建树者，而且智慧又风趣。曾有记者采访许先生，询其对有人说他"豪气加霸气"的看法。许先生大气说："'豪气加霸气'我觉得可以接受，'霸气'不等于'霸道'。不过我自己认为我不是'霸气'，我是'王气'，'王道'与'霸道'不一样，'王道'是讲道理的，'霸道'是不讲道理的。有人说我'王婆卖瓜自卖自夸'，可是我这个瓜甜呢！"

　　我与许先生联系，前后十二年，共得六函，此处选了他的三封信。从这些信中可读出他的阅历之丰，读出他的豪气与爽气，并不乏温情与客气。第一封信说他"回顾旧作，看人多半主观片面，不免贻笑大方了。"在我这个晚辈编辑面前，说这种自谦之言，真让我刮目了。他不大像坊间所传的那种自以为是的"霸气"。特别是第二封，可以看出他在古诗词翻译的理念及实践上，与译界同行迥然不同。以傅雷为代表的同行译文重神似，不重形似，而许先生认为要"三美"（意美、音美、形美）。诸如译《毛泽东诗词》是译为分行散文好，还是译为韵文好？各执一词。这只能是仁者见仁，智者见智。不过，有一点我比较清楚，顾毓琇先生喜欢许译，写信对我说："拟请许先生译我的古诗词。"一年后，汉英对照《顾毓琇诗词选》出版，顾老送我一本，果是许先生译的。

许渊冲人生亦坎坷，每次运动都被敲打几下。"文革"中，烈日下他当陪斗，无奈中他找到消磨时光的妙法，偷偷在思考如何把毛泽东的《沁园春·雪》译成英文。造反派获知后，呵斥他歪曲毛诗，逃避运动，抽了他一百"鞭子"——用树枝抽了他整整一百下。屁股打烂了，回家不能坐下，夫人昭君找了个救生圈吹足气，给他坐。写许先生不能不写其夫人昭君，昭君原名赵军，长得十分漂亮，气质高雅。一九四八年，十五岁的赵军在西柏坡从事译电工作。第一次见毛泽东时，毛问姓名，她答"赵军"。毛说："昭君是要出塞的嘛！"此后她易名"昭君"。果不其然，她在塞外生活了十多年。一个革命者爱上一个"臭老九"，不离不弃，相濡以沫一生，当算是一则上等佳话。

许先生是性情中人，期颐之年上央视做《朗读者》节目，声情并茂地演说起来，说到动情处，还不禁潸然。记得二〇一二年的那封信中，他还夹寄一篇刚写就的短文让我分享："回忆是望远镜，又是放大镜，回忆往事可以写回忆录，回忆录似乎不如日记那么真实。其实日记的真实性不一定比回忆录高，因为写日记的人不能预见到人物和事态的发展，写回忆录却可以根据发展的情况来回顾过去，对过去的认识可能更深刻、更正确，甚至成了事后的先见之明。"又说："其实不只是文化有时间和空间的距离问题，就连感情也一样。例如在大学时，我对十九岁的南茜落花有意，但是她却流水无情，当时感到遗憾，但又无可奈何，只有暗自伤神。后来南茜在美国和李院士结了婚，李院士寄了一本回忆录给我。书中谈到他们月下散步的良宵美景，只是惋惜青春时代已过。这使我想起了和南茜在阳宗海携手下山坡的往事，往事似乎变得更美丽了，因为我一度占有了她不能重返的青春。"

十分遗憾，由于种种原因，我与许渊冲先生没有面缘。

27 范用（1923—2010）

（47通选12）
（1995—2006）

1 昌华先生：

感谢您编了这么精彩的"双叶丛书"，我一生就是想给作家、读者多印一些漂亮的书，以前印制条件哪有现在好，很羡慕你们。

苗子、郁风的一本已经收到，是苗子弟弟送来的。另外三本，也先后收到了，他们三对夫妇都是我的挚友，萧乾、洁若先生的一本，还是他们亲自送来的，萧老八十多岁了，真不敢当。

萧老和柯灵老都已写信、写文章给"双叶"以热烈的赞美，我想很快就会再版发行。

陈白尘老师的遗著《向人世告别》（回忆录）已跟三联书店谈好，由他们出版。听说贵社还要出版陈白尘先生文集，甚感欣慰！

耑复　顺祝

编安

范用

一九九五年十月三十日

• 范用（1997年，北京）

2　昌华同志：

收到十一月七日来信，知道"双叶"又有新的计划，可谓佳音。

陆小曼的照片，我只在《志摩日记》中见到过，并有其手迹。此书系一九四七年晨光出版公司出版，请到图书馆一查，如借不到，我有这本书。

陈西滢、凌叔华照片，十几年前在台湾出版的《传记文学》杂志上见到过，但未记下卷期，我是从人民出版社资料室借阅的。他们的女儿陈小英（滢）十几年前曾在《人民日报》工作过一个时期，已回英国，我存有她的丈夫的名片，秦乃瑞（John D. Chinnery），爱丁堡大学中文系主任，地址为英国苏格兰（略）。

《人物》杂志曾发表过有关凌叔华的文章，有配图，亦可一查。

陆小曼晚年为上海文史馆馆员，不妨向陈从周先生打听有关遗留之照片。

江苏文艺出版社出的书，北京确实不易买到，也不知道出了些什么书。江苏人民出版社出版的《阿英日记》，多年访求不得，建议贵社重印。我在三联时曾印过一本《钱毅的书》。

草草，顺颂

编安

范用

一九九五年十一月十九日

1995.11.19

昌华同志：

收到十一月七日来信，知道双叶又有新的计划，可谓佳音。

陆小曼的照片，我已在《徐志摩日记》中见到过，并有其手迹。此书像一九八七年晨光出版公司出版，请到图书馆一查，如借不到，我有这本书。

陈西滢凌叔华照片，十几年前在台湾出版的《传记文学》杂志上见到过，但未记下日期，我是从人民出版社资料室借阅的。他们的女儿陈小滢十多年前曾在人民日报工作过一个时期，已回英国，我存有她的丈夫的名片，秦乃瑞，爱丁堡
(JOHN D. CHINNERY)

• 范用致笔者函（1995年11月19日）

3　昌华同志：

收到惠寄之《现代中国知识分子群》喜出望外，我寻找此书好几年，曾几次托南京的朋友均无结果。戴晴说她只有一本，而且是从"不可告人的地方"弄来的（何以如此神秘）。其实此书都是人所共知的，后来有的文章讲的早已超过此书。至此，如愿以偿，甚感。

您和陈小滢联系上了吗？您所要的《志摩日记》日内即挂号寄上（我行走不便须托便者到邮局挂号寄）。这本书当年很平常，现在也成了稀有之物，我是廉价买来的，但甚为珍爱。我见到的陆小曼照片，只此一张。她的字很娟秀，似可作为插图。用后暂不必寄回，待春您来京时带来。如不来，再挂号寄还可也。

另外，请到图书馆查一查《良友》画报。徐于一九三一年十一月十九日遇难，《良友》会有反应。前两年上海书店曾影印全份《良友》，南京应当找得到。查一九三一年十二月号或一九三二年一、二月号。人民出版社藏有原版和我影印的，但我去不了，无法帮您查，别人又不熟悉。

最近出了一本李锐的回忆文集，不知是江苏人民还是江苏文艺出的，敬烦代购一册。你们两家还是合署办公吧？如有江苏文艺出版社的书目，亦请惠寄一份。出版了好多好书，无从知道，当然更买不到了。我想买的书，北京十九都没有，而不想买的书，小书店、书摊到处都是。

顺问

近安

范用

一九九六年一月五日

4　昌华兄：

童年读鲁迅先生诫子书有云"莫作空头文学家"，我就放弃了我（的）文学梦，更不想当什么文学家，您怎么想到从文学人名录中找范用的名字呢？岂不是大错特错。我一生做出版工作，也是个小伙计，可是居然又有人写了一条印在《大百科全书·出版卷》里，真叫我惶恐。

《志摩日记》中的插图能选用，我很高兴。常有人到我这里找资料，只要有，我乐于提供。

有两位朋友送我六大卷王少堂《水浒》，这几天看得十分开心，小时候放了学就到茶馆听王少堂说书，入了迷，当然是不花钱，靠墙蹲在后面就是。抗日宣传，王少堂先生曾帮助过镇江儿童剧社，为抗战出了力。

也是当小学生时，我曾两到南京，一次是跟几个同学，混进车站上火车，又混出车站，玩了中山灵（陵）、灵谷寺，一天来回。第二次是派去参加童子军检查，营地在孝陵卫，最奇怪的是蒋介石在励志社招待童子军，我居然被指定做代表去参加，可是我在那里打了一个瞌睡，什么也没有听到。那时候蒋介石在我们这些小学生的心目中是个大人物，我是如此地不恭。

抗战胜利次年，由四川复员回上海，我带了几大箱违禁的纸型到南昌（京），过挹江门宪兵未检查，我把这几个箱子放在国民政府附近的正风出版社店堂里，然后一个人游了玄武湖、燕子矶，在夫子庙地摊上以极低代价买了十几本周作人、汪精卫、周佛海的诗文集，坐夜车去上海。

南京一直在我的记忆之中。

祝新春吉利！

范用

一九九六年二月十六日

寄下李锐的"回忆录"已收到，至感！

5　昌华兄：

顷在《读书》第五期得悉，江苏古籍出版社有一套程千帆教授的《沈祖棻诗词集》，评论者称之为"前无古人的笺注"。兄一定认识古籍出版社的同志，拜托代购一册，至感，至感！沈先生著作我只有《涉江词》《沈祖棻创作集》两种。又，前曾来信说过《今世说》（《雨花》所发表者）一书，此书弟颇想一读，《雨花》是偶尔看到几期，有许多篇未见过。

一再渎神，乞谅。有一点要求：一定要付书值，否则会很不安，此点望能曲谅。匆此即颂

编祺

范用　拜启

一九九六年五月十九日

兄何日来京？苗子夫妇尚在此。

6　昌华兄：

赵元任杨步伟文集请启老题签，我不大好开口。因为前两次代别人办，一再说了"下不为例"，不好意思。或者请柳无忌先生题也合适，不过他在国外，好多年未通信，不知健康情况如何。请季羡林先生题如何，他好说话。请斟酌。如果可以，请将书名抄寄。我正在赶两部书，一部是《郑超麟文集》，一百万字，已进入二校。一部是《三联老照片集》，收到一千八九百张照片。即问

近安

范用

一九九七年六月七日

7　昌华兄：

新民报（《新民晚报》。——编者）社庆，通知我参加"座谈会"。去了，满不是这回事，是听讲，听官员、领导念稿子，只安排两位来宾讲了几句。七十大庆，两位创办人陈铭德、邓季惺一字不提，更不用说为报社做出贡献的同人。有所感，回家即写了篇记事，也可视为"委婉的批评"，特寄兄一阅。

此信请勿外传。即颂

健安

范用

一九九九年九月二十五日

我在《书屋》第五期发表一文，替三联抱愧。

8　昌华兄：

前寄上张佛千老人《记范用》剪报及其简历复印件，想已收到。可是三联为我复印，一时找不到原件了。我手上无存，费神有便时将这两份复印件寄还。

我老伴不幸于上周脑淤（溢）血弃世，虽经抢救终于不治。后事已办。我们结发成婚六十年，总算恩爱到底。我会很好地面对现实。我要好好活下去才能对得起她。我活得好，她才高兴。请勿念。

范用

二〇〇〇年九月二十五日

9　昌华兄：

这次来南京，承蔡总、我兄、宁文盛情招待，十分感谢。方成兄亦嘱我代为致谢。

向三联推荐郭济访君，已转达董秀玉。郭君是一位很出色的编辑，三联正应大力网罗人才，重建南京三联分销店，蔡总也曾经提到此事。我看郭君也是十分理想的人选。三联现有十几个分销店，除杭州系由三联投资并派人（叶芳）任经理，其他都是各地方热心人士合作，地方提供店面和办公场所，三联供货。关键在于要办得有三联特色，而不要办成新华书店。此事如能得到蔡总的鼎助，即能办成。我建议董秀玉来南京与蔡总一商，如有必要，我愿陪她来，兄以为如何？

这次到南京，回故乡，十分愉快。兄的文章写得十分生动，刊出后请告我是什么报纸。

那《男人女人》漫画，大概社里已无存书，兄满意即可。我在火车上看了方成那本，十分有趣。即颂
文安

范用

二〇〇一年五月三日

10　昌华兄：

我那篇《他们舍身在黎明前》一文，您说送给一本刊物登载。此文在香港发表，我才知道我写错了一个字，把陈子涛被捕日期"一九四七年六月二十四日"误写为"七月二十四日"（在第九段）。如来得及，烦请代为改正。

南京一定很热吧？请多多保重。

范用

二〇〇一年七月十日

11　昌华兄：

　　昨天、今天来拍专题片，介绍《牛棚日记》《向人世告别》，他们需要照片，我记得陈虹曾寄我一张在北京开图片展览会，我赶印出《牛棚日记》把书送到会场的照片，可是怎么样也没有找到，不知谁借走了，上次您来京，我给您看过这张照片吗？是否借去做文章的插图？如果在您那里，请即寄给（略）。如果您未见到这张照片，烦打一电话给陈虹（南师历史系，陈师母知道她的电话），请她通知北京拍照片的同志，尽快洗一张寄给中央电视台。费神！

范用
二〇〇二年七月五日

12　昌华兄：

　　顷见《团结报》登有您的《我玩题签》一文，想起我还保存有宋庆龄先生为三联书店成立三十周年纪念集的题签。当年请她题签，宋先生十分热情，一口气写了六七张让我挑选，我全部收下，没想到今天可以送一张给昌华老兄珍藏。

范用
二〇〇四年四月二十七日

收到后请来一电话。在电视上看到我的老态吗？

范用:"没钱买酒喝也别出!"

此生有幸,有缘识荆。我结识范用时,他已退休。我俩同行又是同乡,所结识的朋友多有重合,加之他或觉得我这个人还比较质朴,所以共同语言较多。作为编辑同道,我曾请他写一句话送我。他写道:"甘当泥土,留在先行者的脚印里。"十多年间的相处,我收藏他致我的函札四十七通,现摘其部分录于此。信中所言,十分晓畅直白,无须作注。

有几件琐事着实难忘,谨记于此,与大家分享。

新千年前后我每每进京,公务外第一等大事便去拜访先生,仅我带社内外年轻编辑同人拜访不下于六次。记得第一次造访时,见他家四壁皆书,如入琅嬛宝地。客厅酒柜里摆满大大小小各式各样的酒瓶,大者如炮弹,小者如手雷。墙上挂着黄永玉为其作的肖像漫画,画面是一持书卷挟酒瓮的名士,题字是"除却读书沽酒外,更无一事扰公卿"。后来我写了篇《三多先生》(书多、酒多、友多),介绍他的人生情趣,范用读后粲然一笑,谅是默认了。

最后一次拜访范用是二〇〇九年秋,时先生已缠绵病榻久矣,他见我远道而来,硬撑着病体披着件红花格衬衫从卧室踉跄而出,发如蓬草。衬衫的一只袖子怎么也穿不进去,还是家人帮忙才穿上,自己扣扣子也扣错了位。想当年坐拥书城谈笑风生的范用,刻下真的人书俱老了。

一九九七年范用来南京,要我陪他看望陈白尘的夫人金玲。车本可一直开到门口,出于尊师,他坚持没让车直接开进山坡上金玲家门口,在巷口即下车,拄着拐,一瘸一拐走了七八分钟才到陈宅。一见出迎的金玲，七十四岁的他亲切喊了声"师娘"（她大范用六岁），一进门侧身便到卧室，范用恭恭敬敬向白尘先生的遗像三鞠躬，再回客厅时，他已泪流满面了。嘘寒问暖之后，他问金玲有什么要他帮忙的，金玲说出版《陈白尘文集》事。其实，在此之前，范用在电话和信中，多次向我提及，要我多关照《陈白尘文集》出版一事。

范用与我交谈最多的是书人书事，偶尔也谈点"不足为外人道也"的私房话。当年出版巴金的《随想录》，他硬扛着一字未删，巴金很感动，对他说："是你们用辉煌的灯，把我这部多灾多难的小著，引进'文明'书市。"一九九九年，某报七十大庆开座谈会，范用应邀出席，但会上主持人对两位该报"创办人陈铭德、邓季惺一字不提"，他对此事深感困惑，遂撰文提出"委婉的批评"，并把那篇文章寄我分享……

从这些信中可以看出，范用的为人之磊落。他对出版世风日下深表忧虑，他多次对我意味深长地说："昌华，没品位、没价值的书，千万别出，即使我们没钱买酒喝也别出！"颇感欣慰的是先生这一教诲，在我日后的出版实践中总算"有所"坚持。范用不仅对我的工作关心，对我的兴趣爱好也关爱，先后惠赠他收藏的茅盾、丰子恺、启功的题签多枚，竟把宋庆龄为"三联书店成立三十周年纪念集"的题词也赐了我。

"昔年种柳，依依汉南。今看摇落，凄怆江潭。树犹如此，人何以堪。"范用友多，与他同辈的老友几乎已凋零殆尽；范用书多，他收藏的三万册图书及几十幅名家字画，家属遵其遗嘱，悉数捐给上海版本图书馆；范用酒多，他走时尚存几瓶朋友送他的未舍得喝的"人头马"，临终时，他嘱女儿范又把剩下的酒再转送给他的生前好友，我也有幸获赠一瓶。

28 冯其庸（1924—2017）　（7通选3）
（1985—1993）

1　昌华同志：

来信收到。寄来扬州评话《武松》及《东方纪事》均收到。谢谢。所撰散文，手头有《绿杨城郭忆扬州》一文，原拟由《散文世界》发，今已嘱其勿发，将复印留存稿寄奉，请处。《东方纪事》办得甚好，祝愿她能茁壮成长。我近日南行去温州，归拟返宁，如有时间当图晤面。匆匆不另。

顺问

近好！

• 刘海粟与冯其庸

冯其庸

一九八八年四月二十六日

稿子请勿删改，谢谢！

2　昌华同志：

　　您好。我月初去温州前曾寄来一稿，不知收到否？此稿原寄《散文世界》，因很久未得回信，连是否收到稿都未有信，值您索稿，故我即复印一份寄给您，并通过李希凡同志，嘱他们勿再发此稿（原是李希凡代为寄去的），不想忽然来信，说文章已发表，不日即将刊物寄来云云。这样，您处的稿就不能发了，只好请您撤下此稿，不知造成了您（的）困难没有？我定当于近期寄您一稿，以补前失。至请鉴谅。不一一。

　　顺问

近好！

冯其庸
一九八八年五月二十五日

3　昌华同志：

　　来信及寄来冯骥才书均收到，谢谢。上次的名单粗粗看了一下，未及细核，去年中华书局出版《中华书局收藏现代名人书信收（手）迹》一书，所收极富（楚图南即有），一可补您漏收，二可解决墨迹问题，望速找来一看。又所收清代名人里，记得有李莲英。我查清代七百名人传里也未收此人，我意还是不收为好。此七百名人传也可作为您的参考。如方便，分类以后的名单能寄我一看，这样还可有一得之愚。中华书务必找来一看。匆复不一一。

　　问

好！

冯其庸
一九九三年三月二十三日

　　又先师王遽常先生的墨迹我处有极精品可供选用

华月兄：

来信及写来邳骥才书的附别谢之。大作如名单粗粗看了一下，未及细核。去年中华书局出版《中华书局收藏现代名人书信》选刊两册，均收拙笔一封，你收到否？一封祝您一百岁，一封解决墨迹问题。法邃城来一看，又将清代名人墨迹，所得者查查。

冯其庸致笔者函（1993年3月23日）

冯其庸："如再发表不大合适"

一九八七年，我社的《东方纪事》创刊，我向先生约稿，先生赐散文新作《绿杨城郭忆扬州》。先生没有卖人情，坦诚相告此稿本为他刊而撰，今易主而已。那时出版业落后，铅排。我接稿后即编发下厂，正在一校时，忽又接先生来函："……这样，您处的稿就不能发了，只好请您撤下此稿，不知造成了您（的）困难没有？我定当于近期寄您一稿，以补前失。至请鉴谅。"因为久无音信的那家杂志，近期突然把这篇稿子发了。紧接着六月十日冯先生寄来了新作《大块假我以文章》，云"以补前失"。先生的谨严与自律真是我们的楷模。

此后，我俩的交往日渐多了起来，他途经南京曾多次约我晤叙。我进京公干之余常到他府上请益，有幸目睹他挥毫泼墨的潇洒风采。情动之下，遂起"歹念"，回宁后斗胆写信试向先生求墨，不料先生雅兴大发，同时惠赐我一幅《秋风图》和一幅字。那字写的是李白的《黄鹤楼送孟浩然之广陵》，大概是想呼应他赐的《绿杨城郭忆扬州》吧。

新千年，大概是在他楼兰之行后，他途经南京，又邀我去饭店晤叙。我觍颜应召，一见面，我便就请他作序的《中国近现代名人手迹》一书未能出版的事表示歉意。他见我尴尬的样子，摇摇手，宽慰我："正常，正常。"告辞时，我已出门，他忽然追了出来叫我："回来！回来！"我忙转身回头，他将一只大信封塞给我："一幅小画，留作纪念。"那一刻，我真不知道说什么才好，只有鞠躬致谢。

我退休后，帮友人操持《百家湖》，试着重拾那段与先生的旧谊，我先寄杂志投石问路，一年后才给他写信。这时先生年已九十，仍热情回应，但听电话、写信均已不便，多由夫人夏师母转达。我向先生请安并询近况，两个来回后，试请先生赐文稿和画作。师母说，老先生体弱、事多，已写不动了；但她邮来了画册供我选用。在那年岁末与夏师母言谈中，获知冯先生老家无锡为他建了个"冯其庸艺术馆"，先生写了篇《我的根在前洲》，发表在《中国文化报》上，师母建议我有兴趣看看。我忙找来报纸拜读，先生对故土的眷念热爱，对故乡前贤的揄扬尊崇，对晚辈的殷切期望，尽显其中。我一时兴起就擅作主张，对该文中的一些时效性较强的句子做了一点小处理，将标题易为先生文中的诗句《坐对青山忆旧人》，凡原稿更动处用红字标出，另打印一份更动后的文本一并奉先生，恳请他同意发表，以光增《百家湖》篇幅。冯先生接到后甚觉不安，立即让夏师母来电话表示感谢，说让我费了那么大劲梳理讲话稿；继而又说先生觉得"如再发表不大合适"。我问为什么。师母说："老先生觉得不管怎么说仍是旧稿，有一稿两投之嫌。"遂作罢。也在这一年，某出版社邀我为先生编一本自传体散文集，我从"瓜饭楼丛稿"中把先生的散文梳理一遍，遴选自传性质的散文三十万字，编目并初拟了书名《人生散叶》，呈先生过目，蒙先生不弃，认可了，未做任何增删。可那家出版社奉给先生的合同中，有一条款说：书名最后由出版社确定。先生见了十分恼火，认为自家孩子冠名权怎么也被剥夺了？太不尊重人了，先生拒签，足见先生为人之耿直。先生为答谢我为其编书的辛劳，签赠他十六本"自选集"。《人生散叶》后由人民文学出版社出版。

29 孙法理（1927—2021）

（19通选3）
（2007—2015）

1　昌华先生：

　　来信及照片见到，有点像我一个老同学。背影则是文竹和蔷薇，是个风雅文人。

　　苏（雪林）老师照片遵嘱寄回。但怎么看也没有苏老师本人。能够认识的只有左一，很像袁昌英老师。其他几个人只有猜。如果真有胡适，则似应在正中（左三），再猜下去则依次是左二杨端六，左四陈西滢，左五凌叔华。

　　如果有胡适，则照片不会是四十年代拍的，因为四十年代胡只到过武大一次，那是一九四八年。那时的袁昌英已不那么年轻，胡适也不像会再穿长衫。所以我猜那是三十年代在珞珈山拍的。那时杨端六、袁昌英夫妇和陈西滢、凌叔华夫妇都在珞珈山，服装也像。你最好找杨静远（杨、袁的女儿）或皮公亮看一看。

　　我把拙文奉寄有一点为吴宓（雨僧）老师辩白的意思。吴先生的性格遗外世俗（疑笔误，似为遗世独立。——编者），特立独行，一般人都不理解。他的特点是固执，择其善者而固执之，五四运动他反对，因为他太热爱传统文化。他介入与胡适的对垒是打抱不平式的。然后又逐渐发现自己错了，逐渐改正。在爱情问题上，他不讳言自己的婚外情，前后与多个女性产生过感情，但包含毛彦文在内，他都没有苟且的事。他固执一个真情，因此而写下的诗他也敢公布于天下，所以造成"狂"的印象。他的哲学背景是希腊的"一

• 孙法理

与多"，中国的中庸。目标是一，手段有多个，在达到目标的手段中择最恰当的一个而追求之，达到一的目的。这是解决世间一切问题的办法。他是学者，但保持了纯真的诗人心性，胡适是学者，但道德顾虑太多，不敢流露真的感情，在这个意义上讲，胡适不够诗人本色。

  回报照片两张。此致
敬礼！

孙法理
二〇〇八年五月十七日

2　昌华先生：

惠书《民国风景》收到，谢谢。

沉醉其中几天，一个个重温青年时代的旧梦。你的文笔越来越儒雅凝重，令人佩服。

还想重操旧业，当个义务校对，没想到三十多万字读下来，只找出三处。

P63 第 9 行：盹犬。应是豚犬，甚至狲犬。

P68 第 2 行：不媚奴……应是"权"。

P138 中偏上：H. g.wells，G 和 W 应该大写，作 H.G.Wells

勉强交差。但有一处不是错别字的错误……

下面就是闲聊了。徐悲鸿画的墨猪（P322 倒数第 4 行）我见过，似乎是一九四三年，依稀还记得那形象。因为觉得有趣，还记得他题的诗："少小也曾锥刺股，不图白手走江湖。乞灵无着张皇甚，沐浴馨香画墨猪。"（仔细想了想，有把握没错。"不图"是"不料"的意思。）

P57 末行谈到刘博平，P59 谈到黄焯，都是我的直接老师。

刘颐，字博平，湖北广济人，黄侃的弟子，武汉大学中文系系主任。一九三九年八月四川乐山遭日本毁灭性轰炸，他家被毁，他最心疼的是他一箱作了许多眉批、旁批的书。刘除了是小学家还是书法家，解放后有一批武汉出版的中小学贴墙的名家语录就是他写的。他的女儿叫刘敬黄，和我中学大学同学六年半。他还有个女儿叫"学章"。敬黄、学章，一个学章太炎，一个敬黄季刚，尊师之心，引人注目。刘敬黄现健在，华中工业大学中文系教授。

黄焯，字耀先，黄侃的侄子，很诙谐，很旷达。抗日战争时期的乐山，没有多少文娱活动。（一九）四三年来了个京戏班子，有个坤角，叫周慧如，黄老师（武大中文系讲师吧？）看得入了迷，据传说他搬出线装书卖掉，买票看戏，还买票请朋友和学生去看，去鼓掌。（本页背后还有一则小故事）

  我那时在武大附中高中，刘、黄两位老师都教过我们课。可惜没有沾点灵气，仍然冥顽不灵。

  说到武大附中，你引用过吴稚晖给陈小滢画的大佛和小人儿，大概选自《散落的珍珠》。那个围绕陈的画册编的一本书记下了武大附中（我的母校）的好些人和事。那是抗日战争时期武大教职工子弟因轰炸后无好学校读书时自己办的学校。大学教师（不少是教授，大部分是讲师）教中学，高屋建瓴，效果不错。从一九四一年办到一九四六年，六年间毕业了高初中各三个班，其中不少出息甚大，如三个工程院院士，还有不少卓有成就的人物。《散落的珍珠》上有介绍。

  P21倒2行张大千说他自己："满架是书，一身是债。"这话让我想起了他的一句名言："一文不值，万文不卖。"

  我是四川内江人，不但我与大千同乡，我父亲和大千还是"歪毛根朋友"，同在善子先生的私塾里上学。善子行二，被称作"二先生"。二先生上课常讲《三国演义》，小蒙童听得津津有味。大千则被称为"老八"，因为他行八。

  他们的母亲画花的职业是实用性的，大户人家的帐帘门，眼装鞋脚都得按需要专画，然后刺绣。二先生和老八从小耳濡目染，可说是家学渊源，以画名世有其自然道理。但国画有四看：诗、书、画、印。大千开初缺了一门，不会治印。初学治印时已经颇有名气，他自嘲自己的印："一文不值，万文不卖。"可见其底气。

P211"孙辈们考上了大学",张大千有个女婿是萧连初,四川美术学院教师。他有两个女儿,一个是萧莲,一个是萧岱文。

"考上大学"的是萧岱文,考上的就是我所在的西南师范学院外文系,也算我的学生,工农兵学员,毕业后去了新疆。我教过她那年级,没教过她。

萧莲曾和她的母亲一起在五十年代去过南美和大千见面,动员他回国,如你所说,他没有回来,他不可能回来。若是回来,他的下半生就完了。这个萧莲后来和西师外文系系主任的儿子赵洁陆(我的一个研究生)结了婚,后来沾了萧莲外祖父的光,两夫妇都去了美国。听说现在在旧金山。

浮想联翩,横流放肆,言之无物,徒扰清听,恕罪!

敬礼!

孙法理
二〇〇九年四月二十二日

昌举先生：

来信及北平寄来收到，书收到，曾感谢先生的作业，我其好，交白卷了，因为我的墨笔字已经搞不起来，画子的话说是可悲。

泰山比起北海之类也。

我高中时即是钟情过几年书法。

抄进灵飞经，临过岳飞，也写过汉隶，却不成气候。大学还需课子帆先生腾写过书稿，即是帮一个穷因学嫌点收入。他搅来的，原准备暑假抄的，却

孙法理致笔者函（2009年6月22日）

3　昌华先生：

上次你给我的两个老朋友、老学生寄了你的大作《民国风景》，现在其中之一写了一封感谢信，现奉寄。

写信的是李征，是我一九四九年教初中时的学生，以后参了军，在朝鲜前线打过仗，以后搞土木建筑，似乎很有成就，是重庆市人大代表。业余爱好是读书，往往钻得很深。他写过一篇谈《流亡三部曲》作者刘雪庵先生的论文，是在音乐家协会会议上宣读的，为查那些资料花了好几万块钱。挺动人的。

你的书他喜欢读，因为那些人都是他熟悉的。比如他信中谈读到高兰的《哭亡女苏菲》，你写到，他被触动了，我也被触动了，"歌乐山上的星儿闪闪，那就是我亡女的……"那时我在读高中。

我也借此机会向你表示感谢。

搬家了，新地址是（略）。

祝

春节全家幸福！

孙法理

二〇一〇年元月十四日

附：李征致张昌华函

昌华兄：

承吾师推荐，我们拜读了《书窗读月》《曾经风雅》之后，又蒙题签赐送《民国风景》，感谢之情难以言表。

我曾向吾师坦言：论笔头子功夫，我比昌华差二十年，论年龄我又蠢长十岁，两相合计不是明明白白的差三十年么？实在太汗颜太汗颜了。以至二〇〇九年整个下半年，只管读书而羞于动笔，连写信的勇气也没有了，怎不是难以言表。

吾师的两个老门生，宗武和我是有幸获赠的人，都有同感，这封信实际上就是表达了共同的心声。

看来我们是有缘的，我们都当过兵。我们的驻军在浙江，我出差最多的是南京。一九五八年我还被征调到南京汤山担任测绘教员，在那里待了半年。从《民国风景》我知道您是南京人，正好我们都在南京。您当兵退伍后也回到南京工作。民国人物中，我大致对每个历史人物的轶事也略知一二。第一，我也是民国时代的人，吾师也是民国时代教过我们的，我那点文科知识都是民国时代打的底子。第二，您在书上提到的高兰，在我记忆中的民国人物，大约也属最早知道的一位。当时是陈立夫当教育部长，这位学工科出身的部长颇有作为，依我看算得上继蔡元培之后其功厥伟的开拓者。诸多建树不提，仅以《哭亡女苏菲》一课为例，我们读小学时中高年级的学生人人都能背诵，还要登台表演。作者高兰就住重庆歌乐山，而我又在歌乐山的重庆钟南中学读过书。这所中学是南京迁来的，董事长乔一凡，绝非一凡之辈，却是官居中枢的民国人物。那里还有林森故居，民国至今都叫林园。石崖上题字有署名"青藤老人林森"的落款。这也是其中之奇，才一个花甲，世道人心变化有如云泥之隔：高兰变得如此舛谬，无法联想他会写诗；"一凡"这类名字少见了，时兴的是"冒、吹"；像林森这样的人物，而今不知要冠上几多大大咧咧的称谓。民国是一个多姿多彩的风景线，不通过钩沉，现代人看不懂。第三，您赠送给吾师那些书，扉页上用毛笔写的文字，透出一个学人的文章道德修养，令人钦佩，值得我们效仿。

　　当然，大醇之下难免有微瑕，讨论它也非本信的主题。本信的主题是：感谢，并致以敬意。

　　祝
新年好，阖家欢乐！

李征并代吴宗武学长
二〇一〇年元月五日

孙法理："为吴宓老师辩白"

今已不忆是通过何种渠道，以滚雪球交朋友的方式把孙法理先生圈进我的师友圈中的；但有一点肯定是拜师之举，求他传道授业解惑。

孙法理教授，二十世纪四十年代是袁昌英、苏雪林的高足，后执教西南师院（今西南大学），成为吴雨僧（吴宓）的门徒、同事。收在这儿的第一封信，是当年编《苏雪林自传》时，苏先生寄来一张照片，没有标注照片中人名姓及位置。我曾问过她，她说她老眼昏花，也认不出了，所幸她后来换了一张确认有胡适和她的合影。

吴宓是孙先生的导师，孙法理先生在我编的《百家湖》上，看到一篇写吴宓的文章，他认为那篇文章中伤了他的老师，比较气愤，寄来自己的一篇《为吴宓老师辩白》的文字，记得我曾把他的那篇大著《亦狂亦侠亦温文》，转给了台湾《传记文学》，他们刊发了。他对胡适与吴宓的为人，作了哲学理论上的分析，他认为吴是"保持了纯真的诗人的心性"，而胡适"不够诗人本色"。聊存一说。

我拜识孙先生最大的收获是，他的治学严谨和一丝不苟精神给我教育极深。我生性比较浮躁，加之乏文化功底，在写作中用词不妥或错别字等谬误时有发生。他曾义务帮我校对过《书窗读月》，剔出不少"毛病"，列出一张勘误表示我，令我脸红，感愧交并。为感谢他的辛劳，更为警惕自己，我把他致我的七封信用毛笔誊抄在"蝴蝶装"宣纸本上，呈奉于先生，以答谢他的美意。蒙他不弃，说这也是一种"风雅"。并写了一段饱含感情的读后感。

  我喜欢张昌华先生的书，不但自己看，也往往介绍给别人看，尤其是我一九四九年教的几个老学生，都是七十以上的人了。
  主要因为他写的大多是民国时期的文化界名人。《曾经风雅》，我们这一代人仰望过的。只是半个世纪来被淹没了。这些昔日的轶闻旧事经张先生一发掘，笔之于书，公之于世，竟然如一串串璀璨的明珠，耀眼夺目，而且有趣，有益，发人深省，也令人感慨。他可是开辟了一片新天地。
  何况还有他那么优美的文笔，一拿起来就令人爱不释手。
  不过，我也知道，流畅引人的文笔只是最后一道工序的结果。在那以前还有个广泛阅读、披沙拣金的过程，那可是重体力劳动。然后还有个谋篇布局、意匠经营的过程。最后才是落笔成文、修饰润色。跟前面比，这已经是轻松愉快的了。
  可我又有个好毛病，雅爱挑剔，凡是毛病，就想提出。我希望这书再版时晶莹剔透全无瑕疵，于是毫不隐讳地一一罗列，寄给了他。我深心里认为这是理所当然的友谊反馈，却也知道这多少是要求一些雅量的。可出乎我意外的是，张先生竟然把我前后写给他的七封信（其中不少是义务校对，专挑毛病）全用毛笔行书抄录得漂漂亮亮，作"蝴蝶装"，寄给了我。请我写个什么前言样的东西。我始则愕，然继而释然，最后更是赞赏，这就是一种风雅！
  祝
他的书越出越好。

西南大学孙法理

第二封信中的"闲聊",很值一读。那是他读《民国风景》后信手作的批注。特别是我书中谈及的有些人物,他述之甚详。尤其是关于武大的往事和张大千的部分,不乏史料的价值。

孙法理先生是资深老教授,也是著名的翻译家,他的《苔丝》《双城记》等译著正雄踞在我的签名本书架上。孙先生还把他的老学生李征、吴宗武介绍给我。李征先生的信谈及高兰和他的诗作《哭亡女苏菲》(见"高兰篇"),故收录于此。

30 流沙河（1931—2019）

（2通）
（2010—2012）

1 昌华先生：

蒙赐大著《民国风景》一册，拜谢。待眼前琐事忙完当静心捧读，先道谢了。遥祝

暑安

流沙河
二〇一〇年六月九日

· 流沙河，吴茂华赠

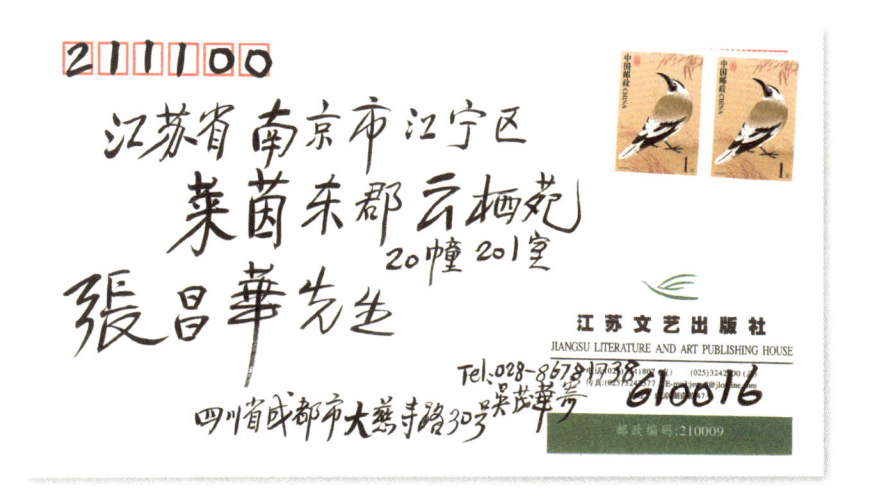

2　昌华先生：

　　大著故人风清早已拜读完了传给茂华读先生搜访勤劬剪裁细致写作严肃所以文章能抓住人大著使年轻读者了解旧时风习知其并非一无可取而旧人物之雅致有趣素养邃深亦非今之浊物可及抚今思昔予谓先生功德不小实有据而言之非谀美之词也

　　顺颂

夏安

流沙河顿首

二〇一二年五月二十七日

昌耀弓先生：

大著《故人风》清早已拜读完了。传给茂华读，先生搜访勤劬，剪裁细致，写作严肃，所以文章能抓住人。大著使年轻之读者瞭解旧时风习，知其並非一无可取，而搴人物之雅致，亦非有趣。奉养民隐逾深，亦非今之浊物可及。抚今思昔，弓谓先生功德不小。实有扰而言之，非谀美之词也。顺颂

夏安

流沙河顿首
二〇一二年五月二十七日

· 流沙河致笔者函
（2012年5月27日）

流沙河："流沙归河，潋滟随波"

文坛圈子就像一个大公园，你有了门票进去之后交朋友，就像冬天在雪地里滚雪球，雪球越滚越大，朋友越交越多，品味也越来越高。

我认识"二流堂"里不少朋友，他们有一个共同的朋友——四川文联的老顽童车辐先生，不知何年车辐先生和我成了忘年交，是他把他的朋友流沙河介绍给了我。

某年车辐对我说，你想认识一下流沙河吗？我说求之不得。他说下次你送我书时，多签一本给流沙河。后我就以《民国风景》投石问路，那时我告老还乡已经六年了，已绝组稿之念，结识流沙河，只想多交一个前辈，多长点见识，多得一位前辈教诲而已。当时我最感兴趣的是流沙河的字，他的书作内容独特，字幅刚劲，风骨卓然。特别是那副楹联："偶有文章娱小我，毫无兴趣见大人。"还有那首题为《看字》的七绝："管你名人不名人，我凭感觉判研獉。看来看去终嫌丑，怕你署名王右军。"诗句让你捧腹，字幅令你拍案。我想什么时候我能得到一幅流沙河的墨宝就好了。我将此念语车辐，车辐大包大揽："包在我身上！"他与流沙河的交情有多深我不知道，但不久流沙河用挂号给我邮来他的法书："山态不如世态险，瀑声更比人声高。"还有一本《Y先生语录》，那是实实在在的，我自喜出望外，忙驰书道谢。

二〇一二年拙著《故人风清》出版，我照例呈奉一册，请他"哂正"。收在这儿的第二封信是他的回复。他用毛笔书在二叶八行书上，十分漂亮，老先生居然赶时髦，文不标点，一气呵成。还说了一番令我脸红的溢美之词，愧不敢当。我心知肚明，那是捧场的话，岂能当真。他真的看了书否，我怀疑；不过他说"传给茂华读"或许是真。茂华，吴茂华，流沙河夫人也，她是读书人，也有一支生花的笔。

流沙河，大名灌耳。我读初中时便读过他的《草木篇》，不过那时他的名字与丁玲、刘绍棠捆绑在一起，后来我知道他们的错划右派问题都已改正了；再后来我知道的是流沙河第一个把余光中介绍给大陆读者。

"流沙归河，潋滟随波。"

31 浩然（1932—2008）

（23通选10）
（1978—1996）

1　张昌华同志：

惠书收读，对您的厚爱，我十分感谢；您因此而上了当，又使我深为不安：我写字的基本功极差，从来不敢献丑，您得之条幅，是假的。现寄上《艳阳天》一套，希望它能起一点弥补作用。

除《少年报》那篇《七月的雨》之外，今后，我将"偶尔"地发点小稿（主要给孩子们写）；它们都不能代表我艺术思想的基本状况，我正在探索，其成果大概得几年之后方能有所显现吧？只要有一口气在，我就不能放下手里这支笔：我自己没有权利放下，任何人也没有权利迫我放下！这方面请您放心。

顺颂

教安

浩然

一九七八年十二月十二日

张昌华同志：

惠书收读，又承您们厚爱，我十分感谢；您因我而上了当，又使我深为不安：我写字的基本功很差，经来不敢献丑，您们之等幅，是例外。现寄上《艳阳天》一套，希望它能起一点弥补作用。

除《少年报》那篇《七月的雨》外，今后仍将"偶尔"地发点小稿（主要给孩子们写）；它们都不能代表我艺术思想的基本状况，我正在探索，其成果大概还几年

• 浩然致笔者函（1978年12月12日）

・浩然（1996年，北京通县）

2　昌华同志：

　　读了你的《情书》，我是十分高兴的；这几天只要有文学界的朋友来，都要忍不住地议论它几句。从这篇作品里，我看到你的艺术表现能力，得到一个"你一定能够成功"的强烈感想。

　　希望你"重视"自己，迈好眼前即将飞跃变化的关键一步。头一条得利用一切时间多写，写正正经经的小说；诗歌、散文先放放。第二，不要随便乱投稿乱发表，选一个有些影响的杂志，连续发上几篇，引起读者和文学界注意。准备的时间可以在国庆节之前，攒几个佳篇，或把你认为好的陆续寄给我，待时机成熟了，由你自己或由我找哪个理想的杂志，你看如何？

　　以上这些想法并不是捷径，而是当今的社会，有才能的小人物要发挥自己的才能而不可不具备的入门条件。请你考虑后决定。

另外，以后写东西，可以多找些朋友帮忙，但不要那样的"搭伙"；实际上多方都给人一种不严肃的印象。不知你是否以此为然？

《情书》正在《北京文艺》接受"终审"，到这一步，只能凭它自己的真本领来决定"入选"或"落选"了。

我明日参加《人民文学》召开的一个儿童文学座谈会，后天到通县，找个地方躲几天，把中篇《收获季节》起草出来。

这一段日子，把时间都花在杂事上了，给两本选集写后记，给外文版的《金光大道》写序言，给一些寄来稿子、被我压了许久的青年同志写信，其余一大半精力都花在家务和"世俗"上了——这曾经引起我极度烦恼，目前也未摆脱。过了春节，我得比较长地躲出去，要写作了。

另外，北京酒容易买，加之路途远，携带不便，千万不要麻烦别人给我捎来了。

孩子催我下楼吃饭，只好匆匆地写这些。

握手

浩然

一九八〇年一月二十日

3　昌华同志：

我到通县去了二十多天，本来的打算是"躲"起来写点东西，不料赶上多年来少见的寒流，使我闹了一场感冒，同时引起高血压症的复发，结果呢，白走一趟，前天两手空空地回京过节！

害病的人，尤其客居外地害起病来，最容易产生悲观情绪。我的脑海里曾冒出这样的念头：自己的时代过去了，艺术生命结束了，挣扎亦枉然了。然而，这样的收场，又大不甘心。我还应当开一茬小花，热闹一阵子。

如今病是好了，但情绪并没有完全消去它的阴暗成分。人真是个复杂的动物，乃至自己都不了解自己。你不会觉得我可笑吗？

看了你的新作《多听话的孩子》，我觉得它取材新鲜，表现手法也不一般，仍如以往，满能窥视到你的那还没有自由迸发出来的才华。我对它不满意的地方有两点：一是觉得调门低沉了些，一是结构松散、拖沓了些。或许没有《情书》下的功夫多，反正加工的空隙还是不少的。此稿我就不代转递，建议放放，冷静一段日子再修改——修改时，请尽力地从里边挖出积极的光和热来。

另外，针对你信尾的那句话，我说几句。我们虽交往不久，但我是把你当知己的朋友看的。所以你若已写信给我或有事托我都引为不安那便是客气了。你放心，我决不用客气对待你：接信后，没空就不回；接到稿子，不想看就不看。这样，你也许会被"解放"一点吧？

今天是传统的除夕，祝你全家新春愉快，祝你（一九）八〇年"跃进"一步吧！

握手

浩然
一九八一年二月十五日夜

4　昌华同志：

年底的信收读。

那篇儿童文学（篇），是大材小用，搞得不伦不类，扔给编辑部了。它花去我几乎两个月的时间，真没想到，最大的损失是破坏了刚刚有点回升的写作热情。

关于敲《小说选刊》门的问题：一、不难，只要作品本身够分量，我会说公道话；二、不要把他们选与不选，以及是否被评上什么奖这类事看得过重。真正的人才和真正的作品是任何人任何力量都无法真正将其汰埋的。我们应该朝真正人才高栏和真正作品高栏跳越。你说对吗？

这些天北京特别冷，一冷我准感冒。感冒写小说有困难，就处理压下的信，所以每次给你写信都是匆匆忙忙，跟大流跑，没办法，只能求你原谅。

明天去京开作协理事会，后日再返通县，有急事可往通县二中我女儿梁春水那里写信。

握手

浩然

一九八二年一月十七日夜

5　昌华同志：

二十日信收读。

我的身体近一个多月来还可以，血压虽高，但稳定，只是害了两次感冒，且持续的时间不短，害感冒对我来说已不算病，所以仍告你"可以"。

最为不幸和影响情绪的是，我故乡的两位亲人在去年先后暴亡。后者是十二月十二日。此时也是林震公同志索稿之时。我与震公同志无一面之识，不好道此真谛，亦不便托辞应付，只好暂不作答。有便，请代我做些说明，请他原谅。稿子一定写，我会记在心上。

文债总还不清，自传体小说只草出五章，就久久地压在那儿。心里焦急，对写其他少有热情和兴趣，又不能不写，所以出来的作品，也就难有光彩。唯《当代》六期发的《老人和树》似乎还能看下去。因它是前年草拟的。过了春节，把非还不可的债还还，包括欠《钟山》的，要下决心抓重点了，总被编辑牵着鼻子走的话，牵到六十岁，还是个无新成就的我，那可就太悲惨了。

《弯弯的月亮河》已出来，估计你看过《十月》发的上卷，而没看过《北京日报》连载的下卷，寄一册给你和景文同志留念。请查收。

顺颂

冬安

浩然

一九八三年一月二十五日

6　昌华同志：

信和稿纸都收到。没能得到机会见面谈谈心里话，实在遗憾！

我这几年身体不好，心情尤其不好，比"挨整"那会，也就是我们在京相会的时期还不如。偶然写点东西，多是离开了北京、离开了家，在陌生地方住了一段时间，情绪稳定几天的结果。可惜这种"稳定期"太少、太暂时，更多的是烦躁和苦闷，没有写作的欲望……

我已经开始觉悟，必须改变这种状况。尽管极难，也得咬紧牙关，再做一次挣扎。春节过后，我将找地方躲避起来，写作品，写我想写的。

你没有找到《小说界》增刊，就不必找了。那东西给了出版社，也不会是"吃香"的。等以后我写了新的作品再说吧。

吴冰、周行同志都给我许多鼓励，请千万代我谢谢他们。因我病态支配在打交道过程中有所不周之处，请他们原谅。这话一定要送到。他们都有信来，我都没勇气回信。

我昨晚从乡间回到北京，匆忙地写这几句。祝你工作顺利。

握手

浩然

一九八五年二月十二日

7 昌华同志：

信，先后寄来的《在水一方》和《十八春》都收见。琼瑶的另一本、由你当责编出的"柳"（《雁儿在林梢》。——编者）什么，如还有存书的话，给我一本最好。我那小侄女已经迷上了那位女士的小说。这引起我的好奇，等凉爽时也翻翻看。

京城分手后，我身体一直不好，除了高血压，就是周身酸痛、乏力，似感冒，又不是。

同时遇到一些不顺心的事，所以两个多月里，只给晚报写了篇千字文，创作计划全部落空。如今深深感到力不从心之苦！

等到秋天身体和情绪有所好转时，定完成你交的任务。否则，太对不住你了。匆匆。

问玉洗同志好。

握手

浩然

一九八六年七月二十九日

8　昌华同志：

我五月十一日到达沈阳，害几天感冒，去一趟昭乌达的宁城热水。返沈后，有几天精神略好，起草一篇故事，"六一"再次病倒，直到今天；吃了两片阿司匹林，才能坐起来给你写信。

这以前，我常害小病，血压也波动，并常为此说几句泄气话，但一向对身体抱乐观态度。唯有这一次，真的悲观了，从心里接受"留得青山在"的劝告，把稿纸收起，卧床看看书，困了则睡，稍有力气便到室外走走，悠闲地打发了一个多月的时间。二日，出版社的同志去京，劝我亦随之看看家小，当即登机前往，一去六日，昨晚又飞回沈阳。

到北京月坛家中，才在大堆信件中找到了你的信和稿，还有寿山同志的催稿信：我一再说话不算数，不好意思等那个《路没走错》草拟出来，寄到编辑部，比信有价值。你说呢？

你那散文（《无价》。——编者），取材于生活，抒发之真情，但已是文学作品，完全可以自由地拿去发表。因我转不合适，随信还给你。请查收。

人一害病，脾气也变，近来我除了常有悲观情绪流露外，还特别怀念以往的旧事，尤以儿时旧事备感真晰、亲切，闭眼回味起来，好似进入甜蜜的梦幻之境。所以病两次，起草了两篇"童年回忆"稿子：前一次病期短，稿子亦短（题名《两个小蝌蚪》），后一次病期长，稿子亦长（初拟题《书迷》，已摘抄三千字给了《儿童时代》抵文债）。基于此种情形，身体一如今天的话，决定提前起草自传体的长篇小说。估计搞起这项工程不会苦。如能成功，是有意义的。我是五亿农民中间的一个呀！随着无产阶级革命的胜利，农民在政治上解放，经济上翻身，文化上提高，这三方面我均属于既得利益者，尤其是在文化方面，我得列为五亿农民中先进人物之一吧？真实地写出我自己，也就写了五亿农民的某些侧面，同时亦能反映出时代——三四十年中国农村的某些风貌。我觉得，"自传体小说"将会属于我献给祖国的最后一部好的作品——我要为此目标奋斗！

　　对这工程有何见教，望不吝指出。

　　春风文艺出版社请一批中年作家到大连海岛上去消夏和写作。这几年越来越孤僻（或者说"孤独"）的我，不愿跟文艺界人"扎堆"，但此次被约的有几位老友，如林斤澜、张长弓、王栋等同志，执意不入伙而单行，太不近人情，只好硬着头皮一试。另外，维熙、绍棠和友梅三位朋友，尽管在近三年才有来往，感情不错，也应当跟他们在一起住几天，增进些了解，吸取些写作经验。估计十五日成行，地点是长山群岛上。这期间，身体如略好，当把寿山同志给的任务完成。否则，只好什么顺手写些什么，对付一个月回京。杂乱地写了这么一大堆废话，头有些晕，提笔亦困难，只好打住。关于你，仍希望多写，在多数量中练本事、熟技巧，同时抓住攻坚的重点。例如一两个中篇，把它写好。只要写出好的作品，你就给自己插上了翅膀。我总相信，终会有一天，而且不久，你会在创作上有大的突破，被人们所看重。看来关键是攻坚的重点，不满足一般作品的发表数字。你说对吗？等《情书》发后，请把你认为这几年还算好的作品的题名、发表刊名列一单子给我，到该公开说话的时候我得说话。庙堂不能进，我就到野地上呼喊几声，也是必要的。草木会是我的热心听众！

前几天《芒种》的副主编吴山同志和编辑李兴华同志来看我，我向他们简单地提到你。你的信可以有所表示。稿件能集中在一两个刊物上发最好，没此条件则乱飞，在乱飞中找个能久登的枝头，这全可以。顺颂

笔健

浩然

一九八七年七月八日

9　昌华同志：

"人文"并没有全包，估计难以全部写完。

许久没给你写信的原因，先是《苍生》电视剧组拉我当顾问，缠了我两年；接着老伴病卧在床，须日夜守护，使得情绪极坏，什么都不想做，信更懒于写。

我今日去京开会，当天去归（怕老伴夜间出现意外），明日再去开一天。午间到家中看看，读到你的信，还有赠书。

自传体小说给你写一长篇事，是我答应了的，并不会赖账……

《男大当婚》发在《钟山》一九八五年第一期上，我已经没有这本杂志，估计你也不会保存，可否给找一本，或复印一份呢？

匆匆

握手

浩然

一九九〇年三月二十七日

10　昌华同志：

记不清春节前何时收到你让我写字的信了，只是记着当即写了信封，想等病好就完成任务。无奈两次发病和住院，空信封跟我走了几个地方。

今日上午精神略好，给你和吴光华同志各写一条同样的字，因为这是我想对你们二位说的一句话。

我住在一家宾馆，五月十日左右回到泥土巢。一会有人去邮局，赶上让他把字邮走，否则我又会羞于拿出手。

握手

浩然

一九九六年四月二十八日下午匆匆

浩然："清心乐道，自然人生"

我与浩然的相识纯属偶然，偶然得有点传奇——缘于一九七七年得了一幅署名浩然的假字；而这幅假字彻底改变了我的人生轨迹：由教书匠变成编辑匠、码字匠（作家）。

一九七九年，全国第一届科普美展在北京开幕，我获得一次公费进京看展览的机会，趁机拜访了浩然。尽管我们的身份、资历、年龄差异很大，又是初次见面，但谈话却十分投机。话题也很广泛，从他的《喜鹊登枝》到《艳阳天》，从西沙之行到江青的大寨接见；以及后来的《广东文艺》对《西沙儿女》的评论……我谈到我得到的那幅假字，他说这也是一种缘分。他问我的家庭、生活和工作情况。当他知道我也是个文学爱好者，又是教语文的，一个劲地鼓励我练习写作，写自己熟悉的学校生活，写儿童。他还说，如果我写稿子的话，他可以帮助我看稿子提意见，还可以帮我推荐。

浩然的热情像把火，把我对文学的爱点燃了，那时社会上教师待遇极低，生活清苦。最突出的是教师找对象困难，我写了篇《情书》，他看后觉得不错，复信云："读了你的《情书》，我是十分高兴的；这几天只要有文学界的朋友来，都要忍不住地议论它几句。从这篇作品里，我看到你的艺术表现能力，得到一个'你一定能够成功'的强烈感想……"

那篇习作太稚嫩了，尽管由浩然推荐也没有发表。浩然曾多次说要把陆文夫介绍给我认识，我知自己的写作水平低下，不敢接话；但我并没有泄气，一个劲地写。后来我写了一篇《多听话的孩子》，浩然读后对取材和表现手法作了肯定，但严肃地指出它的不足："调门低沉""结构松散、拖沓"。他直言"不代转递"，"建议放放，冷静一段日子再修改——修改时，请尽力地从里边挖出积极的光和热来"。

打那以后，我把教学之余的所有时间几乎都用在练习写作上。我记住他的教诲，写自己熟悉的生活。后来我以年轻时在山东当兵生活为背景，写了篇《鸡声茅店月》（与贺景文合作），在《广州文艺》发表后被《小说月报》选载，也有些作品在省内外文学刊物上获奖。这时，浩然又来信叮嘱我"戒骄戒躁"，"要努力提高作品的质量"。还说了一番要我正确对待"选载"和"评奖"的话。为了对我进行更具体更直接更有效的帮助，他把与我同在南京的《钟山》杂志编辑蔡玉洗同志介绍给我，一九八四年，由浩然荐介，我调到出版社当编辑。

十分遗憾，十多年后，在出版社已有点小小权力的我，竟没有为浩然出过一本书。不是我不想，而是他硬不让。一九八五年，当我第一次以编辑身份向他组稿，他谢绝了："你刚到出版社工作，还没立住脚跟，我不能让你背包袱。"我说他不支持我，他笑着说："这也是一种支持。"后几年，文学类图书日益走向低谷，我再次向他组稿时，他更不肯了。

一九九六年春节我写信向他贺年时，提出不情之请。我说我们是因为一幅假字相识，我仍想得到他一幅手迹作纪念。他给我写了"清心乐道，自然人生"八个字。孰料，这是他致我的最后一封信。

32 邵燕祥（1933—2020）

（10 通选 7）
（1995—2014）

1　昌华先生：

　　苗子、郁风《陌上花》赠书已承王蒙兄转来，谢谢。内容与装帧俱佳，这才是近来叫烂了的"精品"，得此把玩，不忍释手，不能不感谢编者的创意。拜读萧乾老人在《中华读书报》上有关一文（《智慧与匠心——向出色的编辑致敬》。——编者），有同感焉。

　　专此，顺颂

编安

邵燕祥上

一九九五年九月十六日

・邵燕祥（2012 年，南京）

2　昌华先生：

您好！谢谢您的《走近大家》，既记录了您的编辑生涯，又为当代文学留下一幅幅剪影。我想诸多作家和读者，在提到您的名字时，都会怀着感激的心情。

我近读一本文联出版社出的《生机》，文研所靳大来先生编，内收文字中我最有兴趣的，是追忆一些被停被封被禁的期刊，多是老总细说端详，不知您读到过否。

十一长假，躲到乡间读读书，其中包括您这一大作，甚感亲切快慰，再次谢谢。

　　祝
全家好

邵燕祥
二〇〇三年十月二日

3　昌华先生：

您好！您所赐手题贺年笺，具见雅人深致，当珍藏之，无以为报，亦遥相祝福耳。

前蒙惠寄《北平笺谱》一函，迄未启用。盖我平时全用硬笔，且于书法是门外汉，未敢率尔献丑，贻笑大方。加之在城里琐务纷扰，全落舞文弄墨余裕。致迟复乞谅。

后日拟去乡间养病过年，那里放着一份笔墨，到那里当勉力完成所嘱，不过您切勿抱什么期望，等着收一份描红学书吧。

此颂

年禧

燕祥拜上

二〇〇八年冬至后一日

4　昌华兄：

遵嘱写了三幅小字，其中有近作赠《炎黄春秋》诸君子二首之一，聊表寸心耳。素不擅书，平时绝少用毛笔，外门之处，难免假冒斯文之嫌。幸勿见笑！

匆祝

新年快乐

燕祥

二〇〇八年除夕

5　昌华先生：

您好！承赠《民国春秋》(《民国风景》。——编者) 大作，拜收深谢。您与所写传主，多未亲炙，材料来自采访或其他二手材料，但从中能读出作者感情，足见写作之严肃和"投入"，令我感佩。

我将于二十日外出，五一前后返京。记得前为您所写册页因系在乡间写后急于寄出报命，致忘钤印。您便中赐还，当补钤一丹呈上，如何？

手术已满一年半，康复情况应说良好。能试着外出便是证明。请释远念。

专此顺颂

春安

全家好！

燕祥拜
二〇〇九年四月十三日

• 邵燕祥致笔者函（2009 年 4 月 13 日）

6 昌华先生：

您好！久疏问候，时读大作，公身笔两健为慰。

近拜读写周有光老人一篇，记其言说动态传神，惟"小儿多动症"及"表现欲"云云，素属病态，故带贬义，形容老人似有未妥。将来成书时，或请考虑换一说法。冒昧过议，当否请酌。

顺祝

夏安

邵燕祥

二〇一一年六月十日

7 昌华先生：

您好！久疏问候，因见《百家湖》编得日益丰富有情趣，借知神清体健为慰。

兹有一事相托：您与张充和老太太曾有联系，如有便，请代问她知否另一老太太何琬（灵琰）女士的联络方式，北京这里一位朋友一直与她通电话，但最近电话无人接听了。

这位何琬老太太，亦年登九秩，四十年代旅美，她旧学有根底，晚年编成《琬琰词》一卷留给大陆上的孙辈小友王庚（在协和医院工作），希付梓印。依此间法例，交涉出版须有著作权人委托书。王庚打电话无人接听，手头又无其他联系方式如通信地址，颇为难。又因孤老一人，不知是否健康出了问题，甚惦念。

何琬老太太长期旅居纽约附近，又是京剧的热烈爱好者（虽与张充和老太太之爱昆曲相隔一间），张老太太或有知闻，则可解王庚联系不上之困，促成何氏《琬琰词》的出版。为此冒昧求助，明

313

知您事忙，尤其张充和女史年高不宜有渎清神，实出无奈，只想到这一途径，切望谅宥。

我没见过这位何老太太，只从王庚（她是我女儿在协和的同事）处，得见老太太手书诗词的复印件，知其作品早年（我猜是上海孤岛时期）曾获钱锺书先生青览，并予称许。

以上所陈，不知当否。

专此，顺颂

夏安

邵燕祥上

二〇一四年五月二十五日

邵燕祥："等着收一份描红学书吧"

我结识邵燕祥始于一九八七年，托叶兆言的福，组来他的《我死在一九五八》，刊发在《东方纪事》上。那年趁北京书展之机，我到虎坊桥他的寓所拜访，交谈时间不长，给我的第一印象是文弱、儒雅。记得在他的引荐下，还便道拜访了住在大院内的戈扬先生。因戈扬的"自白"《一个淮安女子的自述》正存在我案头待发。与先生通信是一九九五年的事，代苗子、郁风转寄他们的合集《陌上花》，其后中断联系七年，直至二〇〇三年，我的《走近大家》出版，因上面所写多为燕祥的老友，故寄他一本。一晃又是五载，我已退休，某年托友人在广陵书局一下购得《北平笺谱》二十部，分赠曾为我写过字的文坛前辈和行将向其讨"雅债"（乞字）的师友，看得出我也是个无利不起早的功利主义者。我乞字时燕祥正赴乡间养病，抱疾为我写字，谦称："等着收一份描红学书吧。"不久他寄来三幅法书，两首古诗，一首是他的近作《感事》（诗文略），我特喜欢。有趣的是五年后有位外地朋友三番五次来电欲用另一名家大幅书法作品来换，我舍不得。我是一个婆婆妈妈追求完美的人，字是燕祥在乡间写的，没有钤印。我觉太遗憾，旋致信说"龙"有了，然缺"睛"（印）。他让我把手迹寄回补印。我也不客气，又让他补做一次作业。再邮来时他在笺纸上粘了一块小纸条，上书"冒充斯文"。

我们的信，大多我主动，他回复。无事我不敢叨扰他的清神，有求他必回应。只有一次他突然致我一函，说我在《文汇报》发的写周有光先生的《有光一生，一生有光》一文中，说老人有"小儿多动症""表现欲"，他说那属病态，带贬义，形容老人似有未妥。并嘱我将来成书时或请考虑换一说法。他很儒雅，称他这是"冒昧过议"。接读此信，我赶忙作复，向他解释原委。百岁周有光还在不断写文章发声，有人看不顺眼，便说他"说东道西""评这论那"；有"表现欲""多动症"，我是加引号的，话中有话，乞他理解。

周有光先生茶寿，我为《百家湖》写了篇小文章，为活跃版面，我请毛乐耕先生以周有光为题作了幅嵌名联："有恒有道有灵慧，光国光宗光学坛。"请一般书家写意义不大，我忽然想到燕祥是最佳人选。燕祥欣然挥毫，我将此事告诉周有光之子周晓平，晓平马上打电话申谢，嘱我向邵公表示谢忱。

二〇一二年秋，我与燕祥在《文汇报》南京笔会上不期而遇，我们都十分高兴。他给我的最后一封信是二〇一四年，托我请张充和先生代为寻找居美的何琬老太太。人托燕祥，燕祥托我，我明知希望不大，还是给充和先生写了封信，果然未果。因为那时充和已届百岁，独居，耳又聋，根本无力代劳了。

二〇一九年，我买了一批册页，给每位曾有恩于我的师友各写一部，自然也给燕祥写了一本。他收到后十分高兴，尽管他耳聋，还给我打电话致谢，说我的毛笔字好看。

乙部

33 周海婴（1929—2011）

（47通选12）
（1997—2007）

1 昌华先生：

今日接到财务科汇来《爱的呐喊》书的许广平部分稿酬。另有一张是照片的稿酬。收到这部分稿酬使我十分感动。因为多少年来，不论在什么书籍上，照片似乎已经在几十年前进入了"流通领域"。当然，我也似乎"清高"而不去追索。你对我和我家庭的关心，非常感谢。多余的不再说了。

奉上为怀念母亲出的一册薄书（《遭难前后》，香港文学研究会，一九八一年），内中有一些母亲的未刊稿。几经周折，才得出版。其难处谅可估到。就此搁笔，顺祝

文安！

海婴

一九九六年九月三十日上午

2 昌华先生：

七日来示并照片、草稿均于昨日收到。谢谢！照片甚佳，尤其是那帧单独头像，神情比较自然。

关于合同，没有大的修改，想到的有几处，我用铅笔写了，如可能，望改一下。主要有三点：

・周海婴（1996年，北京）

1. 母亲于一九六八年三月三日去世，《许广平文集》如能在（一九）九八年三月附近（视条件）比约定九八年底早半年。我估计困难不大，因为大部分稿件现成。所以只要我这边尽量赶一赶，早些交稿可望完成。

2. 第六条里，可否加上"甲方可按？（请定）折扣买此书五十套"。

3. 稿酬"a"项没意见，"b"项可否加上如新稿酬公布，按新的约定付酬这一句。付酬可否分二三次，交稿付 %，印刷、出书各付 %。

草草顺祝

冬安！

海婴

一九九七年一月十三日

请向社长致意！

3　昌华先生：

二月十八日挂号寄出第二批稿件，估计一二天会收到（以信函寄）。

这样，这里稿件已经结束。我是这样考虑的。

一、许信，从前我一直没有主动去征集。即使想到的前辈，都剩没几位，也找不到，他们都记忆不清、含糊了。奉上的，是母亲主动交给北京鲁博保存的。看来，她认为有价值的。你看了后，会有这种想法的。

二、即使有散失在外，不外乎询问有关父亲的，实际上，母亲所忆，均写在回忆录内。所以，外面的信，我不再去搜寻了。

三、文稿奉上的，是请你看，并非我选定的。千万不要客气，仍以普通读者为主，此意上次已谈及。

三、照片，待见面再挑吧！大致在多少张范围，请示知。

大致先想到这些。

奉上发票邮资单。复印件，我是托二三人办的，没有单据。如可能，以每张五角计算可否（我将以等价礼品赠帮忙的朋友）。共计二批有多少张我没数计，请数一下即可。

草草顺祝

文安！

海婴

一九九七年二月十八日晨

4　昌华先生：

来示拜收。

关于人物，现重抄附上。若字句过于简单，请酌添一二。实质上，从内容可知。

文集的分卷方法，甚好。就这样编排好了。替我谢谢孙（金荣）先生。

关于"目录说明"的文字稿，我把第一段动了一下。这是不作数的。请大致以这种体例修改。麻烦张先生了。

照片是先寄还是（你）下月赴京时取，请再定夺。我觉得信函能解决的事，不必烦动大驾。这不是客气。有事勿客气。

天气炎热，草草祝

暑安！

海婴

一九九七年七月十三日午

5　昌华先生：

寄上照片四张。背后有简单说明及号码。现再解释一下：

一、号码不等于顺序，编排时分册可以调整。

二、有些照片色彩偏色，原照均是黑白的，翻拍底片不同，故而有颜色，制版时均按黑白照。

三、12吋大小，有缩有放。制版时可以调整。（原照有的很大，12吋，有的1吋半。）

下面按照片号码补充一二。

一、照片1，2，3，4，是不同时期，前面第一张，请挑一帧。我母亲喜欢2号（可剪裁）。

二、照片15，是父亲去世后半年，母亲身体不好，咳嗽……应友人蔡咏裳邀，赴杭州三天。回沪后身体好转。

三、照片14，朱女士去世，周作人家族到西三条抢夺遗物、书籍。经友人会同法院制止。母亲北上整理故物。

四、照片16，"文革"时期，母亲无奈何地"学习"文件，写些违心的发言稿，表态……

五、照片17，母亲设计的新墓，直到一九五六年迁墓虹口公园为止。迁后，此碑、墓保留。"文革"时，万园公墓遭"革命行动"平毁。

六、许有几张毕业证书等。选了一张奖状。可以看出，许在校时学习的刻苦努力。

七、2，3共存三枚（不同的老师），这是母亲笔迹。估计内容也许也是她草拟的。

八、上海故居里，有不少绣品（枕套、茶壶套）是母亲制作的。这件礼品（共二枚不同状）是学生茶话会赠老师剩下的（也许多做一二个），原件是长三吋。

草草，祝

暑安！

海婴

一九九七年七月十八日

6 昌华先生：

近好！来信及"出版前言"拜收。

来信里，第一句是"前信及一束校样谅已收到"。我是七月十三日复你信，又收到七月十二日信，记得都及时处理了。是否有"欠"？那么必是来函中途遗失。望查一下。

"前言"看了。我感到可以的。该说的都说明了。第四行（P1）"特别是鲁迅研究者……"，这"特别"两字似乎我们拟定文集的宗旨时决定过，研究者可以从几个鲁博去查阅未刊出文稿。所以，这两字前后，请斟酌一下。

关于"序"。我正在修改"后记"。有些感情性质的话以及牢骚之类，放在后边为宜。此稿，一周后寄出。草草奉复，此祝

秋安！

海婴

一九九七年八月二十六日

7 昌华先生：

八月十五日赐函及文集内"书信"部分已于三天前收到。由于是以印刷品挂号寄，耽搁了半个月。现已阅毕。考虑到此稿里边，几乎没有什么错字，似无必要整本奉还。故在另一纸写出可斟酌处，请考虑。

关于 先生副主编的具名，我以为很合宜的。这本文集没有 先生创意、策划、奔波以及向社领导疏通，是不可能问世的。这点，我们家属铭记在心。你的辛苦应当体现在文集上，不应该当"无名英雄"。我国各出版社的老主编、编辑，一辈子默默无闻作了

供（贡）献，是不公的。事实上，我的"主编"是"充数"的，跑龙套、充门面。实质上便于此书的出版、推行……所以，你再推辞，使我惶恐不安了。

今晨打了电话给民进组织部一位姓曾的负责人。我讲了文集的发布会，（明年）以及请雷洁琼、赵朴初（住院，但能外出开会）题字的事，我是请他们二位书《许广平文集》书名，因这样比较简单。这几个字用在单页上也可，书籍上也可。她答应向秘书长汇报，过几天回复我。发布会也讲了。——看那时候二老的身体。

另外，我想到三月初正好是全国人大政协会议时候，如何协调，再安排。

来信里所讲的注释方法、体例……我同意。

书信如雷先生若干，可请你酌选。草草，祝

文安！

海婴
一九九七年九月一日午后

我在九月六日赴沪，约住一至一个半月。上海住址是（略）。

正写好此信，接民进中央回电话。是雍冠生，秘书长。

他说：一、已和雷老通了电话，雷老答应写。

二、已和赵老的秘书通了电话，答应一定汇报赵老。由赵老定夺。

现希望出版社拟几句题词的内容和需要的日期，供他们书写参考。请直接以出版社名义去函给民进——寄（略）。

8 昌华先生：

你好！

寄上拙稿"写在后面"。请看看内容有没有触犯什么。因为它带着感情——哪怕已经删掉一些。

关于署名。请再一次和社领导解释一下，这本文集，工作是你做的。我只为了某种咱们商议好的原因、因素而"堂皇"地摆放在那。谁都知道，这是吹不响的滥竽，否则，无地自容。若此，新书发布等等活动，我只好回避，躲起来了。

明天赴沪，地址、Tel均前信奉告，不另！

草草，顺祝

秋安！

海婴
一九九七年九月五日午后

9 昌华先生：

收到FAX来信，又收到稿子。我详看之后，感到你讲的确实是肺腑之言。我们因为含辱负重，忍了几十年的悲痛，以及《两地书》所受了不公待遇，心理必然不平衡，想舒（抒）发一下。先生能理解我们，实在太感谢了。当然，还不止这些。

稿子改了一下。拼成一段。请看看是否可以。我把"大权"交你。请不吝斧正。

草草，顺祝

秋安！

海婴、新云
一九九七年九月十四日晨

1997.9.9

昌华 先生：

　　你好！

　　寄上拙稿"写在后面"。请审视内容有没有触犯什么。因怕它带着毛病——那怕已经删掉一些。

　　关于署名，请再同次和社版方联系一下，这方关系，工作是你做的。我现在为了某种咱们商议过的原因，因素而"堂皇"地摆放在那。谁都知道，这是吹和响的活字招牌，实难自容。若此，新书发布等儿活动，我能否回避，躲起来了。

　　明天赴沪，地址、Tel 以前信奉告，忆！

　　草此，顺祝

秋安！

　　　　　　　　　　　海婴
　　　　　　　　　97年9月5日午后
　　　　　　　　　广播电影电视部

• 周海婴致笔者函（1997年9月5日）

又：文集内有关书信、稿件，如需先生见刊、报。我予以同意，请便宜行事。

10　昌华先生：

多日不见了，谅必均好。贺年卡两免，咱们互不寄了。

近有出版社找我，他们拟出《回忆鲁迅》的集子，字数颇巨，含各友人、前辈、亲属。集子里要收我母亲回忆鲁迅的那部分。反复向我相商，说缺了许先生那部分，集子就失色了等等，恳切言辞。又说曾向贵社商量……并获首肯。以上，我难以判定，特修书相询，请及早复示为盼。

草草顺祝

新年好！

海婴

一九九八年十二月二十八日

11　昌华先生：

时值二〇〇三年新年（羊年）即将来临，谨向您和您的全家致以亲切的祝愿和问候！回顾过去的一年，我们的生活充实而且愉快，身体粗安。

在这一年里，对我，有几件事值得提及：

九月二十五日，我在上海成立了"上海鲁迅文化发展中心"，它是一个非企业性质的文化机构（LCDC），以"继承鲁迅文化遗产，保护鲁迅文物遗存，捍卫鲁迅崇高形象，弘扬鲁迅思想，发扬

327

鲁迅文化，促进社会文明发展"为宗旨，致力于研究出版、公益活动和两岸三地（海峡两岸暨香港、澳门）、日韩及欧美的文化交流，以期为国家、社会的文明和文化事业做出绵薄的贡献。

十月一日，由我的四个孩子集资与中国最大的黄酒集团——古越龙山公司合资成立的"绍兴鲁迅纪念酒有限公司"出品的第一款"鲁迅纪念酒"正式上市，酒瓶为石湾陶瓷鲁迅立像，内盛十五年陈"金雕"酒。我的孩子们期望以此行动纪念祖先，期望凭借经济活动的载体让鲁迅声名远播、万古流芳。

二〇〇一年九月，我为纪念父亲诞辰一百二十年撰写的《鲁迅与我七十年》一书出版了，未料时经一年各界人士反应强烈，口碑甚好，还荣登汉林等几家畅销书的排行榜（甚至引发了二三种盗版书），我十分欣慰。

二〇〇一年是中国的蛇年，也是我们家族的本命年，我们周家上下四代都有一人是属蛇的：父亲鲁迅、我自己、长子令飞、幼稚的小孙景轩（今年才一岁半）都是属蛇，巧合得十分有趣。蛇年是我们的幸运年。

二〇〇二年是马年，我和家族有了新的起步，开始了新的事业。

二〇〇三年请继续给我们支持与帮助，并衷心地祝您及家人阖家顺利、平安！

再颂

三羊开泰　新年快乐

海婴

二〇〇二年十二月二十二日

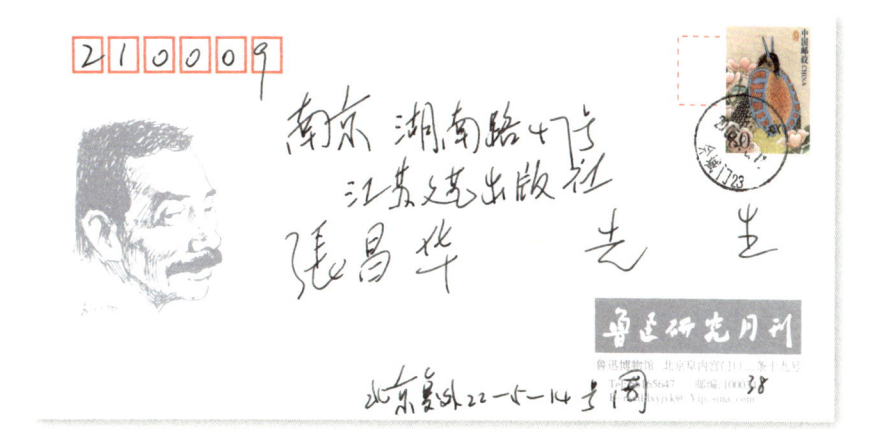

12　昌华兄：

你好！

政协会议期间，李辉从黄（黄永玉。——编者）老家里取来复印件，一卷长卷。是十几张纸粘贴而成。原件黄老自己保存，我们尊重他的决定。

长卷甚长，复印时颇费手续，万一连接不上，上面会断缺字句。幸而我把这卷以如履薄冰的心态慢慢印出。之后，详细核对，没有断行。至于个别字清晰不够，是原件上的模糊。好在可以判读。至于如何使用，请贵社斟酌。

草草，顺致

文祺！

海婴

二〇〇七年三月二十日

海婴一二三

我认识海婴始于一九九六年。我社策划选编鲁迅、许广平散文合集《爱的呐喊》，函请他授权，他欣然同意。该书出版以后，本社除按合约付许广平部分的稿酬外，另付了一帧照片的稿费，象征性的而已。海婴在复信时特别提及"收到这部分稿酬使我十分感动"，还说了一番致谢的话。

次年春，我拜访了海婴。当我了解许广平的几部著作市场断货已多年，又虑及许广平先生百年诞辰在即，于是萌发编《许广平文集》的创意。海婴十分高兴，选题很快进入操作阶段。事先说好合同条款由我方初拟，再请他提意见、相商。海婴复信寄回合同，没作实质性的修改，只说希望出版日期提前半年，作为许广平诞辰一百周年纪念大会的礼品。因书稿工程较大，文稿搜集要完备也很琐碎、麻烦，出版日期如此之短，当时我只答复："争取如期"出版，他表示理解，又说："我的话只是代表家属的建议和希望而已。"我请他先编目、分类，他没有做。他说"我是有意不分类编目，目的是使你们主动，便于取舍"。我们拟的"编目"奉上，请他"指正"。他复信说"文集的分卷方法，甚好。就这样编排好了"。但他将"出版前言"的第一段改了一下，附言说"这是不作数的"，由我们定夺。他既如此"大度"，对他的意见，我也就实事求是地有取有舍。事后，他未表示异议。我们相互间的沟通比较顺利，双方都很满意。

我请他为《许广平文集》写"后记"。他有点调侃地说："有些感情性质的话以及牢骚之类，放在后边为宜。"一周后，我收到海婴的"后记"。应该说，海婴是比较好激动的，也爱发点牢骚。他的"后记"原稿中有一段是写许广平去世后，她本人及亲属受到一些不公正的待遇。读了这些"牢骚"，我颇为难。此前，我已略知海婴有点执拗，喜欢较真，怕碰钉子；但我还是鼓足勇气给他写了一封长函，大意说这是许广平先生的文集，含纪念性质，"后记"中的"牢骚"话放在里面不大妥当，如果照现在这样写法，广平先生在九泉下心也不安。如实在有话要说，可另写专文，不一定非要放在这儿。大概我言辞恳切，或许他意识到我的话不无道理，他来电话爽快地同意删去。

关于《许广平文集》的编选者署名，吴星飞社长当初为保证本社权益，提出让我充当副主编。在此期间，海婴拒绝了另一家出版社要重印《鲁迅回忆录》的要求，这足以表现海婴对我社的尊重和诚意。所以我与社长吴星飞商量，还是单署海婴一人名为宜，更显"正宗"。九月一日他复长函说："关于先生副主编的具名，我以为很合宜的"等客气话。九月五日又来信，坚持他的意见；但我还是坚持不具名。事后他对我说，他真感动。

出版社在出版《许广平文集》时的尽心尽力，也令周海婴深深感动。为使该书能赶在许广平百年诞辰纪念活动时出版，出版社督请承印厂加班加点，二月十日装订出第一批书。可是厂家在淮阴，交火车快运已来不及。偏偏此时天降大雪，到处冰天雪地。出版社出资请运输公司派专车，日夜兼程终于在十一日晚间平安抵京，为次日首都各界纪念许广平大会献上礼品。海婴说："实在太感动了，感动得要流泪了。"

在南通师范学院纪念鲁迅的会上，我大胆地与海婴探讨了鲁迅先生的为人为文，包括鲁迅当年对陈西滢、梁实秋等的批评。海婴很坦诚，他说："金无全赤，人无完人。鲁迅也是可以批评的，但必须读通他的作品，研究他所处的社会背景和恶劣环境。他的文风不得不犀利，语言不能不苛刻。"在谈到有人觉得鲁迅生性"多疑"、出语尖刻时，他说那是有些现代人对鲁迅的误解。鲁迅一般针砭的是社会弊病，并不对具体的人。当然，他不是圣人，有时也会误伤人；但当他发现自己批评错了的时候，也会自责，他还举例说明。这一天海婴在接受江苏电视台记者采访时，笔者陪同在侧，亲耳听到他说，父亲早已过世，他不能对死后的事负责。"文革"期间有人利用了父亲，或者是父亲对某人某事一时说话欠当，致使他当年的老朋友或亲属遭到一些伤害的话，我非常理解、同情他们（上述为大意）。在摄像机前，海婴还微微欠身对因此而受到过伤害的人代表鲁迅表示歉意。这是我亲眼看到亲耳听到的。

海婴对我说，他这一辈子是"夹着尾巴做人"；但一辈子都在奋力传承鲁迅精神，晚年他与长子令飞在上海创立鲁迅文化发展中心，通过演讲、出书、办展览、拍电视，为弘扬、普及鲁迅文化不断"呐喊"。二〇〇六年，我们合作出版《鲁迅的艺术世界》，海婴出席上海的新书发布会，并为读者签名。

《鲁迅的艺术世界》新书发布会，那是我与海婴的最后一次见面。那次我见到周氏家族几个主要成员：海婴夫人马新云、长子周令飞、长媳张纯华。

二〇一一年四月七日，海婴逝世，我代表出版社专程赴京吊唁，向他做最后的告别。

34 马桂芬（不详）

（2通选1）
（2011）

1 张昌华老师：

您好！我们俩拜读您写的《"一代宗师"马君武》一文，很是高兴。文章写得很好，我们与以前的马君武传记对照，无一错误之处。谢谢您对马君武的研究。

你可能已知马君武的俩（两）个儿子马保之、马卫之分别于二〇〇四年、二〇一〇年先后去世。我们现在主要是与马保之子女有些来往。因马保之退休后不愿在美国生活，故于一九九八年来桂与我们一起生活。他称马桂芬为侄女，很是亲密。这当中他引进一些资金资助广西贫困小学，都是由我俩一起操作办事，目前已结束。现在寄上一些资料给你。保之叔的两个儿子一个在加拿大，一在澳大利亚，三个女儿都在美国。我们主要是与美国他的一个女儿有书信来往。你写的一文我们已告知她，她的地址尚未答复给我们，是否告知（你）。你也知道马君武的墓在桂林雁山。按保之叔生前的意愿，我们也（把）马保之的墓经过努力也按（安）在了马君武墓旁边。

现把你的文寄回，并寄上马保之诞生一百周年由我们出版的纪念书一本，《农学家马保之及纪念文》《马保之生平简介》，请笑纳。

马桂芬的身体不大好，由我代笔。

祝身体永远健康

马桂芬　李蔚强代笔
二〇一一年六月二十五日

广西大学 Guangxi University
10 Xixiangtang Road, Nanning, Guangxi, 530004 P.R.China

张昌华老师：

您好！我们俩拜读您著的"一代宗师"马君武一文，很是高兴。文章写得很好，我们与以前在马君武传记对照，无一错误之处，谢谢您对马君武的研究。

你可能已知理武的俩个儿子，马保之，马卫之，分别于2004年、2010年先后去世。我们现在主要是与马保之子女有些来往。因马保之退休后不愿在美国生活，故于1998年来桂与我们一起生活。他和马桂芬对侄女很是亲密，在马中他引进一些资金资助广西宽阔小学，都是由我俩一起操作办事，目前已结束。以此寄上一些资料给你。保之叔的两个儿子一个在加拿大，一在澳大利亚。3个女儿都在美国。我们主要是与美国她的一个女儿有书信来往。你写的一文我们已告知她，她的地址留下卷给我们是否告知你也知道马君武的墓地桂林雁山。按保之叔生前的遗愿，我们把马保之的骨灰绝世努力也葬在了马君武墓旁边。

现把你的文寄回，并寄上马保之诞生100周年由我们出版的纪念书一本；也寄欲马保之及纪念文马保之生平简介。请笑纳。

马桂芬的身体不太好。由我代笔！

祝 身体永远健康！

李薛书进代笔
马桂芬
2011.06.25

• 马桂芬致笔者函（2011年6月25日）

马君武的"狂"

新千年后,我醉心于为民国文化人写小传,马君武是人选之一。稿成之后,为追寻马氏后人,我费尽周折,终于在桂林找到马君武的侄孙女马桂芬女士。我依惯例,将文稿呈她审阅,此信是她的回复。从信中,可见君武后人对祖国的热爱。据桂芬女士提供的资料,我方知道,君武先生长子马保之(1907—2004)原系台湾大学农学院院长,晚年回故乡广西定居,仍遵其父"为广西培养人才"的遗训,以九十高龄风尘仆仆于桂林、南宁之间,坚持为广西师大和广西大学培养研究生,完全是义务的,直至逝世。次子马卫之(1912—2010)曾留学德国,一九四六年在广西创办艺专(今广西艺术学院)任校长,后执教武汉大学。他们兄弟在广西师大等校设立了"马君武校长与夫人周素芳奖学金""马保之奖学金""马蓝乾碧女士奖学金"。马保之又引进新加坡支显宗基金会一千五百多万元,在广西农村新建教学楼、宿舍七十六栋……

马君武(1881—1940)早年受维新思想熏陶深巨,醉心于康有为的"大同"之学。十七岁时更名为马同,以明志。

一九一二年元旦,孙中山就任中华民国临时大总统。马君武被任命为实业部次长。同盟会改为国民党时,马君武为参议。时至一九二一年"中华民国政府"在广州成立,孙中山为"非常大总统",任命马君武为总统府秘书长。孙中山对马君武十分器重,不久又任马为广西省省长。孙中山亲率胡汉民到南宁,在公众大会上说:"我派了一位不贪财,也不怕死,既能文又能建设的世界有名的工学博士来做你们的省长。"一介书生马君武,抱着"知其不可为而为之"的态度赴桂就职。就任之初，他雄心勃勃，很想造福桑梓。他励精图治，制订了一套禁烟禁毒、整顿金融、发展事业、兴办教育、建立新军的计划。新旧交替，五色杂陈，各种新旧势力盘根错节，致使政令难行。

马君武掌广西大学时，国民党曾叫他填一份登记表，表内有"何时入党"一栏。他信手写上："同盟会章程是我起草的。"此话有点滑稽、玩世的味道，但确凿。据载："一九〇五年七月三十日，参加在东京召开而由孙中山先生主持的中国同盟会筹备会议。马君武与黄兴、宋教仁等六人被选出起草中国同盟会章程。"马时年二十五岁。

马君武的脾气大，喜欢骂人，一骂就狗血喷头，甚而动武。

一九〇三年元旦在日本东京留学生团拜会上，自费生马君武跳上讲坛，指着在场的清廷驻日公使蔡钧的鼻子大骂："一群废物，一帮蛀虫，贪污成风，贿赂公行，割地赔款，丧尽廉耻……"骂得蔡钧恼羞成怒，捉其问官。一九一二年袁世凯暗中制造"兵变"，作为反对南下的借口，孙中山主持会议研究对策时，宋教仁提出实行责任内阁制，可限袁的权力，如讨伐势必引起战争。马君武指责宋教仁为袁做说客，"出卖革命"，一拳打伤宋教仁的左眼，以致孙中山责令他当场赔礼道歉。为广西大学，他骂过白崇禧；为革命，他痛斥过汪精卫："卑鄙污浊，虚伪可耻。"一九四〇年二月，汪在南京粉墨登场，成立伪组织，马君武伸大义，秉正义，作诗声讨汪逆。

马君武像一位幽默大师。一九三〇年，他出任（复出）中国公学校长，在大会上公然说："国家之败由官邪也，官之失德由宠赂也。有人污我'包庇反动'，图谋不轨，真是滑天下之稽。想当年，我追随孙总理中山先生首倡革命之时，他们父母的精子和卵子还没结合，他们还没有形成人的胚胎呢！"

一九三六年中国六个学术团体聚南宁开联合会，马君武祝酒时妙语如珠："明天诸位乘轮溯西江而上，此江水浑浊如泥浆，不过请各位注意，此水来自邻省。"话音一落，引起哄堂大笑。马君武晃了晃手中的酒杯又说："各位开会完毕，欢迎到桂林玩，'桂林山水甲天下'，诸位是否受宋代诗人范成大之骗，广西全不负责。"

马君武在广西大学任内，当局热衷搞军训。军事教官每天给新生举行升降旗仪式、唱国歌什么的，很烦。学生不认真做，有一平时就很跋扈的教官，向马君武递辞呈以抗议。马君武在大会上首先让那教官读辞职书，毕。马君武对学生们说："军事教官吃饱了饭，职务就是每天带你们升降旗的，你们体谅他，就唱国歌，你们能唱的，就跟着唱吧。"学生报以掌声。马君武转而对教官们说："他们不唱，你们也不唱吗？你们有几十个人也可以唱嘛，你们成百人唱起来不也成唱歌队吗？"说得教官们自己也窃笑。马君武转而又对那要辞职教官说："把辞职信拿回去吧，我已交代学生们帮你唱了。算是我帮你处理了。"

马君武的廉、俭名闻遐迩。他喜欢剃光头，终年一袭长袍，一双布鞋，不修边幅。不故作潇洒，一任自然。"他的生活是十分朴素的，穿的蓝布衣布鞋，有些衣服还有补丁；吃的也十分省俭，多是一荤一素，小小的一条鱼肉也分两天吃"，他素不喜请客。在总统府任秘书长时，胡汉民开过他一次玩笑。胡私自假马君武的名义，向相关友人发请柬，告×月×日在×酒店备薄酒餐叙。同时胡汉民又以自己的名义给马君武发请帖。席终，客人都向马君武道谢，弄得他丈二和尚摸不着头脑，最后才知是胡汉民的恶作剧，敲了他一记竹杠。

35 翁心钧（1925—2013）

（3通选1）
（2009—2010）

1　昌华先生：

收到来函、尊稿和赠我的大作，谢谢。现谨就尊稿提出一些意见，供参考。

一、根据家谱，父亲的玄祖已将商业扩充至上海，至曾祖梅臣公商业趋于鼎盛，因商人社会地位低下，乃命四个儿子改循科举之路。

二、父亲的生母余太夫人是三代经商时的通家之好，她不是悬梁而是服毒自尽的。

三、继母叶太夫人是一位思想超前进步的女性，在宁波她首先提倡妇女放足。解放后有人考证，她创办了中国第一所女子小学。她不但谆谆告诫父亲读书上进，还带他回娘家，请她的外甥，父亲的表哥李思浩言传身教，使父亲立下忧国爱民的人生观，引领他领略读书的乐趣。所以终父亲一生，对他的这位表哥十分地敬重关怀，晚年曾写下不少诗句怀念他，即在"文革"最紧张艰辛时期，还写信要我去探视。改革开放后，应李思浩次女之请，曾代撰李思浩小传，刊登在《传记文学》（台湾）第六十八卷第六期上。

四、二哥名心翰（无三点水），他报考中央航校是一九三五年暑假后，而"十万青年十万兵，一寸山河一寸血"的口号是在一九四四年夏，日军进攻到贵州独山，重庆危急时提出的。

· 翁心钧（2010年，南京）

五、"一〇一作战计划"是日本研制出先进的"零"式战斗机，以此消灭中国空军的抵抗力量。

六、李思浩劝说父亲先当一年税务官一事在一九一八年，而不是在三十年代。三十年代，北伐已经成功，地质调查所经济情况已经大为改善，李也随同段祺瑞下台赋闲。

七、父亲于一九二八年秋应罗家伦校长之聘任清华大学地质系教授兼系主任。一九三一年清华发生反吴南轩任校长的风潮，教育部任命父亲暂代校务。据《清华的校长们》一书的记载："从七月十三日第十二次评议会议起，至十二月二日下午的一次教授会止，在翁先生担任代理校务期间，清华共召开评议会、校务会议和教授会约十二三次……在这些会议上曾决定了许多对清华发展有重要意义的大事。例如'制定教授待遇标准案'，'组织聘任委员会案'，

'责任教员、讲师及助教不准在外兼课案'，'新组出版委员会管理本大学出版事宜案'，'核定最近三年建筑计划案'，'学生奖学金章程系列案'……，其中许多对清华发展来说，都是开拓性的，例如……'最近三年的建筑计划中，包括新建、扩建、改建工程十六大项……'"

祝

近好

翁心钧

二〇〇九年十二月十四日

又，（父亲）坐洋车上班是指从家里到地质调查所，清华园在西部，路途遥远，还是要乘汽车。

二〇〇九年十二月十四日

昌华先生：收到来函，尊稿和赠我二大作，谢忱。现谨就尊稿提出一些意见，供参考。

1. 根据家谱，父亲以高祖已将商业扩充至上海，至曾祖、祖辈手商业趋于鼎盛。因商人社会地位低下，乃命四个儿子改循科举之路。

2. 父亲生母余太夫人是上代纨绔时的通家之女，她不识字而气质甚佳。

3. 继母叶太夫人是一位思想超前进步的女性，在宁波她首先放足。解放后有人考证她创办了中国第一所女子小学。她不仅读书，劝我父亲读书上进，还带他回娘家，请她的长兄、父亲之表兄李思浩言传身教，使父亲立下为国爱国的人生观，引导他领略读书的乐趣。所以终父亲一生，对他这位表哥十分地敬重亲怀，晚年曾写下不少诗句怀念他，即在文革最紧张的极度困难时期，还写信要我去探祖。改革开放后，应李思浩次女之请，曾代撰李思浩小传，刊登在《传记文学》第68卷第6期上。

4. 二哥名心翰（无三点水），他报考中央航校在1935年暑假后，而"十万青年十万兵，一寸山河一寸血"的口号在1944年夏，日军进攻到贵州独山，贵阳危急时提出的。

5. "101作战计划"是日本研制出先进的零式战斗机，以图消灭中国空军的抵抗力量。

6. 李思浩劝说父亲弃官一事在1918年（而不是在30年代），30年代父亲已经成功地质调查所经济情况已经不成问题，李也随同母亲瑞塔赋闲。

16开单线报告纸　　　　　　　　第　页

•翁心钧致笔者函（2009年12月14日）

是是非非翁文灏

翁心钧，翁文灏（1889—1971）之子。

开场白先来点"题外话"。二〇〇八年春节，一远道朋友来电，说他节后来南京，希望我陪他逛逛"总统府"。我一口应允，问他想看什么，他说想看看翁文灏的办公室，发点幽思。这令我有点意外，我说"那有什么好看的，不就在老蒋办公室的斜对面嘛"。朋友说，翁先生是个有故事的人，老蒋害了他，他却不恨老蒋。我说何以见得。朋友说，一九五一年，翁先生响应政府号召，从法国回来了，可他坐了三年冷板凳。我问何因，朋友说，政府要他公开批老蒋，他高低不干。他认为自骂可以，指责他人"有失君子风度"。我听了窃窃一笑。朋友接着又说："你该写写他，他真是个君子。"

这个电话，引起我对翁文灏先生的兴趣，遂翻阅史料，材料颇丰，觉得此人真值得一写。我写人物传记有个习惯，喜欢走访传主或当事人，以取得一手资料。通过朋友的朋友，转了几道弯，终于在上海一个里弄里找到翁文灏的小儿子翁心钧。心钧先生时已八十多岁了，毕业于清华机械系。他热情接待我，为我提供了不少其父的相关资料。初稿完成后我呈翁心钧审读提意见，收录于此的即是他的回复，他把文稿中的错讹都集于此，并在小样上做了仔细的订正。次年清明，应南京市鼓楼区区委书记纪增龙邀请，翁心钧先生偕夫人来宁，到南京航空烈士公墓为其兄翁心翰扫墓，寻访故居，我全程陪同，有不少趣事，已写入《我为他们照过相》中，在此不赘述。

翁文灏，中国第一位地质学博士，享"中国近代地质之父"之誉。因历史的拨弄，他无心插柳（从政），却官至国民政府行政院长。蒋介石欣赏他办事干练、清廉正直，人缘甚佳。毛泽东称许他有爱国之心。而史家认为，他的从政是典型的科学家"错位"，贻给历史的是一纸辛酸。

这儿不谈他的长子翁心源，为我国的石油工业的发展做出的重要贡献，却在"文革"中为捍卫自己的人格尊严而溺水身亡；也不谈次子翁心翰，为了抗战，新婚蜜月中报名上前线，结婚不到半年，二十七岁为国捐躯……专门说说翁文灏的做官和做人。

翁文灏早期海外归来后，英国人曾以丰酬请他出任湖北蒲圻煤矿总工程师，他谢绝，坦言"专业不对口，而且不愿帮助外国人"。一九三二年他向蒋建议："外辱迫切，爱国心同，故用人之际，应以保国兴国之目标，振发其志气，不宜过于以党政之界线，限其范围。"老蒋欣赏他的才干，邀他出任国防设计委员会秘书长，翁再三辞却不得，就任实为虚名，由副职钱昌照主理事务。宋子文任行政院长，任命翁为教育部长。翁以"丁忧"（为母奔丧）名义通电请辞。

面对日本入侵，翁发表《我们还有别的路吗》等文章，尖锐批评定都南京后新政府的弊端，以赤子之心，呼吁党国当局立即停止、取消党内小组织。面对种种积弊，翁文灏锐意改革，刚立马横刀，便遭各路权贵责难。他每日埋首文山阅读、画圈、叙稿。立委会某笑他"为老蒋看大门"。抗战胜利接收敌产，全国大小官员中饱私囊，作为接收主任的翁文灏对北平记者发表谈话，指责有不少贪官"坏到使人不敢相信的程度"，并疾呼"本人官可以不做，此若干坏事必加追究"，结果只有哀叹。抗战胜利后，他曾五递辞呈，未果。

一九四八年阴差阳错，翁文灏出任行政院长。听信财政部部长王云五的"绝招"发行金圆券，以期挽狂澜于既倒，结果惹下大祸，天怒人怨，他与内阁提出集体辞职。他半月内闭门谢客，老蒋无奈，只好接受他的辞呈，结束了官场生涯。

一九五〇年代初，他应召回国，参加政协工作。

一九七一年阴历正月初一，翁文灏走完了他的风雨人生路。他留有一篇文情并茂富时代色彩的遗嘱，将他的工资、稿费、存款和南京的房产出售所得全部积蓄六万元捐给国家。翁心钧幽默地对笔者说："这些大概相当于他为新中国工作十五年工薪所得。两清了。"

36 刘平章（1933—   ） （5通选2）
（2008—2018）

1 昌华仁弟：

如晤。

本想与弟相聚几日叙谈，可惜未能如愿，甚憾！

此次余接安大（安徽大学）之邀参加安大八十华诞庆典，同时按（该校）校长黄德宽建议在安（大）新校区图书馆（文典阁）内设置"刘文典纪念室"并在广场前树（竖）立铜像，以资纪念先父为安大筹建所作（做）贡献，故与内人顺珍携（偕）同堂弟洪章夫妇和云大校史办刘兴育先生一行五人飞赴合肥。到后得到校方各级领导热情接待，并于二〇〇八年九月十四日早在校方精心组织下举行了先父铜像揭幕仪式。安大师长（生）百余人参加。安大党委书记陆勤毅、校长黄德宽，余和顺珍四人共同揭幕。仪式上先由安大党委副书记叶华代念原安徽（省）副省长魏心一的贺词（因魏老年事太高，且行动不便，未能亲自参加），黄德宽校长致辞，最后余也作了简短的答谢词。十四家媒体都到现场采访。当晚和第二天，各报都均有报道。当晚电视台也在晚间新闻栏内作了详细报道，同时又参观了图书馆（文典阁）内设置的"刘文典纪念室"，成为安大八十周年校庆纪念活动中的一项重头戏。余和校方都非常满意。

安徽省古籍办诸伟奇先生为配合安大八十周年校庆，在短短数月内昼夜赶编，在校庆前夕出版了《刘文典全集补编》及《刘文典诗文存稿》，两书更为此庆典增添一份亮点。

更为欣慰的是五十年前，先慈按先父遗愿将保存多年的一批文物捐赠给安徽省博物馆，因当年情况特殊，未能取得任何依据，只在报纸刊登此一消息。此次已由章玉政先生协助与安徽省博物馆联系，由馆长胡欣民亲颁证书，并给予实物拍照。据诸伟奇先生看认为是一批不可多得的字画，价值不菲，可说是先父对家乡的一点贡献。余也将家中最后一点保存的东西无偿捐赠给安徽大学。其中最为珍贵的是章太炎太老师书赠先父的对联，同时余三个女儿为成立祖父"刘文典学术基金会"各捐三万元，以表对先祖的怀念。

办完以上事后，余赶赴安庆市为先父先慈扫墓。因当年墓地属怀宁县境的列为怀宁县文物保护单位，今该区已划为安庆市管辖，为能今后得到更好的维护。余与章玉政先生谈及此事，不想章先生却积极与合肥市政协戴健秘书长联系，戴秘书长热心相助，亲自赶赴安庆市与有关单位联系，并约安庆市政协同志到墓地查看，有关单位已口头答应由市文物局写报告至省文化厅，申报升为省级或市级保护单位。安徽此行也就打上了圆满的句号。一切都很顺利，总算了却了一桩心事。先人在天之灵也可安息了。

拉拉杂杂就写到此。最遗憾的是未能与弟多聚畅谈，还盼今后与弟媳能来昆相聚。随信附上几张照片和有关复印件，供参考。因近年眼疾，视力大减，写字不恭，望看后一笑。

顺颂商祺！大安

愚兄平章

二〇〇八年十月六日

• 刘平章
（2008年，南京）

昌华仁弟：如晤。

二〇〇八年十月六日

本想与弟相聚几日畅谈，可惜未能如愿，甚憾！

此次会接安大之邀参加安大八十华诞庆典，同时接校友总办建议在安大新校区图书馆（文典阁）内设置"刘文典纪念堂"并在广场前树立铜像，以资纪念先父为安大筹建所作贡献。故此内人顺玲携同堂弟洪章夫妇和雪大校友女士刘兴育先生一行五人飞赴合肥，受到校方各级领导热烈接待。并于2008年9月14日在校方精心组织下举行了先父铜像揭幕仪式，安大师生百余人参加。安大党委书记陆勤毅、校友总办主任、舍和顺玲四人共同揭幕。仪式由安大党委副书记叶华代念悼念启事。

• 刘平章致笔者函（2008年10月6日）

2　昌华仁弟大鉴：

　　在甲午年春节即将来临之际，请接受愚兄最诚挚的问候，预祝阖家春节快乐、马年大吉、万事如意！

　　多年来，愚兄秉承先父遗愿，苦苦寻觅被日寇劫掠的珍贵藏书。在寻书过程中，得到各方有识之士和朋友的鼎力相助，终于得到下落，此乃愚兄平生一大快事！仁弟为此，付出了大量心血，提供了十分重要（的）信息和证据，使寻书成为可能。在寻到藏书下落之后，为将寻书之事公之于世，仁弟又不辞辛劳，撰写一篇篇鸿文进行宣传，范围涉及海内外。就在寻书之中，我们相识、相知，成为挚友。对于仁弟多年来在帮助愚兄寻书中所付出的努力，借此机会表示深深的敬意！

　　目前，先父藏书由台北科技大学保管、收藏。愚兄对台北科大六十余年保管、收藏这批藏书所做的工作多次表达了诚挚的谢意。对于如何处置这批藏书，愚兄决无据为己有的意思。早在上世纪三十年代，先父曾致函安徽省图书馆馆长陈东原，称在他"先犬马、填沟壑"之后，将多年收集藏书全部赠予家乡。愚兄理当遵循先父遗愿，认真处置这批藏书。正如一九五九年遵先父嘱，将他多年珍藏的价值近亿元的文物敬献给安徽省政府，二〇〇八年安徽大学八十周年校庆之际愚兄又将所余文物、书籍捐赠给安徽大学，所有这些完全可以表明愚兄的态度了。

　　对于现存台北科大的藏书如何处置，至今仍无结果。遗憾的是去年七月愚兄赴台寻书、访书之时，正值《刘文典全集》（增订本）在编辑之中，在寻书中发现先父一部校勘底本《论衡校注》，谨向校方提出将这部手稿借出，以便汇集到全集（增订本）之中。如此正当请求竟被校方拒绝，使先父又一部巨著失去进入全集之中（的机会），真是莫大的憾事，为了处置好这批藏书，去年十一月愚兄专门致函马英九，恳请行政层面鼎力推助，玉成此事。到目前为止，尚无回音。此时能否达到目的，完成先父遗愿，不得而知，只能听天由命。呜呼！

  仁弟所要之材料和资料附信寄上，请查收。

  敬颂

大安

愚兄平章
二〇一四年元月十八日

刘文典:"院士"落选余波

名人之后,对先人著作整理与出版,对先人权益的维护,或对先人遗嘱之执行都不遗余力,我知之不少,刘平章可谓是具有代表性的一位。他组织推动、协助整理了《刘文典全集》四卷及《补遗》的出版。尤令人感佩的是他遵父嘱,为追索抗日战争中流失的一批宝贵古籍,二赴台湾,费尽心血。此事我在《我为他们照过相》中已作详述,不另。

刘平章者,刘文典(1889—1958)之子也。新千年后,因我写《还有一个刘文典》而结识。

我与平章的音问,迄今仍频。他到舍下访问就有三次,电话多,信不多,但他的信一般较长内容充实,从这两封信中可读出许多信息。诸如他将先人遗著整理出版,将家中珍贵藏画(董其昌的册页、秦淮八艳的画和章太炎的对联等)捐赠给国家,以及发动孙辈自筹资金为祖父设立"刘文典学术基金会"等等。

二〇一八年,平章多次电话向我言及《某某晚报》发表了一篇诽谤其父文章之事,并寄来那张报纸,坚言云,一定要诉诸法律。我复他一长函,以他年事已高、身体又不好,劝他息事宁人算了吧;且那"诽谤"时效也过追诉期,况这是民告官,难办。可平章有股牛脾气,顶风上。令我意想不到的是,他竟然打赢了!

二〇二〇年秋某日,平章来电话说他月前读了某报《民国中央研究院首届院士选举中的举报信》后,感到迷惘、不满,甚而恼怒。他说一九四八年七月,远在美国治病的傅斯年给首届院士评委会的信云:(相关片段)"候选人中确有应删除者,如刘文典君,刘君以前之《三余札记》差是佳作,然其贡献绝不能与余、胡、唐、张、杨并举。凡一学人,论其贡献,其最后著作最为重要。刘君校《庄子》,甚自负,不意历史语言研究所之助理研究员王叔岷君曾加检视(王君亦治此学)发现其无穷错误,校勘之学如此,实不可为训,刘君列入,青年学子,当以为异。更有甚者,刘君在昆明自称'二云居士',谓是云腿与云土。彼曾为土司之宾,土司赠以大量烟土;归来后,既吸之,又卖之,于是清华及联大将其解聘,此为当时在昆明人人所知者。斯年既写于此信上,当然对此说负法律责任,今列入候选人名单,如经选出,岂非笑话?学问如彼,行为如此,故斯年敢提议将其自名单除去。"平章说信中不仅诋毁其父"学术成就平平",而且更为歹毒的造谣说他"既食鸦片,又卖鸦片"。平章说父亲曾食鸦片是事实,那是因为老年丧子之痛,解放后即戒了。说"既吸之,又卖之",这是肆意诽谤,是恶毒攻击……

随后不久,平章寄来一大沓相关资料的影印件:有时龄九五,云南大学退休教授张文勋先生的一纸"说明",以他之亲历所见所闻,以证刘文典无"卖鸦片"之事实,应还叔雅先生声誉。

平章还寄来手中所拥有的资料,试图梳理傅斯年与刘文典结怨的始末。似乎都因各自得意门生的论文所引发。刘文典的门生王玉哲写了篇评傅斯年先生《谁是〈齐物论〉之作者》,刘十分欣赏,引起傅的不快。傅斯年的门生王叔岷写了篇《评刘文典〈庄子补正〉》,称《庄子补正》"无穷错误"。傅借王之口,否定《庄子补正》的学术价值。平章特别指出,王叔岷先生一九七二年又作《悔作〈评刘文典庄子补正〉记》(见台湾"中研院"历史语言研究所专刊之八十八,一九九四年版),对二十多年前的少作进行反思,云:"(此)乃岷少年气盛之作,措辞严厉,对前辈实不应如此!同治一书,各有长短,其资料之多寡,功力之深浅,论断之优劣,读者自能辨之,实不应该苛刻之批评,况往往明于人而暗于己耶!""至今犹感歉疚也!"并在其《庄子校释》再版中将这一篇剔除。平章又说,《庄子补正》一书自问世以来。海峡两岸出了十多个版本,仅中华书局在二〇一五前后两年中就印了五次。……

尽管如此,我仍建议平章,力求心态平和。令尊大人卖没卖鸦片,清者自清。《庄子补正》有无学术价值,由读者品评。

37 张素我（1915—2011）

（39 通选 8）
（2006—2011）

1 昌华作家：

那天承来电话深感欣慰和亲切，未料我们是同乡又同姓，真是喜事。

承惠赠大作盼望已久，看信封上是五月二十三日由南京寄出的，我今日上午收到。非常高兴。多谢，多谢！书名《青瓷碎片》很有意义，翻阅一下，只见文章短小精悍，又附有图片，可读性甚强，很令人欣赏，喜爱，我会慢慢精读的，并享受其中的乐趣。

民革中央于五月二十日至二十七日举行了老同志联谊会，参加人士都是前任各省市民革主委，我也被邀请，时间虽短，但内容重

· 张素我（2010年，北京）

大。二十六日《团结报》召开建立五十周年庆祝大会，地点在人民大会堂西厅，气氛热烈，令人欢欣鼓舞。匆匆

  谨致谢忱。顺祝

合家安康

张素我
二〇〇六年五月三十日

  可惜（书）扉页上签名上款将"我"名字旁加了"女"，意思完全不同了，先父为我起名"我行我素"之意。又及，想起还忘记说一件事，再说几句：

  我住的这座楼六〇一室，就是沈从文先生的家，他的夫人不幸于前几年仙逝。她去世前，我们时有过往，现在是兆和三姐的孙女沈红住在里面，有一天我去楼下探望她，碰巧她的妈妈张老师在家，桌上放了自印的杂志《水》，送了我一份。一看第六页上刊有你的大作《人生是一朵浪花》，多么巧！

2　昌华作家：

  非常高兴今日上午接获手书及惠赠周有光及张允和先生的《多情人不老》一书，多谢，多谢！

  大作《青瓷碎片》已拜读多篇，所写人物相识的也有袁晓园、周而复，曾在北京见过面。袁（晓园）老大姐曾住我隔壁的一栋二十号楼，常有过往，后由她的姨侄在南京买了一栋别墅，迁往南方欢度晚年。周而复先生著有六部力作，其中有一部提及先父和我。

编辑实在就是作家，作家才能担当编辑，我是这样理解的。刚才翻了一下赠书《多情人不老》，编得多么别致，而且动了许多脑力：向左阅读是张允和的传记，字是横排的，而从右翻阅则是竖着排的，这是独出心才（裁），很有意思！

　　我写的字受到夸奖，实在不敢当，因从未练习过毛笔字，还往往不自觉写了错别字，发现后不得不查一查手边放的《新华字典》，人老了，奈何？

　　读尊函备感亲切，兆和姐去世前，时有来往，她住楼下六层，沈家的孙女沈红很有学问，从事社会科学研究，常去最艰苦的地方，近著（用英文及汉字）《石门坎文化百年兴衰》送我一本。此书图文并茂，可读性极强。我要读的书写字桌上一大堆，加之报刊（纸）杂志之类，书架上满满的，只是视力差，不能一目数行，永远看不完……

　　我很高兴交朋友，如尊驾有机会北上，欢迎来舍下坐坐。语言不尽，顺颂

夏安合家安泰

同乡张素我
二〇〇六年六月十一日夜

3　昌华作家：

　　收到手书，瞬已一周，见到李晓老师的玉照，甚感亲切，因为我们是同行。正如信中所说退休了在家中更忙。做家务事是非常繁杂的，何况还要接送孙子上学辅导他的功课。我常说我们广大的妇女同胞肩上有两个担子，一是对社会的责任和义务，一是对家庭义

不容辞的重担。

　　前几天读《青瓷碎片》中有关周而复先生的文章，惊闻他于二〇〇四年去世。大概在上个世纪八十年代末我们相遇在全国政协，有一次周先生约几位朋友在四川饭店用餐，我也在场，后来他还送我两本巨著，《南京的陷落》扉页上写的是"素我同志 周而复 北京一九八七年八、十五"，《长江还在奔腾》扉页上是这样写的："素我侄女惠存 而复 一九八九、二、六"，字迹非常秀丽。多有意思，先称我"同志"，后又改称"侄女"。约在二〇〇三年十一月习仲勋夫人齐心的儿女为她做寿，在首都大饭店举行宴会，我被邀请参加，那就是最后碰见周先生了。他是一位很有学问的人才，不幸风风雨雨坎坎坷坷离开人世了。多么令人惋惜啊！

　　大作中的《信趣》及《信殇》都已拜读，非常有趣。现再说一件事，台湾作家苏雪林先生的事。我最近交了一位老年朋友，她名杨静远，曾在美国学英国文学，回国后任职武汉大学、社科院外国文学研究所编审，二三年前出版一本《让庐日记》，第一篇就提及苏雪林先生的情况（为了租房，受人愚弄），不知是否那位中央电视台要赴台湾采访的苏雪林，刚过一〇四岁生日就仙逝了。

　　余不尽言。近来视力较差，字写得歪歪扭扭的，请谅之。如有机会北上，当欢迎来舍一晤。

　　顺颂

俪福

张素我
二〇〇六年八月二十日夜

4　昌华作家同志：

春节至今想全家好！

大作《素我本色》在去年十二月香港《大公报》刊出后，又在二〇〇七年三月九日星期五《人民日报》（海外版）"名流"中发表，我家中正好订阅该报，当天上午就看到了，立即让二儿周元亚通知一下，晚上订海外版的亲友都来电话了。

《大公报》是一份很有分量的名声很好的老报，《人民日报》（海外版）漂洋海外发行，图片颇多，这次我的照片也登上了，占篇幅不少。

阅后我有点想法：第一，作家过去太谦虚，总说自己是一位编辑，作者的文笔清新流畅，力求实事求是，使我钦佩。但是对我过奖。第二，作家采访文章登在"名流"上，实在深感荣幸，可我不能达到那个档次。素我仅是一个老年女教师而已，既感高兴又感不安，这两种意识交织着。这次的访谈记录对我是莫大的鼓励，在我有生之年，一定要为我们伟大的祖国做一点力所能及的事。

谨在此表示诚挚的谢忱！顺颂

俪福

张素我

二〇〇七年三月十二日

5　昌华作家同志：

接到有美感的信及十页大作一篇，已捧读数次，深感君为皖人对先父（张治中）情义甚深，对先父童年生活、青年时代的流浪，年长成人运气不好，一事无成，但他不灰心，有志气，能克服艰难险阻，成了一名能上能下的军人，而且成为一名极严肃的军事教育家。在他任中央陆军军官学校（前身为黄埔军校）教育长十年中，培养、训练了许多有才华的军人。其中许多人被派到国外陆军大学深造。我的丈夫周嘉彬也曾去德国留学。

为此大作，君极为认真，不怕麻烦，数易其稿，我应以为榜样。谨在此说声谢谢！

现有以下几点说明请一阅，以便对我们一家更了解……

以上四点供参考。承蒙赐《民国风景》，尚未收到，所需照片，待出院时尽力寻找。

余不尽言　祝
全家安宁快乐

张素我于北京医院九零三病房
二〇〇八年四月一日

6　昌华作家同志：

遵嘱写了两幅家训，最好能不用。因本来我的字就写不好，从未练过，有时还不自觉地写错字，自感无奈。请原谅。

七月七日致函说明，你的文章写一九二九年提有关我父母的事不符合事实，请将我提供的材料改正一下，如此而已。谅你会理解我的意见的。因大作还要投稿《安徽文史资料》。妥否请原谅。

匆匆祝
合府安宁

素我
二〇〇九年七月十六日

张治中将军家训：
咬口生姜喝口醋

7　昌华作家弟：

接到四月十日信，是用很漂亮的浅绿色的信纸写的，非常好看。信中告诉了我一些我所未知的事情。你的作品已刊在台湾《传记文学》和北京《人物》上，而且这两篇文章已经被选入即将出版的书中，甚感欣慰。我想很快就能见到大作了。你帮忙编辑金陵女子（老年）大学的小报，内容很丰富，我很爱读。感到你能在不停地工作发挥余热，令人敬佩！

不知你注意到没有，我从前信开始就称呼你为"弟"了。因为我们都姓张，又同是安徽人，而且我们相知相识数年之久，所以你也不必太客气，请下次来信不必称我为先生，称我为姐也好，这样不是更亲切一些吗？我希望下次你就这样称呼好吗？顺便告之，我的三妹素初在美国工作、生活已有二十多年了。最近他们夫妇决定回国定居了。她的新家离我很近。这是让我高兴的事。只是她的身体不太好，在美国时还做了心脏手术，显得很弱。另外，我最小的妹妹素之于本月初，应国务院邀请从美国赴上海参观世博会，然后来北京看望我们全家。

祝

全家好！

素我
二〇一〇年六月二日

对外经济贸易大学

昌华作家弟：

前寄一册人物报刊的中国经济学读读已收到。

大作做人清风已在团结报连载多日；只是该报每周三刊面到周六的第七版始列出。第一篇是说马寅初先生，第二篇就是有关先父的大作，现已连载二三。内容仔细翔实，标题很有意思，我很喜欢。在此要说声谢！

团结报是民主党派办的，每有要党派谈话，又有许多关于统战的信息。

此信是用一枝墨水笔写的，深浅不一，请谅之。顺祝
全家康宁

素我

2010年八月十六日

• 张素我致笔者函（2010年8月16日）

8　昌华弟：

　　……

　　近期在《团结报》上连载的《故人风清》是你的大作。里面提到许多人物，有些是我的熟人。八月十八日写（刊）的是《杨宪益的百年流水》之五，这位杨先生就是我的熟人。他是位学者，也是一名大翻译家。他曾与我三妹素初和三妹夫同在外文局工作。我也曾去过他在北京西城区什刹海的居所拜访过。他的离世让人惋惜。他的妹妹杨敏如也是我很要好的朋友。我读过一位女记者叫雷音写过他的一本书，写他的家事，他的一生。……我还想问你，昨天报上的连载最后有个注解，上面写着：《故人风清》连载到此结束。不知是不是不再转载了，以后你就不再向《团结报》投稿了？

　　你工作很繁忙，夏天来临，气温很高，望多保重身体。劳逸结合。

　　祝
全家康宁

素我

二〇一一年六月十九日

张素我忆归

张素我者，和平将军张治中（1890—1969）长女也。

我与素我先生是忘年交，而且交情还真不浅。五年间，她致我的信有三十九通之多，她先称我"作家""作家同志"，后改为"弟"，殊不知她比我老妈岁数还大。我们相识也很偶然，地道的"以文会友"。她是"民革"的老人，常在《团结报》发回忆性短文，我也为《团结报》写稿，有一次我俩的稿子发在同一个版面上，就这样相识了。因同为徽人，又同姓张，而且我们有许多共同相识的朋友：周而复、张兆和、沈峻、吕恩等，所聊的话题也就更丰富。五年内，我到她府上拜访过三次，她向我讲了许多故事。谈其父张治中与蒋介石的交往，以及张治中三访张学良的往事，特别是一九四七年底那次，她陪同父亲会见张学良并为他们拍照的故事。

我屡屡拜访张素我，殷殷通信，主要是想获得一些一手资料，后来写了一篇《和平将军张治中》，那是在她的讲述和提供大量资料的基础上完成的。完稿后，我请她审阅，没想到她对文中的"后院，一方净土"一节中，关于她母亲洪希厚一九二九年到南京中央陆军军官学校（时张治中为该校教育长）一段的叙写有意见，认为有损她母亲的形象，希我"酌处"。我基于尊重历史，并在私下与其子周元亚先生沟通后，保持了原貌。文章发表后，素我先生也没有责怪我，还将张治中的家训"咬口生姜喝口醋"（意永葆寻常人家吃苦耐劳、俭朴的本色）书赠予我。

张素我先生不仅是位教育家，同时是一位著名的社会活动家、爱国人士。作为全国政协委员，张素我随团到全国各地去学习、调查研究，积极向政府建言献策：国土整治，环境保护，教师待遇，文物保护等问题，竭力履行一个民主爱国人士参政议政、民主监督的职责。

张治中与蒋介石的关系特殊。张素我抗战时在宋美龄麾下，从事妇女和儿童保育工作，常随左右。张素我的丈夫周嘉彬（黄埔出身）又是蒋纬国留德时的同学，两家关系非同一般。张素我与周嘉彬结婚时，宋美龄亲书大红幅"宜尔室家"相赠，并送手表、衣料等物。后又赠她的英文著作《蒋介石夫人在战争及和平时期的文电》，用毛笔书写："素我妹妹惠存。"落款为"蒋宋美龄二十七、九、十五"。张素我一直珍藏着，"文革"中流失，后又偶然复得，张素我于二〇〇六年捐给中国妇女儿童博物馆。

张素我一直称宋美龄为"蒋伯母"，她在《我与宋美龄》一文中说："蒋伯母良好的道德修养，好学不倦的精神，优雅的气质，美丽的容貌，流畅的悦耳的英语讲话以及永远着中式服装的身影，深深地印在我的记忆中。"为促进海峡两岸和平统一，张素我不仅向海内外亲友宣讲大陆的对台政策，一九九七年还先后给蒋纬国、孔令仪等国民党上层人士写信叙旧。蒋纬国亦抱病作复，温故叙家常。蒋纬国在医院还两次接见张素我赴台过访的大女儿周元敏、大女婿陈弘。张素我曾郑重地向有关方面提出："为了尊重历史"，反对"台独"，应"以更加公正、客观的态度对待蒋介石这个人物"，团结海内外华人。她还积极建议出版《蒋介石文集》……

38 梁培宽（1925—2021） 梁培恕（1928— ）

（23 通选 6）
（1996—2012）

1 昌华先生：

信及文稿均收到。先生于文稿中对我兄弟二人之所为称许为"义举"，未免过誉，但幸好如此二字未见之于文稿内，否则将不得不请求将其删除。

文稿作了修改，现对若干修改略作说明于后：

一、电话中我曾说，因稿酬低，所得不多，故捐赠有限，心中始终有"杯水车薪"之感，故加此四字。

• 梁培宽（1996 年，北京）

二、除文稿中已列出三本书外，尚有《朝话》（安徽文艺）、《梁漱溟自述》（漓江）等书的稿酬也已捐赠该校，但无须一一列出，故加一"等"字。

三、将"全部"改为"绝大部分"，较符合实际情况。我们曾将少数稿酬存储起来（特别是一些数额较少的），以备不时之需（如将来有须自费出书时），及先父文稿、照片等复制、翻拍、装裱等所需开支；购买先父的著作用于赠送（如图书馆、国外学者等）也需一定费用。购买计算机也是用于先父著述的编辑。

四、先父一生东奔西走，其读书处所难一一确指，但凡其曾读书之处，均称之为"勉仁斋"，故不必表明"在重庆"。

修改后的文稿可以再斟酌，这就是先生的职责了。

即祝

编安！

梁培宽

一九九八年十月五日

2 昌华先生：

今天是二〇〇四年元旦，祝你新年好！

现寄上《梁漱溟先生纪念文集》一册，请惠存。此书由我编辑，于不久前出版。你从事编辑出版工作多年，而我是业余的，此书编得如何，还请指正。

此书之编成出版，原非一计划性的产物。自先父故去以后，自己更加留意见之于报刊上有关回忆或议论先父的文字，即随手剪下收存起来。有时朋友见到此类文字，也往往复印寄来。待积累日多，再取来翻阅，遂产生不妨选择若干汇集成书出版的想法。十年前此书首次出版，即由此而来。现在又过去十年了，又将这一时期中所见的此类文字，有选择地充实进去，于是又有此书第二版的问世。

为使此书内容更为充实，本想多组织一些专稿，由曾与先父共事多年或长期从学于先父的人来撰写。他们都属于"知情人"之列，由他们执笔，是最为理想的。可不幸的是这些人，论年齿，虽多小于先父，却先于先父而身故，因此如今约得的这种专稿只占全部文稿的五分之一，这也只有令人感到遗憾。不过在那五分之四的作者当中，也不乏与先父相识，且有过一定交往者，由于彼此有过直接的接触，了解更多些，其所见自然非同泛泛。还有些作者，从未曾谋面，仅从先父的述文上相"见"过，但他们多为专家学者，其见解往往有独到之处，因而也是值得珍贵的。

就此书文字内容看，有的偏于忆往叙旧，较为具体，多有一定史料性质；有的则偏于剖析评说，较为概括，虽见仁见智，或褒或贬，不尽相同，但均能给人以启发。这两大类文字或侧重不同，或视角有异，似正可起到一种互补作用，因此同时提供给读者也许是有益的。

拉拉杂杂又就此书写了不少解说性的话，还不如请你在读过此书后，再给予评说吧。

顺祝

新年快乐！

培宽

二〇〇四年元旦之夜

同时寄一册，烦转赠伍恒山同志，并问他好。又及。

二〇〇四年一月一日

昌华先生：

　　今天是2004年元旦，祝你新年好！

　　现寄上《梁漱溟先生纪念文集》一册，请惠存。此书由我编辑，于不久前出版。你从事编辑出版工作多年，而我是生手的，此书编得如何，还请指正。

　　此书之编成出版，原非一计划性的产物。自先父故去以后，自己更加留意见之于报刊上有关回忆或谈论先父的文字，即随手剪下收藏起来。有时朋友见到此类文字，也径为复印寄来。待积累日多，再取来翻阅，遂产生不妨选择若干汇集成书出版的想法。十年前此书首次出版，即由此而来。现在又过去十年了，又将这一时期中所见的此类文字，有选择的充实进去，于是又有此书第二版的问世。

　　为使此书内容更为充实，本想多组织一些书稿，由曾从先父共事多年或长期从学于先父的人来撰写。他们都属于知情人之列，由他们执笔，是最为理想的。可不幸的是这些人，论年岁，多小于先父，却先于先父而身故，因此

• 梁培宽致笔者函（2004年1月1日）

3 昌华同志：

以大红纸书写的来信，在旧历除夕前一日即收到了。节日前后不能免俗，照例有许多杂事与应酬，故拖延至今。抱歉抱歉。

来信中要求提供先父对我们施教的情况及先父与冯友兰之间"不快"问题的资料。再三考虑后，现提供一份"答来访者"，其中谈及先父对我们的教育若干事实，或对您有些参考价值。（来访者某某某为《某某》杂志主编，此谈话稿尚待最后修订，但不会再有大改动。何时何处发表，均待定；此事由某同志处理。）

先父与冯友兰闹"不快"，确有其事，最后本已解决。只因某某先生在《梁漱溟问答录》（第一版）中将事情的经过写得与实际情况出入甚大，使得宗璞女士意见极大，也弄得读者难明真相，而某某先生又未自己站出来加以澄清。在"二三事"一文的末尾所写的话，即针对此而说。但不知您看后能明白否。舍弟培恕于本月底可由新加坡返回，届时自当将来示转他。顺祝

春吉！

梁培宽

二〇〇五年二月二十二日元宵节日

如回信，是否可将府上电话示知。

4 张昌华同志：

我要介绍一下那本传记（《梁漱溟传》。——编者）在内地屡次受挫的经过，你自己斟酌着怎样改写一下。

我非常讨厌写书拔高自己的亲人，因此写之前便抱定实实在在

言必有据的宗旨。至今得的反应都说写得真实。这在我，于愿已足。只可惜我写父亲传记的主要目的却未达到。我并不试图为他"正名"，这件事不须我做（我去做反而不好），我的"野心"很大，要替他把有关中国和人类前途的观点再说一遍。（他的文章大家或没有看或未精细地看，只是尊重他的人品，却又知之甚少，知之不确。）因此，我想让大家对这个人有较多一点的认识，以及对他的观点和社会活动从无所知到知其概要。当然，我知道人们最感兴趣的正是"不便"写的。既然宗旨是真实，那就不回避，但无意迎合兴趣做任何渲染，甚至没有把值得说的都说了。

北京某出版社知道后十分积极。他们料到越不过送审这道坎，而我对这道坎的存在原在意料之中，强忍着接受了他们提的数十处删改的一半，在签约之前，他们的领导为求太平踩了刹车。

陈淑梅（《人物》编辑部主任。——编者）十分关心这本书，听说触礁建议转往香港。我和《明报》主编碰巧有一点交情，向他讲了触礁的过程并请给予一字不改的特权，他答应了而且实践诺言。书出以后，送了一本给陈淑梅。我们至今不曾见过面。

事隔两年，我的思想有了一点变化。我想，大陆读者才是真正要紧的读者群，海外中国人实属次要（即便从人数上看也是如此），为若干处删改的愤懑，不让步是忘了从大处着眼，而且，就先父而言，他和执政党的关系在他的一生中，特别是学术方面其实不重要。于是打电话给北京某出版社的责任编辑说可以接受更多的删改，但只要在封里页注明"内地版"，让读者心里明白这是删过的，彼此心领神会，便补上了那不足。但是这个建议再次被他们的领导踩刹车。

……

二〇〇四年二月二十日

张昌华同志：

　　我想要介绍一下那本传记在内地屡次受挫的经过，你自己斟酌着怎样改写一下。

　　我非常讨厌写书拔高自己的亲人，因此写之前便抱定实之在之，言必有据的宗旨。至今得到的反应都说写得真实，这在我，于愿已足。只可惜我写父亲传记的主要目的却未达到。我并不试图为他"正名"，这件事不须我做。（我去做反而不好）我的野心很大，要替他把有关中国和人类前途的观点替他再说一遍。（他的文章大家或没有看或未看懂，只凭尊重他的人品，精细地

•梁培恕致笔者函（2004年2月20日）

去年底，山东某出版社把传记拿了去。他们似乎是想先把对上头的公关工作做完，再回过来和我商讨如何删改得可出书又不事后挨板子。

政治技巧随时代而提高、改进。在开明的形象掩盖下，中国老百姓增添着他们的政治经历。

我生于一九二八年五月三日。数十年一直在搞国际问题。美国研究所只是我呆过的最后一个国际问题研究机构……

我已在为再写一本先父传记作准备，将在多年以后完成。书名《架桥人和他的梦》。书名概括了一生。因为他说决心在东西文化之间架一座桥，东西文化各有价值而互不理解。幸而天假以年，他勉强完成了这项工作（八十五岁写完《人心与人生》）。他总想联合一切中国人救中国。

第二本传记所叙在两个方面，涉及其他也是为了说清所以然。

我将以这项工作度过余生。

祝

工作顺利！

梁培恕
二〇〇四年二月二十日

5　昌华先生：

家兄将《梁漱溟的生前与身后》转给我，细读一遍。谨写出情况说明若干处，供参考。

第五页，先父续弦婚礼我在场。不是应贺客要求出节目，是那天婚礼在桂林乐群社礼堂举行，大家热情（主动）发言，天色已是黄昏，仪式无法结束，让大家扫兴不好，先父站起来说自己爱听京剧《盗御马》，借剧中人台词并作起身告辞状，说"告辞了"，众人大笑退场。

袁鸿寿出于尊重先父心理，担心若先父"中头奖"，他何以对天下人。这个意思似乎没有对袁说清。

有关先祖一段，"尸谏"是以皇帝为对象，请其接受意见，民国七年清亡已久。他所云殉情是指朝代，而朝代即那时的国家，而他心中的国家又代表着传统文化。他遗书中说中国每个朝代灭亡都有人或许多人为之殉，清亡无一人殉，这在历史上是可耻的，既然如此，我来做这件事。

《新青年》刊文评先祖之死，先父因而作《答陈仲甫先生》，说先祖其实原不守旧，且是力主维新，他不能理解和坐视民国初年之种种败象，思想呈现倒退"几乎落后为旧人物了"。胡适因而著文，谓先祖"死的原因不在精神先衰，是原有的思想不足以'调剂补助他的精神'"，胡适因而建议青年人自警，"早一点预备一些精不老丹"。颇有近于今日流行的"与时俱进"的意思，尚不属"思想混乱"。

第三页，先父信中要家兄"研究"我"患病"问题，所云病是指思想、情绪，当时我意向多变，浮躁。故我在为先父所作传记中提到这件事时说，自参加革命这病已不治自愈了。

关于听他讲《人心与人生》收费一元，据先父说对来人提议收一点费是这样了，真想听的人才来听，或因花过钱而注意听，否则不免有人随便入座并不真有兴趣听。

红卫兵烧《辞海》事，不是一般珍惜书。跟随多年的席朝杰遗孀徐昌玉，为表惜别之情将席生前用的《辞海》送给老师。故此在先父心中有特殊价值。

关于唐君毅，唐持其父信由川入京，拜托先父关心其子，不算授业。

关于《生平》，所争执的重点不在将"批判"改为"批评"。第二稿与第一稿的区别在于第一稿隐含先父不曾反对过渡时期总路线之意和受到不恰批评之意。但邓知道后将这两点去掉，及恢复当年的提法。统战部方面说我们"抠字眼儿"。我答，将批判改为批评，一字之易有其含意，这才是抠字眼儿。我们不在乎评价如何，只要合于事实就行，先父生前不接受的（说他反对总路线），我们不能替他接受。这个表态及对应方案，在家中既定下来，所拟定折中方案，即把全段取消。第二稿是邓所钦定，统战部不能有所改动。虽觉我们的折中方案可行，却无人授权，因称须等阎明复来，阎从医院赶来，说：梁先生生平的稿子本来不是统战部能写的，将责任揽在自己身上。同时接受我们的方案，全段删去。

两位请来的调停人，几作壁上观。叶劝我们"听领导的话"，孙无明确表示，但可以觉察同情我们。

又，"国事"一节中，可考虑加一件事。国民政府从南京迁汉口，又议迁川，先父念及广大人民沦入敌手，但仍有敌人占据不了的地方，那里的人民需要关心和鼓舞其斗志，曾说"你们往西，我向东"，一九三九年实践其言，去华东、华北敌占区之后，巡历九个月，发觉于当地人民无可尽力，倒是两党军队关系恶化彼此消耗力量，事甚可惧，返回四川便作防止内战严重化的工作，故有"同意建国同志会"之组成。这件事、这句话，反映先父个性的另一面。

去年在尊寓曾说准备写《架桥人和他的梦》，"架桥"——学术

思想部分，对我来说是"超负荷"。但与其闲着，不如硬去做，成效如何在所不计。祝

顺利

梁培恕

二〇〇五年四月二十一日

6　昌华兄：

　　今有一事相烦。几年前在府上谈起过的那本书《架桥人和他的梦》脱稿一年，试了两家出版社都反应冷淡。多半与担心市场反应冷淡有关。其实先父一生都在和别人辩论且总是少数派。他关心的、追究的良玉因而不断拓宽。这就使他像是什么都懂，有时出言竟愤然。这是大家料不到的。他的书应视作时论看，但同时对中国问题又表达了一些结论性的意见。价值不在当时。现在中国已"换新颜"，如果有人想知道我们这个国家曾经是怎样的，为什么与别的国家总是不一样，看他的书会觉很有启发。

　　只有一本书是写给全人类看的，那就是最后一本《人心与人生》。人类本来就比其他生物高明，自从掌握了西方的物质文化，有如为虎添翼。先父于一九七〇年代就发出警告：人类需要认识自己。四十年过去，地球已患重症，而人类冥顽如故。即，人类对自身以外的东西有办法，对自己没有办法。先父以他对东方文化的理解，将自己认识到的西方文化融会到一起，竭尽所能地写了这本书，于完稿当天在日记里写道："吾可以去矣！"

　　他解答中国问题的同时，也解答了世界文化的问题，为什么科学和民主产生在最迷信的西欧？为什么开化最早的中国盘旋不进？

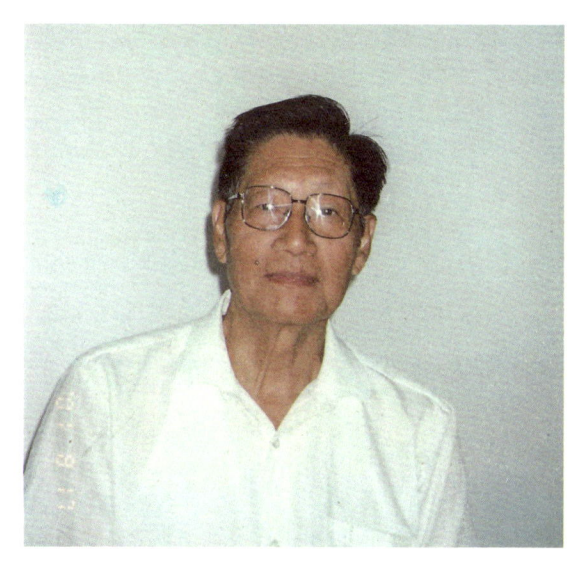

• 梁培恕

答案在于宗教之盛与不盛。孔家最不可及的精神在非宗教。现在人们重又肯定孔子,却仍没有肯定到点子上。而孔子的高明又害了中国!这些大问题他都说了。然而,人们,忙于眼前无心回顾。

上一本书我要求出版社"一字不改",因为涉及被歪曲,力争如实。这本则没有这样的问题,倘在写法上有所教正,在所欢迎。

余不一一。

弟培恕

二〇一二年六月二十七日

梁漱溟的身后事

梁培宽、梁培恕是梁漱溟（1893—1988）先生的哲嗣。

结识培宽在前，因组《梁漱溟自传》事，与培恕的交往在后，是商讨他的《梁漱溟传》出版问题；以及我请他们对拙文《梁漱溟生前与身后》的指谬。信的内容十分晓白，弟兄两人其耿直和宽厚得家风之传。唯觉得必须提一笔的是二〇〇五年培宽的信中所言："先父与冯友兰闹'不快'，确有其事。"那是他答我的询问。他又说："最后本已解决。只因某某先生在《梁漱溟问答录》（第一版）中将事情的经过写得与实际情况出入甚大"而造成；而某某先生又没有站出来澄清，以讹传讹，造成宗璞女士的不快。

关于梁漱溟先生的相关内容，汗牛充栋，我想在此说说他不大为世人知晓的"身后事"，即关于《生平》中一九五三年那段"留白"的故事。

一九八八年六月二十三日，梁漱溟的人生大幕垂下。

梁漱溟先生去世后，中央统战部起草了一份《生平》。关于一九五三年一事第一稿中写道："受到不实事求是的批判。"家属认可。可在修改稿中莫名其妙地被改为："受到批评。"第二稿和第一稿的区别在于，第一稿隐含梁漱溟不曾反对过渡时期总路线之意和因此而受到不恰的批评之意，但后来这两点意见被去掉。本来统战部以尽快送印刷厂打印为由不想让家属看修改稿。经家属再三要求，才让过目。对这样差之毫厘的"一字之差"，家属在电话中向拟稿人表示反对，严正地说："如不改为第一稿中的表述，家属将不出席次日（七月七日）的遗体告别式。"统战部不得已，约请梁氏兄弟去面谈。梁氏兄弟表示，文字如何表述，以事实为准。当年明明是"批判"，《毛泽东选集》第五卷上写的是《批判梁漱溟的反动思想》，现在为何将"批判"改为"批评"。对方无言以对。只反复劝其"希望以大局为重"，"明日家属务必出席遗体告别式"一类的话。培宽说家属据理以争，不肯让步。家属不在乎评价如何，只要合乎事实就行。梁漱溟生前概不接受说他反对总路线，子女们就不能替他接受。商谈从大会议室改到小会议室，由中午拖到开晚饭。相持不下。统战部请来民建的孙起孟先生，民盟的叶笃义先生从中转圜。两位先生感到此事棘手，觉得家属持之有理，难以启齿。一说"原来第一稿不是挺好吗？"，一用"晓以大义"劝说。又陷入僵局。双方的心理底线是：干脆将这一段不写入《生平》。但双方谁也不肯先表态。最后由孙起孟提出。家属也通情，即作附和。统战部的同志不敢表态，说待请示。云暂且休会，吃饭，准备晚饭后再谈。出门时适遇统战部部长阎明复同志外出归来。阎明复听完双方意见后表态：梁漱溟先生《生平》的稿子，本来不是统战部所能写的。他将责任揽到自己身上，说："那就不写这一段吧。"因此，一九八八年七月八日，新华社播发，刊在《人民日报》的《生平》中留下了一九五三年那段"空白"，文章的标题是《三军可以夺帅，匹夫不可夺志——梁漱溟走完百年人生旅程》。

据《人民日报》载，前往吊唁出席遗体告别仪式的有李先念、阎明复、刘澜涛、习仲勋等四百余人。万里、李先念、彭真、邓颖超等送了花圈。《人民日报》刊发"梁漱溟遗体告别仪式在京举行"的标题是：《一代宗师诲人不倦，一生磊落宁折不弯》。

39 杨静远（1923—2015）　（28 通选 10）
　　　　　　　　　　　　　　　　　　（1996—2011）

1　昌华先生：

您好！

六月十一日来信刚收到。

《苏雪林自传》承惠赠一册，非常感谢，但不知为什么至今没有收到。我希望不是寄丢了，那就太可惜了。邮寄时是否挂号？请查一下好吗？

《人瑞苏雪林》大作拜读了，觉得写得很亲切，很有感情，它会给不知苏雪林其人的大陆读者一个菩萨心肠的"老祖母"的形象，也正是我心目中苏老的形象。某某某的文章和以"鞭尸"口诛笔伐的文章我都看过。我很难过。那个作者如果知道苏先生一贯舍己为人的崇高品德，她的热忱、天真，也许不会这样写。不过就观点而论，她的一些看法也确实太走极端。我虽敬重她的为人，却不能苟同她的某些观点。这是近年我和她书信来往中不得不面对的一个难题，一个不易处理的矛盾，碰上了，只有避开。不知您感觉如何？

令郎的研究课题是苏雪林，我很高兴。如能帮得上忙，愿为他提供我所知的情况。去秋我写的一篇《让庐旧事》，是回忆（珞珈）"三杰"在四川乐山的一段生活，基本上记述了我所知所忆。《新文学史料》原说今年二期出，后又推至三、四期分载，就是说要等到年底才刊完。这样，我希望苏先生能看到的愿望能否实现，就不好说了。去年我曾抄了一份繁体字寄她，收到您寄来的"双叶

·杨静远（2009年，北京）

集"后，又补充了一些材料，因为太长（二万字），无力再抄成繁体，就复印了一份简体稿寄唐亦男教授转，但没收到苏先生来信，不知她是否收到稿子，看过没有，有什么意见。其中有她的生平的介绍，基本取自她的《浮生九四》，这书大陆读者看不到，所以还算是新材料。您的自传出来，这些材料就不新鲜了。取自我的记忆和日记的部分，则是第一手材料。只可惜我当时太年轻，不懂得关注长辈的事，所以比较单薄。令郎有机会来北京，欢迎他来舍面谈谈，也许可以为他提供一点感性认识。

《中国之友》是新华社属下的一个刊物，只对外不对内，以前和我联系的一位编辑名姚平芳，他离开后我再没和该刊联系。我地址本上记着的地址是（略），以后是否迁址则不得而知。

附上台《名作赏析》中苏先生年表复印件。

望再来京时有机会见面。

颂

夏安

杨静远

一九九七年六月十六日

2　张昌华先生：

您好！

您来电话说起正在编一本武大人谈武汉大学的书，内有苏雪林教授和我父亲写的文章（我没有找到我父亲的）。我很感兴趣，因为我也是武大出身（一九四五年外文系毕业），近些年拉拉杂杂写过一些有关武大生活的回忆文，刊于校友刊物上。校友刊物就我所知除武大校友总会的《校友通讯》，还有台北人的《珞珈》，每年四期，已出一、三、五期。近两三年北京校友会编的《北京珞珈》出到第五期。不知您是否都看到了。我想，从中也许可以选出一些合用的文章来。

关于武大早期（1928—1937）的概况，由于年代久远，有关的人或已逝去，或已老迈，材料大概不容易找到。这里毛遂自荐，寄上一篇前些年写的怀旧文，是刊于台北《珞珈》上的，不知是否用得上，不合用就看看玩玩，不必考虑。千万不要为难。

这两年我写过一点回忆我父母的文字。有《新文学史料》（一九）九七年三、四期的《让庐旧事——记女作家袁、苏、凌》，《欧美同学会会刊》（一九）九四年五月第十二期的《缅怀我为祖国尽过心力的父母》，《名人传记》（一九）九八年六期（即出）的《我的母亲袁昌英》。写他们的事，感情上负担很重。今后不想再写了。

您现在在忙什么？最近有什么大著出版？如有机会来京，望来舍下一叙。

祝

夏安

杨静远

一九九八年六月四日

3　昌华先生：

你好！

久未联系，工作忙吧？

从去秋起，我一直在做一件工作，也许是我此生最后的一件工作：将我在1941—1945年上大学期间的日记整理摘抄下来。继我那本《写给恋人——1945至1948》出版后，我感到这四年一天不辍的日记，也是反映了那个民族存亡大时代的小小个人实录。它托出了在民族危亡大背景下，一所偏安大后方的最高学府的面貌的点滴，四十年代后期一个知识分子群体的生存状态和心理态势的全景图。它可以看作一份历史资料。在现已出版的写那个时代的文学资料中，似乎还阙如。它属于个人隐私，唯其是从不打算披露的个人隐私，才绝对真实可信。

陆续抄下来，才发现字数很多。全部日记可能有五六十万字。我尽力节选，也达到四十万字左右，仍太多。我又从头至尾删节了两三遍，大约删去了十多万字，留下篇幅估计二十五（万）到三十万字之间。这些是我自认的较有历史价值的东西。因为我想，一份历史资料，除了形式上的大内容外，也应保存一些细节的真实性，才能生动如实地反映生活的本来面貌。为了精简数字，我已不得不割舍我认为有价值的许多细节，这是没法两全的事。

由于贵社和你曾出版过一些有关大学校园生活，特别是武汉大学的人和事的书（陈西滢、凌叔华、老武大的故事等），我想，他们也许会对这样一个较全面细致地记叙老武大一段历史的书稿感兴趣的吧？因此我试着先寄上一份内容提要和暂拟的目录，请你们过目。如认为有出版的可能，我再将原稿寄上请审阅。如无此可能，就不寄了。

高华先生：你好。

收到大著《走近大家》，非常高兴。翻阅之下，感到内容都是你的"独家新闻"，是你近几十年中与"大家"们的私交和密切接触中获得的珍贵信息。既轻松活泼，又有浓郁的文化学术气息，的确是一本难得的好书。而且，篇幅适中，枝干，可以随时翻读几段而不感疲倦，真是一本独特的好书。谢谢你！

我这一年因患伴基痛（心衰）和我自己的眩晕症（老年眼加失眠），过得很艰难。看来，除了少数特别健康的老人，人多入老年都免不了要遭受种种痛苦，只有听天由命。尽量以平和的心境度过每一个没有灾祸的日子。写作、翻译都快来断了都离我远去，可以告慰的是，我最后一桩心事——我们大学日记经过数年的磨难，终于要出版了。是由我的母校武大出版社承印，属资助性质。虽还不尽人意，但若拖了都一无所获。今总算有了个样子告别了。待书印出，当奉寄一册请教。

陈西滢的官司虽在法律上胜诉，但对方耍赖不肯还钱，他和法院似乎都无可奈何。家里都有一本难念的经。祝 秋安，中秋佳节愉快！

杨静远
2003.9.11

• 杨静远致笔者函（2003年9月11日）

你近期有可能来北京出差吗？如能有机会面谈最好。

　　祝

编安

杨静远
一九九九年十一月八日

稿名暂定《让庐日记》。

4　张昌华先生：

你好！

承你介绍海南"南方出版社"印拙译《彼得·潘》，谢谢！浙少社版的该书日前已寄给你，想不日收到。数月前有北京昆仑出版社要我写一稿收入《一本书和一个世界》文集，我草就了一篇，内容是讲到我老伴严国柱在我患白内障时帮我"读译"两本书的故事，其中之一就是《彼得·潘》。稿子已寄给他们，可能要改动，但事情是一样的。现将原稿复印一份寄上，请你看看这本书是怎样译出来的。如你认为可以转寄南方出版社一阅，则请转寄。

小滢昨来电话，她们已在北京，准备住到十一月初回英。她说等休息过来后来看我。现在我这里比来呼家楼远得多，很不方便，没有办法。好在她们住的时间还长，等以后再联系。

北京已正式转入秋季，一夏天的桑拿天总算结束了。南京还热吗？祝

安康

静远
二〇〇五年九月十五日

5　昌华先生：

你好，拜晚年！

年前收到你来信，提到"鸿国"出版公司迟付《彼得·潘》稿酬事，说该老总陆国斌先生允即着手办理，但至今仍无消息。该书（简写本）已于二〇〇六年三月出版，并已寄我样书十本。合同是二〇〇五年九月十五日签署的，不知为何应付稿酬迟迟未到，是地址有误，还是财政困难，很是不解。只得还是麻烦你再与他们联系了。

该简写本我也没有时间校阅，但发现版权页上没有署原译者名，只在封面上端写了主编和译者名，这似乎也不符合出版物的规格，这一点也请转告。麻烦你了。

我近来身体不好，除原来的眼、耳等病，又添牙痛，臼齿上下左右数颗全坏，到了非治不可的时候。大夫说要治八次，现已去过三次，还要受几次罪。但如能基本解决，可以吃饭，仍是值得的。

你的王世襄一文是否刊出，很想拜读。我最近在试着写有关李四光一家（中国独一无二的三院士之家）的故事，还没有定下寄给哪个刊物。与百花社约定的我父母的故事，一直拖着，材料基本都有，但没有时间和精力动手。无论如何，今年一定要写出来。

　　祝
春安！

杨静远
二〇〇七年三月一日

6　昌华先生：

你好！

二〇〇七年四月十二日长信收悉，非常感谢！

关于李四光一文，承你寄给《人物》杂志赵立女士，前数日她寄回稿子，理由是"文章内容和我们杂志方向有些出入"。《人物》大概是正经的传记，而我写的是拉拉杂杂的私人回忆，故有出入。不过还是感谢你的热心推荐。我又试着寄给沈昌文，看《万象》是否能用。

大作《一抔净土掩风流》，读后十分感动。遵嘱作了一些小小的改动，有几处史实原本不大清楚，我自己也说不清，大体解释如下：

一、关于我父母结婚的时间地点：我一直认为地点是在北京砖塔胡同我外公家，主婚人当然是外公袁家普，证婚人是吴稚晖，但依稀记得见过一张多人的照片，但最近武大中文系陈建军先生寄我上海《申报》一九二一年十月二十四日所刊《杨端六袁昌英之结婚美谈》，十分确凿地说明地点是上海（一品香），证婚人是周鲠生，主婚人是杨袁二老太太，把我弄糊涂了。同时上海图书馆名人手迹馆寄我上海《妇女杂志》五卷一期上刊载的父母结婚照片，却没有注明时间地点。除二人外，只有两个提花篮的小女孩。这是怎么回事？现在知情者全都不在也，无从查询。我只有认为，婚礼举行过两次，一在上海，一在北京（去年我在《新京报》上写过一篇《砖塔胡同忆旧》，就明说结婚是在北京，真是一笔糊涂账）。你如在文中提到，也可一笔带过，也可照我的想法做一点说明。

二、关于罗素访华译员问题，湖南一段是谁陪同？我最初以为是我父，赵元任负责北京一段。在《万象》上刊了几篇，最后一篇总算搞清楚了。译员共三人，赵、杨及另一人。我把这几篇都复印寄你。文中不一定要提，但史实总得弄清楚。

三、文章结束后，我旧著出了几种：1.湖南人民出版社一九八五年版的《袁昌英作品选》，主要是李杨编的，较全，但依例未署编者名。2.天津百花社一九九一年版的《袁昌英散文选集》，王评编，只收单纯的"散文"，较单薄，我很不满。二〇〇四年再版重印，我提出增加内容，未成。3.河北教育社一九九四年重印的《山居散墨》，钟敬文主编的《中国现代小品经典》之一。4.台湾商务一九八五年重印的《孔》剧，苏雪林主编。5.台湾洪范一九八六年出的《袁昌英文选》，苏雪林主编。《行年四十》没有重印。但散篇收入其他文集，共约十几种都收了，大体就是这样。百花社高艳华一直催我写一本父母的小传，体例不拘，原约好去年交稿，我寄了一些散篇，后被其他杂事所占，致力今年交稿，但至今仍未开始。我身体一年不如一年，不知能否完成任务。但收集资料一直未停。

你打算完稿后先寄台湾《传记文学》，不知是否恰当。该刊刘绍唐故去后，听说是由成舍我之女（我表妹成幼殊同父妹）接管。我和她无什联系。我担心的一点是，即使刊用，大陆读者仍看不到，未能达到你原来的目的。如给大陆刊物，我真的不知投给谁好。请再酌。

再谈，祝

著安

杨静远

二〇〇七年四月二十六日

附：信将寄出，又想起一件轶事，即徐志摩与袁昌英的友情事，缘起韩石山著《徐志摩传》中提到的"西服与小脚"一段话，为此我与韩先生通过信和电话。我们之间的误会消除了。现将《山西文学》等文附上，也算（解开了）袁（昌英）历史上一个谜团。（同一问题亦见《芳草地》二〇〇六年四月二期《后人对先人应尽的义务》。)《毁灭》是以小说形式刊出的，但确实是为悼念徐遇难的悼念文见《苏雪林自传》，表达的似乎超越一般的文友之情谊。据韩石山和陈子善推测，这段友情确实超越了一般友情。我所知仅止于此。往事如烟，你若认为可以作为趣闻补充进大作，我无意见。

7　昌华先生：

来信收悉，谢谢！最近北京连续闷热，温度不太高，但雾重，很不舒服，所以也干不了什么事。

回忆李四光一家文，已投《万象》（改版后由北京编，编委中除沈昌文外都不认识），他们已收入八月号。关于陈源、凌叔华协助李（四光）回国事，我知道的也有限，是陈、凌夫妇听说台湾打算将李弄去台湾，而李并不知道，陈了解此情后，由凌秘密通知李，告知必须先去欧陆（大概是瑞士），然后绕到（道）回大陆。因我所知不详，你在写时也可简单带过，以免有误。你信中有一句"因为正在写《闲话西滢》"，有三字不清楚，看似周如松，但周大姐已过世，她也不会写陈西滢的事，不知是谁？谢谢你将拙文寄给《人物》和台湾《传记文学》。《人物》已退回，所以改投《万象》。《传记文学》主编刘绍唐辞世后，听说现在是由成舍我之女成露茜（或另一女）继任主编。成舍我是我的姑姑杨玖殊的前夫，他和我姑姑育有二女，长女成之凡在法国，就是那位二度竞选（法国）总统的名女人。次女成幼殊是外交家，曾在联合国、印度、丹麦使馆任职，又是诗人。去年由山东画报社出的《幸存的一粟》诗集获鲁迅文学诗歌奖。我们不时有联系。《万象》二〇〇七年七月号一〇一页王耀文写徐志摩，又提到袁昌英的"小脚"。这事本来与写《徐志摩传》的韩石山打过交道，说明袁的脚是"解放足"，不是"小脚"，并寄去上图给我的杨、袁婚照作证，以告结束，不想社会上还在流传"小脚"，且有不敬之意。我忍不住又写了一篇《又见"小脚"》，投给《万象》。他们准备刊出。关于袁与徐的关系，我一直不清楚，也永不可能弄清楚，仅就我所知的一鳞半爪，作了一些推测。《万象》想南京可以看到，我就不寄给你了。

另一件我弄不清的事是，我父亲是在哪里结的婚。以前我一直记得是在北平砖塔胡同我外公家，证婚人是吴稚晖，且似见过一张多人大照片。可是前不久武大文学院长陈建军先生寄我上海《申报》一九二一年秋的一则消息，明白无误地说明婚礼是在上海"一品香"举行，主婚人为杨袁二老夫人，证婚人周鲠生。而《妇女杂志》上的婚照没有注明何时何地，在场仅二提花篮的女孩。这就把我弄糊涂了。现在知情人都已故去，无处查询，成了永久的谜。我猜想，有可能婚礼举行过两次。台湾方面还有人能说清楚吗？

暂到此，祝
夏安

杨静远
二〇〇七年八月二日

四月间陈小滢来北京，约了原武大的一帮孩子聚会。主要是她的同班同学，把我也拉了去。她给我看抗战期间一本小纪念册，有不少名人签题的字画，有的如丰子恺的画，很珍贵。百花（出版社）高艳华拟出书，要我把所知的人作一介绍，又得忙一阵子了。

8　昌华先生：

你好！

五月二十八日来信及《新民晚报》复印件及孙法理信收到，谢谢！

你信中提到的苏先生与胡适的合照，是否就是大作中附的那张胡适在武大讲学的多人合照？孙法理说这不会是四十年代拍的，当然不是。四十年代，武大已西迁乐山，胡适怎么会去讲学。这是一九三二年武大成立之初的胡适被邀讲学时拍的，地点应该是在珞珈山。我手头存有旧照。不记得是谁送的。为什么时间应在一九三二年，因为合照中还有王世杰，而一九三三年他就离武大去南京任教育部长了。就我所分辨得出的人，前排正中是胡适，他左手三女士为苏雪林、凌叔华、袁昌英，他右手的高个子是刘秉麟（法学院院长），刘后面遮掉半边脸的是王世杰，王后面偏左手的是陈西滢，胡适和苏雪林之间后是李儒勉（文学院），倒数第二排的圆脸女士是许淑彬（李四光夫人）……其他人我都说不出了。我父亲和李四光都不在内。这一帧最大最清楚的照片是来自美国的一家杂志，该书是皮公亮寄给我的。因是写凌叔华一家的事，我没有读，但把照片印下来了。现复印一张寄上。《新民晚报》复印文我留下了。你提到的《秀韵天成凌叔华》一书作者林杉原名冯林山，是人民日报出版社退休社长。

我随着年老，老病也多了，除了几十年不间断的失眠症眼（青光眼）、耳（半聋）、足（行走不便）、内脏（胆、肝、心脏）都有毛病，记忆力衰退，往事都模糊了，所以写回忆文很困难。先到此为止吧！祝好！

静远

二〇〇八年六月八日

9 昌华先生：

你好！

久未通信，近收到了来函，非常高兴。你的信是二〇一〇年六月写的，至今已一个多月了。现在邮局不知为何这样慢。

去年拜读了你为纪念我母亲写的《四级教授袁昌英》，十分感动。如今没有几个人还知道袁昌英，你却仍念念不忘。令我十分感动。我自母亲不幸去世，心情一直不好。本来她刚获"解放"，我可以接她来和我同住，多少过一个比较安定的晚年，不想就在这时她离去了，留给我一个永远不能消失的痛苦。我自己几十年中也吃尽了苦头，但我性格较坚强，能忍受，渐渐地都过去了。"改革开放"后，日子一天天好起来，也能做一些事情了，只有母亲的不幸永远不能从心上淡去。几年前相濡以沫的老伴也病故。我现在只能靠儿女安慰勉强活着，但我又不愿多侵占他们宝贵的时间精力。"荷清苑"里没有可交谈的人。我一天天只靠读读报刊听听广播度日。我已八十七岁高龄，患有多种老年病（青光眼、耳聋、失眠、失忆、脚无力），真想一走了之，但又舍不得儿孙。一方面怕给他们添麻烦，一方面又怕令他们哀痛。我一向是反对高寿的，可现在夹在早丧和高寿之间进退两难……你看，我抓住你这样一位能诉衷肠的朋友，胡言一气，也算是一种发泄吧。你不会嫌弃吧？

来信中提到的有意为我母亲出版一本散文集，多少给了我一些安慰。我当然是感激不尽。你提到了与某文化公司合作，愿闻其详。近三十年中，袁昌英的散文集已出过聊聊（寥寥）数种……二〇〇〇年我在长江文艺出版社出的《咸宁干校一千天》中附加的一篇《母亲袁昌英》一文……零零碎碎的还有一些（如《"小脚"的问题》等）。您热心地想为她再出一本文集，有几个问题想请教：

一、包括哪些内容？是仅仅有散文，还是包括散文以外的其他文字，如戏剧、文论、小说、翻译等等。单单收散文，篇数不多，很单薄，难凑成一本较有分量的集子，而且过去差不多也都重印了。如收入其他文字如剧本、翻译、小说，也显得杂乱无序，而且她的成名作应属《孔雀东南飞》等几篇。文论、杂文有一些，如有关妇女的数篇，是有内涵有观点的，代表了二三十年代妇女解放的代表作。自然，到现在又属过时的了。这些问题，希望您和出版单位推敲一下，定出一个方案来，以便采纳。

二、我手头收藏的我母的旧书，很少。有些早就赠给亲友，留在手头的只不过三五本，我无法再交出去。另外，有些早期的文字，（如二三十年代的）至今没有见过，只知其名。现有一位武大文学院长的研究家，名陈建军，他是中文系的教授，但对袁昌英感兴趣并做了不少研究工作。他手中掌握的资料比我多，编过一扎书目，由《淮阴师范学院学报》（二〇〇八年三月号）发表过，并寄给我一册。编目中既有老文章，又有解放后的少数几篇，那是我不曾见过的。我想，他大概是充分利用了武大图书馆的一些资料，但为什么不发表在武大的文史刊物上，（而）发表在淮阴师范学院的刊物上，我不大明白。我非常感激他的勤奋，并感到应该尽可能利用他的编目（只有篇名，没有内容）。你如果觉得可以请他加入你的合作，那会是十分有利的。你看如何？如果无意合作，我将把他的资料寄上供你们参考。你以为如何？

三、我手头留存的几本书，不便寄上，但我打算将它们复印寄上。苏雪林的两本，我想还是不用为好，其余三本都可打印寄。自然重复很多，需加以挑选。

四、几十年前的文字，和现在区别不小，是照原样印出，还是改为现代的用法？请酌。

我头脑不清，胡乱写了一通，请见谅。你们考虑成熟后，请赐教，我再送去复印，寄上。

陈建军教授的地址我没有，如与他联系，就通过武大文学院中文系转吧。

谢谢！祝

安康

杨静远上
二〇一〇年七月

你住处有电话否？我耳虽聋，但勉强可沟通。

10　昌华先生：

前两天又收到你的信和贺词，谢谢！您说仍未收到我的信，寄来的信封是"中国老年大学协会南京市白下路三一四号"并电话号码，您信中没有注明迁址后的地址电话，但说信封上的地址可用，我依信封上地址和电话与您联系，但都对不上号。不知是否套错了信封？现在不知怎样和您联系，只好试着寄由江苏文艺出版社转交了，想他们会知道你的新址吧？

关于我母亲文集的事，由于我年老多病，很难独立支持，就让已退休的女儿严崇帮助来做。我手头留下的母亲的旧著很少，不能再寄上，便和女儿商量着初选一些，复印寄上。请你和编辑同志最后决定选目。我们考虑，文集中还是要收入一定数量的剧作，因为我母学的、写的、教的主要是戏剧，其他文种数量并不多。她的成名作和代表作是三十年代的《孔雀东南飞》，其他几篇独幕剧，不一定都选用，选两三篇即可。另外翻译的剧作也不一定用，究竟如何，请你们商量。二十年代最早可上溯至一九二一年，主要是有关女权和女性教育的文论。文字半文半白，和现今的文字相差较远，不过可以代表她早期的思想和追求，有一定代表性。我以为也可选用少数。不知你们怎样看。总之，最终的决定权在你们，符合所需的字数就行了。

我最近身体心情都不好，一个情况是小我十岁的唯一的弟弟弘远（中科院院士）患癌症去世。我一家四口（父母姐弟）都是"文革"的牺牲品。不幸既成，无法挽回。我年近九旬，算是"高寿"，但我勉强活着，主要是为了下代，不要再给他们造成悲痛。做人真难啊！望你的晚年过得愉快些。

敬祝

兔年好！

静远上

二〇一一年元八日

陈小滢已来北京，带着老秦（乃瑞）骨灰的一半，另一半则留在他出生的老家。春节前后她还要回英国料理后事，然后回中国久住了。我们会再聚会的。

我的电话（略）。

我儿子严扬手机（略）。

杨静远：宁静致远

杨静远，资深的翻译家，人民版《马克思传》《马克思恩格斯传》三译者之一。另译有《杨柳风》《彼得·潘》，著有《咸宁干校一千天》《写给恋人》等。

杨静远的父母名气比她大得多得多，其父杨端六（1885—1966）是著名经济学家，对中国现代经济学科的建立厥功至伟，人称"视界外的大师"。二十世纪三四十年代任武汉大学教务长、法学院院长。一九二〇年代罗素来华到长沙演讲，杨端六为翻译并介绍罗素，毛泽东时为长沙《大公报》派驻的记录员，文章发表时署名是"杨端六讲，毛泽东记"。一九三〇年代初曾为蒋介石讲经济学，蒋请他当军事委员会审计厅厅长，授上将衔，杨不喜做官，不喜穿军装，专职教书。他是蒋特批的国民党中唯一一位不穿军装的"上将"。其母袁昌英（1894—1973），爱丁堡大学硕士，武大教授、剧作家、莎士比亚研究专家。一九四八年曾以社会贤达身份被推荐为"国大"代表。

我与杨静远相识，缘于陈小滢。

我与杨静远过从十五年，或因书稿或因写作，她致我的信凡二十八通，书札文字清白，清澈如水，无典须释，无疑待解。谈的多是老武大的往事和我为她及其母出书的琐杂。值得一提的是，当我了解杨静远为其母渐被世人淡忘而难过和不安后，我从史料中爬梳剔抉，写了篇《一抔净土掩风流——四级教授袁昌英》，介绍她坎坷的一生。杨静远"十分感动"。二〇〇九年我们晤聚时，她说感谢我为她母亲"正了名"。

杨静远本是家里娇宠独生女，她十岁后方有弟弟弘远（1933—2010，中科院院士）。她在武汉大学读的是外文系，读大三，就已收到美国密歇根大学奖学金的录取通知书，这个"破格"录取，与胡适的热情推荐是密不可分的。

一九四八年回国后受聘于武汉大学，副教授。杨静远不喜欢教书，更"不愿继续在父母营造的暖巢里做一只小鸟，要凭自己的双翅飞向广阔的天空"。于次年九月到北京，进入华北革命大学，接受正规的革命政治教育，穿着洗得发白的黄棉军衣，参加了开国典礼，她在革命大学进步很快，入了团并成为入党培养对象。父亲杨端六告诫她："不是我有偏见，我希望你不要黏上政治，政治就像恋爱一样，一旦陷进去就不能自拔。"可杨静远辩驳说："我不想搞政治活动，但我想了解中国革命。你们不要阻拦我。"为此，常与父母闹不愉快。革大毕业后她被分在出版总署编译局工作，"心满意足地从一个领副教授薪金（大约二百元）的大学教师，转成一个月薪三百斤小米（折合人民币三十元）的俄文助理编辑"。

一九五七年的那场政治风暴打破了杨静远的童话世界。杨静远本是单位社会活动的积极分子，五十年代初，她是单位肃反专案组成员，"结果闹了一年，一个反革命也没查出来"，面对被审查的同事，她十分痛苦和难过。基于此，对一些敏感的政治问题，她有了自己的思考。

一九五九年她被补划为右派。当时上面有规定右派分子不能继续做编辑，社里的右派大多被遣往边疆劳动改造了，就留下三个搞外文的右派，她是其一。三个人成立一个翻译小组，配备一名党员干部当组长。赫赫有名的《马克思传》《马克思恩格斯传》

就是由他们三个右派翻译的。她后来对我说:"这就有点像历史的戏谑了。"

"文革"期间,单位造反派直接把她打成"现行反革命",抄家,批斗,劳改,受尽屈辱,直到工宣队进驻出版社始得"解放"。

一九七九年,湖北省高级人民法院为已逝去六年的袁昌英的"现行反革命"错案得到改正,杨静远的右派问题得到改正后,被调到中国社科院外文所工作。退休后评上了正编审。因她是开国大典前参加革大的,荣获"革命老干部"称号,享受离休干部的待遇。

杨静远二〇一五年去世。暮年她给自己的人生做的总结耐人寻味:"其实右派也罢,革命干部也罢,我只是一个有点天真几分傻气时常迷惘至老也不成熟但不失真诚的爱国的知识分子。"

40 宗璞（1928— ） （8通选3）
（1984—2000）

1 昌华同志：

信悉。也收到《春笋报》非常工整的毛笔信，原拟复信，现请转达。自《西湖漫笔》收入语文课本，已多次有人约稿，一概未应。实不愿写此类文，窃以为对读者帮助不大，因为写不好，写好的当然有帮助。请原谅。

明天动身往英国访问。约时一月，代问刘坪、徐兆淮等同志好。我身体尚可，此次旅行，有些勉强。

多谢。

宗璞

一九八四年三月九日

• 宗璞（1998年，北京）

2　张昌华同志：

　　贵社一九九二年出版之某某某著《钱锺书传》（江苏文艺出版社一九九二年版）其二二二页有关先君冯友兰先生的文字，纯属不实之词，读后深感震惊。它不仅损害了冯先生的名誉，也给我和冯先生的其他遗属造成精神伤害。此等谎言不宜流传于世，希贵社作出妥善处理。

　　此致
敬礼

冯宗璞
一九九二年七月四日

3　昌华同志：

　　命名说写就，因目力太差实为涂鸦，望谅。

　　以后可能无法写字了。

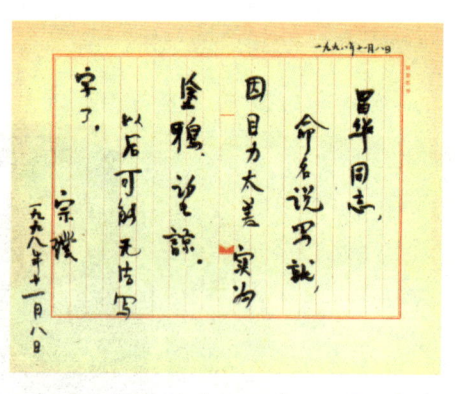

宗璞

· 宗璞致笔者函（1998 年 11 月 8 日）

　　天不生仲民万古如长夜有了人的理性光辉才能照亮世界

　　以理禾为名一生应该是清明的幸福的愿理禾茁壮成长把真善美带给世人

宗璞的厚道

在与众多师友的交往中，宗璞先生是最早的一位，也是友谊维系最长的一位，迄今已三十八年矣。宗璞先生惜时如金，惜墨如金，她给我的信仅八封，还不及我跑她府上的次数多。

宗璞，冯友兰（1895—1990）之女，是茅奖得主，窃以为她的散文比小说更耐看，有一些篇什早收入中学语文课本。一九八〇年我还在中学教书时，应某出版社之邀，编一本《范文创作谈》，请入选教材的作家们谈自己的作品，我请宗璞谈《西湖漫笔》，她谢绝了。

宗璞对我的出版工作始终支持如一，我为其和其父编过《宗璞散文选》《冯友兰自传》等。

第二封信有故事。我社于一九九二年曾出版某某某著《钱锺书传》。此书未出之前，吴社长曾要我请钱锺书先生审读原稿，钱锺书、杨绛二先生立马表示意见，不愿审读，而且劝阻出版。钱先生信云："'传'既未得'传主'本人同意，作者岂'文责自负'耶？倘失实过多迹近造谣诽谤，将来诉讼，亦为可得耳。"（一九九一年九月三日致笔者函）那时我在社里主持部分稿务，非常为难。我向社里陈述钱锺书的意见，主张不出算了。社长或是有自己的考量，还是坚持出版了。那时全国正是"钱热"当口，该书销路不错。我将样书寄钱锺书，他复函说："略一翻阅，东扯西拉，道听途说，不胜枚举。"并举了四处谬误。不过钱先生大度，信末又说："木已成舟，书已出版销售，微名薄利，目的已达。置一笑可也。"

（一九九二年十一月五日致笔者函）钱先生置之一笑，可宗璞先生十分生气，她给我写信，说书中对冯友兰在"文革"中的描述（片段）"纯属不实之词"，"它不仅损害冯先生的名誉，也给我和冯先生的其他遗属造成精神伤害"。要求做妥善处理。她之后又来信，还说她"拟派人来宁商量处理此事"，希望我帮她。恰那时该书作者已调入本社当编辑。我给宗璞打电话、写信，代作者表示歉意，请她原谅，又以出版社名义发公函向她道歉，并表示此书日后再版当将这段文字删去。宗璞说她实在咽不下这口气，要写文章公布于众。宗璞厚道，她将《不得不说的话》先寄我看看，问可否就此发表。我觉得她言之有理，措辞也平和，哪有不可之理。此文后来发表在《文学自由谈》上。据我所知，作者曾私下向宗璞多次道歉。宗璞后来对我表示：既已认错，她"对此话的来源不予追究"了，显示一种大度和雅量。

所谓"命名说"，是我请宗璞为我孙子起名字。一九九八年八月某日，我借到北大组稿之便，顺便去拜访宗璞，正走到燕南园三松堂门口，儿子来电话告诉我当爷爷了。我一脸喜气去见宗璞，说话大嗓门，宗璞问我："昌华今天有什么高兴的事？"我咧嘴大笑说我刚接儿子电话做爷爷了，随即向先生抱拳一揖："请您为我孙子命名，想沾点你们冯家的书香气。"宗璞微微一笑，"好啊"。一个礼拜后，宗璞电话告知，她起了两个供选。一单名"竑"，又复名"理禾"。我考虑"竑"难认难读，唯理禾别致，意取后者。我又问"理禾"的含义，她说过两天写信告诉我。不日，接宗璞惠函，果有一篇《为张昌华孙命名说》，先生先用签字笔写一份，大概觉得不够郑重，又用毛颖在民国旧笺上写了一幅，签名钤印。

41 钱易（1935—   ）

（5通选3）
（1993—2010）

1 张昌华先生：

你好。

谢谢馈赠的《一百个人的十年》。

来信所提之要求，我已转告我继母钱胡美琦女士，她将于四月十日左右由台北来大陆，届时当可知她的意思，如获同意，也当由她选择适宜的手迹。因为台湾地区对作者版权等十分重视。我继母正在编辑先父的全集，我们已讲好一切有关出版事宜均由她定夺。此事只能请你再耐心等待些时日。还请见谅。

你如要与钱伟长先生通讯，请寄：(略)。

即此 祝

安好

钱易

一九九三年三月十九日

2　张昌华先生：

你好。

来信已转交我继母钱胡美琦女士，她会要我哥哥或妹妹与你联系，告诉你她有关各事项的意见。据我知，先父手迹（复制件）已由（钱）行哥寄你，以此作复。

祝

顺利

钱易

一九九三年四月二十七日

3　张昌华先生：

蒙惠赠大作两本，十分感激，我和老伴都非常喜欢，一定会拜读，学习。

知道你为纪念家父逝世二十周年计划撰文，很是感动。只是你提到的两篇文章，我手头都没有。继母又正在病中，不宜打扰。因此不能给先生提供了。我家中所存资料，多为正式出版物，对你不可能有什么新的参考价值。至于照片，我们（包括继母和兄妹们）有不成文的默契，一般不向外提供。还要请你原谅。

鹏飞能与你有密切交往，我为他高兴。他虽从事理工科的教学科研，却同时深爱文、史、书法，涉猎甚广，是不可多得的人才。我从他和很多年青（轻）人身上经常受到很多启发和教育。

祝

好

钱易

二〇一〇年七月十九日

二〇一〇年七月十九日

张昌笔先生：

蒙惠赠大作两书，十分感激，我和老伴都非常高兴，一定会珍惜学习。

知道你为纪念家父逝世二十周年计划撰文，很是感动。只是你提到的两篇文章，我手头都没有，建由又正在病中，不宜打扰，因此不能给您提供了。我家中所存资料，多为正式出版物，对你不见得有什么参考价值。至于照片，我们（包括建由和足祺们）有不成文的默契，一般不向外提供，还要请你谅解。

鹏飞说他与你有密切交往，我为他高兴。他继从事环境工程的教育科研，却同时关爱文史、书画，涉猎甚广，是不可多得的人才，我从他和很多年青人身上经常受到很多启发和教育。

况
好

钱易 2010.7.19

钱穆：落叶归根

一九九三年为编《中国近现代名人手迹》，需要配一幅钱穆（1895—1990）先生的手迹，辗转托人找到时居苏州的其子钱行先生。钱行十分热情，说他手中无父亲手迹可选用，托其妹钱易（中科院院士）向台湾的继母索取。

某年，应《人物》杂志之邀写一篇文章介绍钱穆先生。我查相关资料索引，很想得到台湾方面评介钱穆的文章，于是向钱易求援。那时我已结识清华环保系的杜鹏飞先生，他与钱易同在一个系，记得那封信是托鹏飞转呈的。

我想在此顺便说两句钱先生的晚年，家庭、亲情及身后事。

一九八六年六月九日，钱穆先生九十二岁生辰将临，也是他执教七十五周年纪念日。他在素书楼作告别杏坛的"最后一课"。讲题是《正视历史 胸怀中国》，除他的研究生外，已有声名的北大、"新亚"的老门墙们纷至沓来，连时任国民党"文工会主任"、蒋经国的私人秘书宋楚瑜也趋往聆听。冠盖云集。课后"行政院"赠"鸿儒硕望"镜屏，"教育部"送"一代儒宗"贺匾。在这绝唱的掌声中钱穆正式归隐田园。是年岁杪，蒋经国聘他为"总统府资政"。

钱穆晚年对故土的向往、对亲人的思念尤为迫切。当年是抛家别子一人出走的，特别想能与留在大陆的子女团聚。一九八〇年八十六岁的钱穆圆梦，与阔别三十二载的儿女们在香港欢聚一堂。次年又与长女钱易、侄钱伟长在港团圆。一九八四年钱穆九十大寿，钱氏门人在港举行庆典，精心安排了钱穆的儿孙辈赴港团聚。钱穆算是在垂垂老矣的衰年，尽享了一番天伦之乐，弥补了三十多年来的遗憾。

一九八八年末，台湾官方迫于舆论与民怨的压力，公布了大陆人氏赴台探亲奔丧办法。由于钱穆中风，健康恶化，时在荷兰进行学术访问的长女钱易申请赴台探亲获准，她成为两岸分隔四十年后第一位赴台探亲者。骨肉团聚正在欢愉时，民进党指控钱易具有共产党员的官方身份，还检举她参加台湾方面定义的"叛乱组织"；并指控钱穆"知匪不报"。钱穆恼怒悲哀："这些人已经完全抛开了中国文化传统，他们不能理解为什么我的女儿会从这么远的地方来看望父亲，他们是不承认父女间的亲情的。"钱易遵从父亲的决定，提前两日离台。父女俩合了一张影，孰料这就是永别。

一九九〇年八月三十日，钱穆迁出素书楼三个月后，毕生研究历史的钱夫子，自己也隐入了历史。他合上了人生百年的最后一章。

一九九〇年九月二十六日，台北为钱穆举行了隆重的追悼会，表达了人们对一代儒宗的敬意。一九九二年无锡市政协编辑出版了《钱穆纪念文集》，表达了桑梓人民对这位乡贤的怀念。

叶落归根。一九九二年一月九日，夫子钱穆落葬故里。墓地背山临湖，沿三五简单的台阶而上，一圈质朴的围栏护着一座并不高大的墓碑，碑上镌着"无锡七房桥钱穆先生之墓"。墓碑质朴而又伟岸，一如先生着一袭长袍的雕像。

42 李光谟（1926—2013）

（3通选2）
（2010—2012）

1　昌华先生：

　　大函收到已有数日，蒙垂询有关《追求卓越》事。我对此书本来一无所知，读来信后多方查找，方在岱峻大作书末见到此书之名。日前去电话给岱峻兄，据云已向您说明大致情况，无法应您要求寄奉，请予见谅云云。我近年来为纪念先父济之先生也曾编写过几本小书，但手头仅存的只有《李济学术文化随笔》及《李济先生学行纪略》（非卖品）。特奉上各一册，尚望多予赐正是幸。

　　尊著《曾经风雅》尚未及细看。先生主掌编审学术著作多年，大作自当认真拜读，在此谨表谢意！顺候
近安！

李光谟拜上
（二〇一〇年）十月五日

　　另有拙编《从清华园到史语所——李济治学生涯琐记》（二〇〇四年清华大学出版社版），目前手头只余一册样书，书店似也不见再售，无法馈送，尚希见宥。可能在图书馆能见到，请先生就近查找，不知是否有可供参考之处？又及

二〇一〇年十月五日

昌华先生：

大函收到已有数日，蒙垂询有关《追求卓越》事，我对此书本来一无所知，读来信后多方查找，方在钱峻处大作书柜见到此书之名。日前去世话冶钱峻兄，据云已向您说明大致情况，无法应您要求寄奉，请予见谅示云。我近年来为纪念先父济之先生也曾编过几本小书，但手头仅存的尚有《李俨学术随笔》及《李俨先生学行记略》（非卖品），特奉上各一册，尚望多予赐正是幸。

尊著《家经风雅》尚未及细看。先生主掌编审学术著作多年，大作自当认真拜读，在此谨表谢意！顺候

近安。

　　　　　　　　　　　　李光谟拜上
　　　　　　　　　　　　　十月五日

另有拙编《从清华园到史语所——李济治学生涯读记》（2004年清华大学出版社版），目前手头只余一册样书，书店似也不见再售，无法馈送，而布是宥，可能在图书馆能见到，请先生就近查找，不知是否有可供参考之处？

　　　　　　　　　　　　　　又及

• 李光谟致笔者函（2010年10月5日）

2　昌华兄：

整个的改动还需您统一审定，我不想再变动太多。我认为您的大作已基本妥帖，无需我来越俎代庖（我已经有些"越界"了），请原谅。大作出来后望多寄两本来。

李光谟草　不恭之处请多鉴谅！
二〇一〇年十一月十八日晚北京

"大问题"化解之后，其他小问题我就简单写点我的浅见，请酌情参考：

页一、4 段 1 行："中研院历史上"院字后面加上"史语所的"四个字为好。

5 段 1 行：南迁改西迁为宜。

8 行："到了"了字后加"昆明"二字。

5 段倒 4 行："（如借款。编者）"似可删去。

6 段首行："……意气"之后可加上"，且表示避开一两年。"等字。

页二、首段首行："中国佛教创始人"容易歧义，不如改为"南京著名的佛学研究机构金陵刻经处创办人"如何？

1 段 3 行—4 行："捉弄蒙馆先生"……至 4 行末，建议可删去（童年恶作剧置此似不相宜），请酌定。

1 段 7 行：柏之蔚还是柏文蔚？请查一下（柏氏是否杨的父执，请查一下，若是，请加上父执二字）。

3 段 5 行：从"杨步伟的好胜……"起，到 7 行为止，是否可删去？（请考虑，多斟酌一下）。

3段8行:"也是医学博士"不确。杨本就是一位助产士,开医院后自称医生。胡适在其证上写为"医学士"可能从日本习惯。有人为了替她吹嘘,又加上"博"字。这些在上一辈朋友中都熟知,可以不去计较。但加上博士头衔未免过分。我考虑不如简写个"医师"就好了,请酌定。

4段1行:"别逼他"——他字似应改为"我"为好。

5段倒3行:"李济"二字后的句号去掉,加上"陈寅恪尚未到校"等字,然后把《清华年刊》(一九二五年第二十六期)这几个字移到"后立者才是助教"等字后面。

页三、本页除第六行的"世交"二字未必准确妥帖(请您酌定),我不想再作太多变动。

李济父子的最后一面

我与李光谟先生结交的时间既晚又短,更未谋过面,然而他留给我的印象却比较深。

光谟是"考古学之父""最后一个迷人的学阀"李济(1896—1979)先生的哲嗣。人称李济是"消失的大师",盖一九四九年后即无人提及,直至一个甲子后江苏文艺出版社出了《李济传》,有幸获作者岱峻兄赐我一本,我极有兴味,读罢还写了篇小书评,因请教文稿中若干问题,遂结识光谟先生。

光谟先生是谦谦君子,集教育家、翻译家、学者于一身。他是《历史唯物主义理论》的译者,《马克思主义哲学原理》三个版本的终审定稿者,一个在业界享有相当声誉的翻译家。我从《李济传》中发现李济与赵元任、杨步伟的关系复杂微妙,既亲又疏,我想写篇小文探本求源。为帮助我写作,光谟慨赠《李济学术文化随笔》《李济与清华》和《李济考古学论文选集》等大著和图片资料。

光谟对赵元任先生尊崇有加,每言必是"赵伯伯""杨伯母"。他对我说,赵先生每次回国探亲,都要请他吃饭,嘘寒问暖,视若子侄。当我向其询问李、赵"矛盾"的缘由时,光谟说:"应该是沟通少,误会多吧。"后来我写了篇《教我如何不想他们——李济、赵元任之间的恩怨探幽》,他读后,对若干史实作了校订,说总体觉得比较公允、客观。

我从出版社退休后,在民刊《百家湖》打杂,该刊有一"文史专栏",我向光谟邀稿,先生立即给我们写了《是"教"我,还是

"叫"我》，写他在餐桌上向赵元任伯伯求教的故事。之后，我每期向他赠阅《百家湖》，他打电话向我道谢，说"白吃白拿"（免费阅读）不好意思，又说以后如有合适的材料再给我写点什么。就在逝世的前一个月，他寄来新作《三十年里唯一的一次见面》。光谟先生一九四八年底随父入台想进台湾大学续读，但校方要他降一级入学，他不干。一九四九年二月他又回到同济大学复读，从此骨肉分离。一九五九年仲夏，有关方面安排他们父子一次"秘密会面"，他写的就是这件事情。光谟先生十分认真，当此稿尚在途中，他两次电话询问收到否。附信谦云："供《百家湖》补白，如不能用就罢了。"因该话题太敏锐太沉重，《百家湖》小民刊担当不起；加之文短，有许多事来龙去脉没法交代详尽，读者不好理解。我只能鞠躬婉谢。当我告知不便用时，他连连说"没关系，没关系"。这是我们最后一次通话，长达半小时多，有些细节留给我印象极深。他说，那年与父母秘密会见，"为了双方安全，没有留下任何音像资料，全凭记忆"。他说一九五九年他境遇很不好，党内的任何处分他都受了，正在面临劝退（"文革"后恢复党籍）。他在农村搞社教，吃不饱。收到会见通知由乡间回京途中，肚子太饿，饿得走不动，不得不当偷儿，在老乡的玉米地里偷了两个玉米棒，生啃了。当时太穷，见父亲时穿的一套半新的西装还是向朋友借的。所谓父子见面，就是与父母在一起吃了一顿饭，让他们"单独"谈了一个多小时，时有一位女同志出入"倒茶水"。当时有关方面先"动之以情"，后"晓之以理"，向李济提出归来定居、工作、观光，来去自由等三个方案。光谟说父亲考虑在台家人的安全，即使回来对国家恐也无什么贡献，婉谢了。无果，或者说"不欢而散"。送别出境时，光谟说他手中有把香蕉想送给母亲路上吃，刚踩到地上黄线，工作人员拍拍他的肩，他却步了。光谟说那次闪电式的见面，是刻骨铭心的，地道的生离死别。光谟说他由珠海返京途中坐的是软卧，想到眼前的一切，他真想砸窗跳下去……光谟对我又说，这件事只有许倬云在一篇文章中涉及过一笔，对刊物采访时讲过一点儿；但从未有他向我说得这么多、这么细。

令李光谟迷惘和遗憾的是，父亲去世后留给他一笔遗产，他很想遵从父亲的遗愿，捐出一部分设立"李济考古奖学金"，可是社科院考古所申请批复的报告石沉大海。光谟后来听说，有位领导在中国考古学会理事会上讲：不能以一个一九四九年离开大陆的人的名义来设立奖学金。不过，令李光谟欣慰的是，社会在进步，二〇一一年"发现中国基金"正式设立"发现中国李济考古学奖学金"，其第一届颁奖仪式就在李济母校清华大学举办。

43 成幼殊（1924—2021）　　（2通选1）
（2010—2011）

1　昌华先生：

恐怕不能责怪我疏于回复，实在是因为你隽雅漂亮的手札，令人不敢写些什么——丑怪难配匹。现不得已，在遵嘱奉还先生关于我的露茜小妹的文稿时说上几句：大作流溢你对逝者的诚敬之意，心香馨香。也真难为你研读了不少材料，汲其精神、精华，而决非"拼贴"。然而，文中有的地方出于误会，如"海天远隔，日夜梦牵系"；有的地方，不甚确切，如"生活在社会底层"；有的则是以讹传讹，如"杨璠育"；有的是在用语的分寸上，我想还是宁敛勿张，更符合你的文风，如"常请她吃饭"……我都按我所知、所想标注在稿子上了，哪怕不一定对。请参考定夺。文章毕竟是你的，不能叫我胡乱指点。

寄上前已在电话里谈到的《报海生涯……》一书。其中有露茜悼父文《海天远隔……》。我还觉得，嘉玲的那篇悼父文之对于了解成家在台新闻事业很有帮助。其他不一一。

来信中竟然有"无奈我已老了"之语，但，却引起我的高兴。因为，你想象中的"成舍我及其儿女们"不会问世了。我的心情是愿意躲起来。可以原谅吧。哈哈。

奉命回信要写两张纸，不知这样把一张折为二，算不算两张。凑合着看吧。

　　问候

夏安。

成幼殊
二〇一一年七月二十日

又，谢谢你关注到拙文。纪念老友何为。只是太慢太晚。

再附上成之凡音乐光盘一张。

二十一日

・成幼殊致笔者函（2011年7月20日）

一代报人成舍我

我喜欢交朋友，一些朋友的朋友，最后被我发展成我的朋友。成幼殊即是一例。今已不忆是张素我、吕恩还是杨静远，哪一位将成幼殊介绍与我的。成幼殊是新中国的外交官，曾先后驻新德里、纽约、哥本哈根等。她也是诗人，其诗集《幸存的一粟》曾获鲁迅文学奖诗歌奖。

成幼殊是成舍我（1898—1991）的女儿。我写《一代报人成舍我》和《卓尔不群成露茜》时，曾多次写信向她求教，请她审读稿子。她的批注均径写在稿子上，信只有两封。此信是谈成露茜一文的，看得出她的严谨、内敛和幽默。即是对亲人的描述，力求忠实，不夸饰，讲真话。成家英才辈出，大姐成之凡是旅法音乐家，曾三度竞选法国总统；弟弟成思危曾任中国民建中央主席、全国人大常委会副委员长……

幼殊的父亲成舍我，被誉为"独立报人"，趣事多多。

一九一七年成舍我在陈独秀、李大钊的举荐下进入北大。一九二四年成舍我在北平创办《世界晚报》。他确立办报四项宗旨："一言论公正，二不畏强暴，三不受津贴，四消息灵确。"

一九二六年奉系及直鲁联军占据北京，不少进步报纸对张宗昌为首的流氓军阀或嘲讽或鞭笞。张宗昌大开杀戒，先以"宣传赤化"罪名枪杀《京报》社长邵飘萍，后又以"通敌有据"罪名枪杀《社会日报》社长林白水。媒体一时噤若寒蝉。成舍我挺身而出，于枪杀林白水当日将这一消息，以头条大字标题，加黑边，刊登在

《世界晚报》上。第二天深夜，成舍我被捕，拟予枪毙。后得孙宝琦营救获释。成舍我逃此一劫后，深居韬晦，寂声一年，决定移师南京，于一九二七年在南京创刊了《民生报》。

　　《民生报》以精美细致、简要明了、全面观照的"新风格"屹立报林。评论国是，针砭时弊，臧否人物，锋芒不减当年。一九三四年五月，时任总编辑的张友鸾，接到记者采访的一条新闻：国民政府行政院盖大楼，建筑商贿买"政务处长"彭学沛，给他盖了座小洋楼，以致在主体建筑上偷工减料，屡次追加预算。张听说彭是成的亲戚（夫人萧宗让的姑父），甚感踌躇，问成怎么办。成回答干脆："既确有其事，为什么不刊登？"成舍我先生一生最恨贪赃枉法，营私舞弊。当时也有亲友向成进言，望他"网开一面"。成舍我不听，一意签发，报纸出版，社会舆论大哗。行政院向《民生报》提出警告，成舍我不买账，继而又发了一篇《最有趣味的特写报道》，写汪精卫在新办公大楼上厕所，厕所门自动上锁后又打不开，不得不呼救。借以证实彭学沛舞弊，开发商以次充好。彭学沛无言以对，提出辞呈。《民生报》穷打猛追，又在头条位置以《某院、某处、彭某，因涉嫌贪污案辞职》为题发表文章。行政院长汪精卫大为恼怒，命彭告成"妨害名誉"。当时程沧波、端木恺等新闻界头面人物从中调停，授意成只须刊一更正，彭即撤诉。成舍我觉得事实俱在，为维护社会公正和报社名誉，他拒绝。后来法院公诉，成亲自出庭答辩，侃侃而谈（彭未出庭），因证据确凿，法官被驳得哑口无言。法院无奈，因此案系行政院交办，判成短期徒刑，缓刑。成舍我不服，写万言书登在《民生报》上，请求社会公评。汪精卫怀恨在心，后借《民生报》转发了德国海通社一条新闻，硬以"泄露军情，鼓动政潮"罪封了报社，拘捕了成舍我，并下令永不准成在南京办报。成舍我被关押四十天后，由李石曾保释。后来汪精卫托外交部次长唐有壬捎话给成，云只要成向汪写一道歉信，汪可以收回成命，准予《民生报》复刊。唐又说："新闻记者和行政院长碰，结果总要头破血流。"成舍我执拗答称："我相信我和汪碰，最后胜利，必属于我。因为我可以做一辈子新闻记者，汪不能做一辈子行政院长。"

一九三八年首届参政会在汉口召开，汪精卫在会上遇到成舍我，他听说成在香港又创办《立报》，举步维艰，不免寒暄一番，表示慰问。孰料成舍我却说："在香港办报，诚然困难很多。所幸香港虽然是殖民地，但在相当范围内，还能实行法治，好像还没有过不依法律手续，封报馆捕记者的事！"

更叫人看不懂的是那个贪官彭学沛后来青云直上，官至国民党中央党部宣传部长、行政院国务委员。不过，恶有恶报，一九四八年他死于非命。

44 潘乃穆（1931—2016）

（6通选3）

（2007—2009）

1 张昌华先生：

来信及稿件收到。匆匆阅过一遍，将我所知明显不符合事实或不确切之处用铅笔圈改于稿上，寄回供参考。但是谈不上"审正"或"认可"。我不可能详查细改，何况有的事我们也并不清楚。建议按以下原则考虑：一、尽量注明资料来源出处，使读者明了你文章的根据，这样即使发生讹误，也便于查明。否则读者只能置疑了。二、写潘光旦，不必多写家属，需要涉及家属之处，请按照我们所写的回忆。避免添枝加叶，增加描写词。

除有关事实之外，尊稿行文之处，我一概未动。我想其他方面都不应由我来表示意见。

祝

夏安

潘乃穆

二〇〇七年七月二十九日

2 张昌华先生：

来信早已收到。近来甚忙，加之感冒，未能及时复信为歉。

关于您处建议出潘著《民族特性与民族卫生》一本，我们没有大的不同意见。但是涉及以下的问题。我们和北京大学出版社前已商讨一计划,他们拟出潘著系列之书。其中有《民族特性与民族卫生》一本,虽然他们对此书的编发和你社设想不同,在此题目之下,会编入另一部分潘之文章,但书的标题是相同的,而且也包括了原书的全部内容。所以我们顾虑,是否会造成一稿两投的问题。现去信说明此点,请您处考虑,在此情况下,是否还愿意出版这本书。同时我们也想问明,贵社在签订出版合同方面有何要求,因为我们和北大出版社讨论计划在先,我们无法和贵社签订授予几年版权之类的合同,我们或许只能签订同意出版一次的合同。

其次要说明的是,《潘光旦文选》是潘乃谷所编。当时因《潘光旦文集》一时不能出齐,为满足读者要求,我们同意先出版《文选》,该书对潘著各书多做节选。后来《潘光旦文集》已出齐,我们一切以《潘光旦文集》为准,希望尽量保持潘著原貌。《民族特性与民族卫生》一书原由商务印书馆出版。《文选》中对该书处理有以下不足之处:一、书后之附录一、附录二被省去。二、书后之附录三是注释被改为页下注。页下注包括了原注和编者注,都用星号表示,区别不明显,阅读时容易混淆。三、书中图二处,一处图形有误差,一处图不清。如单独出版,我们拟采用《文集》版本(在《潘光旦文集》第五卷中,二〇〇〇年十二月第二次印刷),我们将纠正个别印刷错误及针对情况修改页下编者注。

谨说明情况如上,您处有何意见,再请告知。

祝

新年好,新春健康快乐!

潘乃穆
二〇〇七年十二月三十日

3 张昌华先生：

寄来《民国风景》新书一册，早已收到，谢谢。因近两月健康状况不佳，迟复为歉。

关于去年讨论"北斗文丛"拟编入一本潘光旦著《民族特性与民族卫生》的事，我们本倾向同意，而且也和北大出版社打过招呼，他们也并未反对。我迟迟未答复你们的原因是自己时间和精力不济。一旦同意贵社出版，我需用《潘光旦文集》版本更正错字，改编注解，我不便从北大出版社要回已给他们的稿子，而需另作一份稿交贵社。因此拖延下来，未给你们回音。今春以来我体力更差，现在我想明确答复，我们不再考虑把《民族特性与民族卫生》交贵社出版。我们仍很感谢你们策划出版的好意。

祝

夏安

潘乃穆

二〇〇九年六月十六日

二〇〇九年六月十六日

张昌华先生：

寄来《民国风景》新书一册，早已收到，谢谢。因近两月健康状况不佳，迟复为歉。

关于去年讨论《北斗文丛》拟编入一本潘光旦著《民族特性与民族卫生》的事，我们本倾向同意，而马上和北大出版社打过招呼，他们也并未反对。我迟迟未答复你们的原因是自己时间和精力不够，一旦同意贵社出版，我需用《潘光旦文集》版本更正错字，改编注解，现不须从北大出版社要回已给他们的稿子，就需另做一份稿交贵社。因此拖延下来，未给你们回音。今春以来我体力更差，现在我想明确答复：我们不再考虑把《民族特性与民族卫生》交贵社出版。我们仍很感谢你们筹划出版的好意。

祝

夏安

潘乃穆
2009年6月16日

· 潘乃穆致笔者函（2009年6月16日）

想起了潘光旦

潘乃穆，系潘光旦（1899—1967）先生之女。

潘光旦与梅贻琦、蒋梦麟都是当年清华、北大的风云人物，自然成为我文化名人系列的写作对象。他是社会学家，写他我就从他的人文情怀着手。稿毕，我通过北大老友商金林教授援手联系到潘乃穆先生，请她审稿。第一封信便是她的回复。乃穆先生严谨，以她的原则对有关史实作了若干修订，在行文方面她不作改动，显示对作者的尊重。是年末，江苏文艺出版社拟出版一套"北斗文丛"，社里请我联系潘光旦家属，想把潘光旦的《民族特性与民族卫生》纳入其中。第三封信表示出了家属对版权方面的疑虑，并提出了一些建设性意见。然而，由于她身体原因，不能对书稿作出校订。拖至二〇〇九年，婉谢，终止了出版意向。

潘光旦确实是个人物，在此，我把他丰富多彩的人生做个简单的"延伸"。

一九二一年，一位在清华求学的肢残学子问代理校长严鹤龄："我一条腿能否出洋？"严不假思索："怕不合适吧，美国人会说中国人两条腿不够多，一条腿的也送来了！"那青年沮丧不已。有位教美术的美籍女教员司达女士（F.S.Star）为那青年打抱不平："他不能出洋，谁该出洋！""他"叫潘光旦。

潘光旦先后入美国达特茅斯学院、哥伦比亚大学留学，攻读生物学。一九三四年回母校清华执教，任清华、西南联大教务长。一九五二年调入中央民族学院任教授，直至谢世。

一九四一年，潘光旦加入民盟，在昆明参加筹建第一个省支部，积极参加抗日反蒋爱国民主运动。一九四六年，他与闻一多、费孝通、吴晗联名发表《四教授致马歇尔将军书》，揭露国民党政府的独裁本质。一九四九年，潘光旦拄着双拐到天安门游行，欢呼新中国的诞生。……

　　作为教育家的潘光旦，他爱校如家。梅贻琦的著名文章《大学一解》，就是潘光旦起草的。一九三五年他在清华教务长任上，安徽省主席刘镇华写信给潘，想让其两个儿子到清华旁听，他婉拒："承刘主席看得起，但清华之被人瞧得上眼，全是因为它按规章制度办事，如果把这点给破了，清华不是也不值钱了吗？"无独有偶，十四年后，潘光旦又接到一项同类托请："与沈衡（沈钧儒）老谈起之孙来清华旁听事；此事衡老循其孙之请，转托高教会对清华指令办理，于法绝对不妥。""今衡老以人民最高法院院长之地位，作此强人违例之举，不仅对清华不利，对己亦有损令名，而高教会肯以指令行之，亦属太不检点；余旨在劝衡老收回此种请求，渠似不甚领悟，甚矣权位之移人也。"（日记）其实潘光旦当时已不在其位，大可一推了之，但他为坚决维护清华的制度，积极地说服当事人，不怕得罪人。

　　一九五七年的运动，除他与罗隆基、费孝通的这层关系之外，他所获"罪名"是所谓"破坏民族关系""鼓动土家族知识分子和群众找中央要求自治"。这实在是不白之冤，是笑话。他是社会学者、民族学家，他只不过是根据自己所做的科学研究和实地调查的结果向上级作如实反映，提出建议供政府参考而已，岂有他哉？致命的摧残是"文革"。潘光旦的家被抄，被封，他只能蜷在小披屋水泥地上席地而居，没有被子，还是费孝通把自家没被封存的被子送来给他御寒。批斗时，一块"反动学术权威"的大木牌挂在颈上，他挂着双拐，被强迫与红卫兵一道跑步；劳动改造时拔草，别人能蹲，他独腿，只能带只小板凳，还被红卫兵发现一脚踢开，不得不坐在地上拔。他本患有前列腺肿大之疾，因受摧残导致发炎，住进医院。小便都已插上了管子，造反派还来折磨他。老朋友叶笃义去看望他，潘光旦对他讲了他的三个 S 应策："第一个 S 是 SUBMIT（服从），第二个 S 是 SUSTAIN（坚持），第三个是 SURVIVE（生存）。"可造反派仍不放过他，常来骚扰。造反派医生也态度恶劣。他自知来日无多，叶笃义劝他要坚持下去。他绝望地说出第四个 S："SUCCUMB（死了）。"他不愿死在医院，要回家。女儿乃穆备了一辆幼儿乘坐的竹制手推车把他推回家。家中卧室仍被封着，他只能躺在帆布床上。六月十日病情恶化，老保姆找费孝通。潘索止疼片，没有；又索安眠片，仍没有。费孝通将他拥入怀中，潘光旦就这样在老朋友的怀中告别了人世。

乃穆把父亲的骨灰留在家中，居然遭到单位的严厉批判。无奈之中，与乃穟商量把父母的骨灰埋在家旁的一棵树下，等到一九七九年中央民院为潘光旦的错划右派问题改正时，因旷日太久，市井改观，骨灰遍寻不得。女儿们只好精选一只青紫色瓷瓶权代骨灰瓶，存入八宝山公墓。令人扼腕的是某年女儿们到八宝山扫墓，震惊的是父亲灵前的那只骨灰瓶也不知被何人弃之何处！

二〇一六年潘乃穆魂归道山。

45 舒乙（1935—2021）

（17通选2）
（1992—2011）

1 昌华先生：

您好！

收到您写妈妈的文章，谢谢！

不断看到您写的关于顾老毓琇的文章，现有几个问题相求：

（1）顾先生这几月在哪里？是否离开费城上女儿处了？女儿处有地址和联络办法吗？

（2）您是用什么办法和他联络？写信？发传真？打电话？

（3）他国内的亲属您有联络吗？他们的地址和通讯（信）办法可否提供？

（4）您本人家中地址、电话可否告诉我？

我们在征集顾老的档案，已有一部分，但太少，想直接联络上，可惜无头绪，故而求助于您。请您大力协助，今年是他一百岁，正有契机，而且应有"抢救"的速度和急迫感。

祝您
新年快乐！

舒乙
二〇〇二年元月九日

· 舒乙（2003年，北京）

二〇〇二年一月九日

昌华先生：

您好！

收到您写好了的文章，谢谢！

已转寄到您写的关于颜老听课的文章，我有几个问题想求：

1）颜先生这几月在哪里？是否离开费城上女儿处了？女儿处有地址和联络办法吗？

2）您是用什么办法和他联络，写信？发传真？打电话？

3）他国内的家属您有联络吗，他们的地址和通讯办法可否提供？

4）您本人家中地址、电话可否告诉我？

我们在纪念颜老的档案，已有

2　昌华先生：

我写了一封信给毓琇老，表示要为他办一个生平事迹展览来庆祝他的一百岁华诞。现将信的复印件寄上，无非想请您帮忙一起促进这件事的实现。

馆（现代文学馆）的一名顾问姚珠珠正在美国洛杉矶。她亦是全国政协委员，我们要托她去见见顾老。她身边有关于文学馆的录像带、照片、资料，这样，顾老可以了解文学馆的大致情况，便于他做出判断，或许对促成这件事大有帮助。二月初去，如可能。

如果您致函顾老，可以提提这两件事，从中推动一下。

我们已为巴、冰、老、茅、曹、叶、萧乾、丁、沙、艾、艾芜、陈白尘、阳翰笙等十多位大师办过展览，每一次都很轰动。大概办展览我们是全国数一数二的有这种能力和水平的单位。现在在馆内展出的巴金展，是为他九十八岁华诞喜庆而作。除了照片、手稿、著作、实物外，还有录像和录音，可看可听，很精彩。

特此拜托！

舒乙

二〇〇二年元月二十一日

附转呈顾毓琇函

毓琇老：

您好！

我在中国现代文学馆服务，是那里的馆长。我先父是老舍先生，先母是胡絜青先生。今特致函征集您保存的文学资料以及您个人的有关资料。

中国现代文学馆是巴金先生倡议建立的，已有几年历史，现有藏品四十万件，是国家级文学资料馆。江泽民主席为建新馆曾亲自下了六次批示。新馆经过七年的筹建，已于二〇〇〇年五月二十三日投入使用，是世界上最新最大的文学馆。江泽民主席在开馆第二天即来馆视察参观，非常高兴。这一年来，办展览，办讲演，开纪念会、研讨会，挺热闹，影响越来越大了。

十几年前您曾把文学研究会一九四二年印的会员录寄给冰心先生。她很高兴地赠给了文学馆。这份会员录已成为全世界唯一的一份，被定为一级文物，属国宝级，现展出在馆内的展柜中，江主席曾站在柜前讲了他如何听您的课的往事。

我们有一种文库制度，当作家把他的资料给文学馆时，文学馆并不将它们打散，而是专门存放在一个地方，以他的名字命名，叫他的"文库"。这样的文库我们已有八十一座，宛如八十一座作家个人博物馆。这个制度很受作家们的欢迎。

鉴于您的威望和成就，我们郑重地向您征集文字资料。

一、您个人各个时期的照片；

二、您个人的各种著作的各种版本；

三、您的书信、日记、手稿、手迹、笔记本；

四、您的藏书；

五、您收藏的文物；

六、您收藏的有史料价值的有关资料。

鉴于您是文理双科大师，如果您愿意，您的科学论著我们也一并收藏，这样，比较全面一点。

我们将为您建立"顾毓琇文库"。

我们将在此基础上举办一个专门的展览，展出您的成果和事迹，同时可以举办讲演会或朗诵会。

如果您愿意，您夫人的作品我们也欢迎一起给过来，那就是两个人的文库了。

我们诚心诚意向您提出我们的请求，请您考虑。

我们热切地等待您的回音。

地点：北京朝阳区文学馆路中国现代文学馆

电话：（略）

二〇〇二年一月十五日

难忘舒乙

在我的编辑生涯中，舒乙先生对我的帮助甚多，亦大。我们通信达二十年之久。他的信有一特点，没有客套话，开首即直奔主题，简短得类如电报稿。第一封信（一九九二年八月十七日）除告知详细联络方式外，仅九个字："有事请找我，不用客气！"这二十年间我烦他的事真不少：诸如请病中的曹禺先生为徐志摩、陆小曼集题签；致函李小林，希她为我组巴金、萧珊合集稿提供方便；帮我的朋友鉴定其父老舍（1899—1966）书法；向其母胡絜青（1905—2001）老人讨字；等等。记忆中托他代办的事，几乎都是马到成功。

我对舒乙的印象是，对朋友大方热情，助人为乐。尽管他是学自然科学（林业）出身，一九八四年投身文学事业后，兢兢业业，尤其是在中国现代文学馆的筹建工作中功不可没。郁风在参观现代文学馆后曾对我说："舒乙'上蹿下跳'，惨淡经营，把现代文学馆张罗得这么好，真没想到。"他在文学馆一干二十年，功成身退。

他致我的最后一封信（二〇一一年十一月二十日）也很简短，但不乏有趣："正在开作代会，没什么新意，陪绑而已。还是干自己喜欢干的吧。"

退隐后的舒乙，致力于书画创作，他的字写得有点老舍先生的遗韵，尤其是他那个性鲜明风格独特，充满童趣和禅意的画作，颇受读者欢迎。

舒乙曾叫我干过两件事：送一双中国作协为九十岁以上会员定做的凫皮底布鞋给巴金。鞋我送到了，但巴金长期坐轮椅，脚面浮肿，穿不上；再就是托我转一封他致顾毓琇先生的信，为现代文学馆征集顾先生的文字资料和实物，信是二〇〇二年一月二十一日写的，我转了，不过其时百龄顾先生已病危，是年九月仙逝。无果。据悉二〇二〇年一月，顾毓琇之孙顾宜凡代表家人将顾毓琇著作、藏书、字画，以及重要书信近一千件捐赠给了江南大学。

46 吴青（1937—　　　）
　　陈恕（1937—2017）

（8通选3）

（1992—2015）

1　张昌华同志：

来信收到多日了，迟复为歉。

关于编选吴文藻部分，也是我们觉得有困难的地方，因为他没有写过散文，可选的大部分只可能是他的学术论文，不知是否能较符合你们的要求。这就要由您来决定了。

从您寄来的"双叶丛书"，可以看出都很有特色，这可谓一种创新。现在安徽人民出版社要出谢先生和吴先生的传记，也是把他们俩放在一起写，其他夫妇有梁思成林徽因等……

如果你觉得可行，我将尽可能配合你做这项工作。

祝

新春愉快！

陈恕

一九九八年元月十日

2　张昌华同志：

快件前天收到，今天吴青去医院，征求老人对书名的意见，她似喜欢她过去题的词"有了爱就有了一切！"，正好我这里也有她的手迹，是否就用它了？《两地书》当初是老人自己提出来的，当

吴青与陈恕（2002年，无锡）

时我就提及鲁迅用过此书名，她觉得没有什么关系，说吴文藻已不在世，他们已分在两地……

照片已加了说明，照片用毕请尽早归还我。最近安徽人民出版社要出夫妇的传记，如梁思成和林徽因……我推荐福州文联工作的王炳根同志（冰心研究会的秘书长，冰心文学馆的常务副馆长）来撰写，在提供他有关吴文藻先生的材料时发现有吴先生给吴青的两封长信，当然还有一些是附在冰心先生信后的一些信件，我想就把影印件寄给你，如果来得及排进去最好，否则也就算了。匆匆忙忙，许多事情都没有做好，很对不起老人，也对不起你们的好创意。

附上其他几个签名，题词横排、竖排只有由你们费心去做了，十分感谢。

祝

好！

陈恕

一九九八年七月十日

新闻文学社
冰心题 [印]
一九九八年七月十日

陈恕先生：

　　快件前天收到，今天是看去医院，征求老人对书名的意见，她仍喜欢她过去题的词"有了爱就有了一切！"正好我这里也有她的手迹，是否能用它？！"西地书"书名是老人们已提出来的，当时我说提及鲁迅用过"两地书"，她觉得没有什么关系，说是文豪已然辞世，他们已分在两地……。

　　照片已加了说明，照片用毕请尽早附还致。最近安徽人民出版社要出关于吴的传记。我想麻烦你转寄同仁。我推荐杭州工联工作的王炳根同志（他们研究会秘书长，冰心子涉在常务副作长）来撰写，他想将他方定是吴博士生的材料时发现有吴先生给吴的两封亲笔信，当然还有一些是附在冰心先生信纸的一些信件。我

3 昌华兄：

　　来信和大作均收悉，我和吴青对文章的内容和部分措辞做了一些改动和补充，供你参考。你主编的期刊我们都收到了，谢谢。你为中国文学做了这样多的事情，我们都为你高兴，感谢你的努力。

陈恕
二〇一五年九月三日

　　附：随信退回你的大作，如有微信，可以通过微信告诉我收到。我的微信号就是我的手机号。我想你的夫人一定可以帮你做到，顺致感谢。

吴青陈恕印象

　　三十八年前，我编《范文创作谈》一书，内收冰心（1900—1999）的《小桔灯》，遂与她通信。后因编《名人日记》《名人书信》之需，我又写信向冰心求援，希望她能提供未发表过的日记、书信之类。她说那些"早于抗战中丢失"，但她还是从民族学院研究所调出一页吴文藻的手稿送给我。此生共得冰心先生赐札四通，虽简短但温馨。

　　一九九八年初，我请冰心小女婿陈恕征询冰心老人的意见，拟为她与吴文藻（1901—1985）先生编选一本散文合集，老人欣然首肯。书选编完毕，陈恕来信云，书名拟为《两地书》。我认为此书名与鲁迅、许广平的书信集雷同，建议更换一个。旋即她老人家易为《有了爱，就有了一切》。这就是收在这儿第二封信的由来。

　　我与吴青、陈恕夫妇见过三次面，十分巧合，都是他们夫妇同在。一是二〇〇二年在无锡，举办顾毓琇学术研讨会暨百年诞辰会上（因冰心、吴文藻夫妇与顾毓琇是同船留学的好友，被邀请）；另一次是二〇一〇年在上海，萧乾诞辰百年纪念会上，晚上是与会者自由活动时间，我到他们夫妇房间去话旧，谈了两个多小时，我建议他们出版《冰心家书》，吴青饶有兴趣。二〇一三年出版了一本《冰心书信全集》，陈恕寄我一册，我认真通读，还在《文汇读书周报》发了一篇书评。

　　二〇一五年秋，我进京专事拜访吴青、陈恕伉俪。他们住在民族大学"教授楼"里，在客厅里我见到冰心的手迹，装在镜框里，写给吴青的是"天地有正气，江山不夕阳"，写给陈恕的是"谦卦六爻皆吉，恕字终身可行"。客厅里有一台大立柜似的音响，主机上立着冰心的遗像和冰心、吴文藻的合影。两只大音箱上端置着一些小玩偶之类杂物。令我好奇的是右侧音箱上悬着一面燕京大学香港校董会"纪念旗"，左侧挂着的是一个硕大的繁体"聽"字，像左肘右臂，对称相依。我向陈恕求教，陈恕说"纪念旗"是他们去年出席香港校董会举办的一次"从甲午海战至仁安羌大捷"报告会的纪念品；我问吴青那"聽"是怎么回事。吴青说，那是我向陈恕的一位老乡索要的。我问有何故事？她说：古人造字很讲究立意，就拿"人"字来说，"人"一撇一捺，就像一个人被两条腿支着，人才能够站得直，立得稳……又说，繁体"聽"字的结构表示是任何人都要听，左下方有个"王"字，是说大王也得听。怎么听？繁体字中的结构是十加四再加一，下方还有一个"心"字，意味要带着十五颗虔诚的心去听……末了，吴青又说，中国十几亿人就有十几亿不同的声音，如果只有一个声音就不自然，也不真实了，就不能够代表人民大众了……

有人称吴青是"名门侠女"。当年吴青当选区人大代表的第一天，母亲冰心即送她一本《宪法》，并且说："如果你真想当好人大代表，就要说真话。"当她在市人代会上投反对票、弃权票，引起社会舆论大哗时，母亲给她书了林则徐的名言："苟利国家生死以，岂因祸福避趋之。"

陈恕先生是北京外国语大学教授，其人儒雅、谦和、忠恕。这儿的最后一封信是我写了一篇他们夫妇的访问记，稿毕，呈请他过目，以防错讹，复信中故有"随信退回你的大作"一句。

二〇一七年陈恕告别人世。

47 沈龙朱（1934—　　）

(8通选3)
(2008—2022)

1　张昌华先生：

您好。

谢谢您，我在惊喜中打开您的赠书《名家翰墨》，发现竟有那么多熟人的笔迹，太宝贵了！这要谢谢您多年的尽心、精心收集，光说您那种坚持就令人钦佩，更因为有您的精彩说明旁注，让读者既有兴趣又增长了知识和对这些名家的了解。前几期《百家湖》也都收到了，恕我人懒，没有及时写信致谢。

复刊第四十一期《水》，拖了大半年，在七月已经勉强弄出来了。由于已经直接放在网上，所以没有再向各方寄出打印件。《沈从文家事》不是我的作品，虽经多次读稿修改，出来后仍发现不少问题，因不满意，亲友索要我大都谢绝。我没有别的值得相赠，将就着把两种都寄上。不是不敬，实为向前辈资深编辑求教！

祝

好

沈龙朱
二〇一二年九月十四日

·沈龙朱赠笔者自绘像

2　昌华先生：

您好。

昨天中午收到您的大作《清流远去》，"害"得我午睡无法进行！谢谢您啦！

五十几篇短文，我竟一气读了下来，这是近年来少有的事。虽然"旧时月色"部分许多人我都不熟悉，后页目录中明明有我的近亲、熟人、父母辈的朋友，我居然没有跳着、挑着去看，可见尊著虽篇篇短小，却有着它特别的吸引力！

再次谢谢！

　　祝

全家好

沈龙朱

二〇一四年七月八日

3　昌华先生：

您好！

收到您发来的节日祝福，非常感谢！只是我缺乏书法天分，不敢以相应作品回赠，现在就用一幅今年四月的自画像向您致谢。坦白说来，许多想做的事，都已经做不下去，真的老了！除了在家做饭，买菜购物，只有天天游泳坚持了下来。原因恐怕还是因为买了年票。老在嘀咕一天不去就"损失"十五块钱。此外，也还在画素描人像，如果您愿意，请给我一张您的近照，我将尽力画好，奉寄。

　　祝
全家新年好！

沈龙朱上

二〇二〇年十二月二十八日

几年来为游泳的朋友、附近菜市场的朋友、小区里的熟人和老同学……我已画了近一百四十张肖像画。

二〇二〇年十二月二十八日

昌华先生：您好！

收到您发来的节日祝福，非常感谢！只是我缺乏书法天分，不敢以相应作品回赠，现在就用一幅今年四月的自画像向您致谢。

坦白说来，许多想做的事，都已经做不下去，真的老了！除了在家做饭买菜购物，只有天天游泳坚持了下来，原因恐怕还是因为买了年票，老在嘀咕一天不去就"损失"十五块钱。此外也还在画素描人像，如果您愿意，请给我一张您的近照，我将尽力画好，奉寄。

祝

全家新年好！

沈龙朱 上

二〇二〇年十二月二十八日

几年来为游泳的朋友、附近菜市场的朋友、小区里的熟人和老同学……我已画了近一百四十幅肖像画。

• 沈龙朱致笔者函（2020年12月28日）

寂寞沈龙朱

余生也晚，与沈从文（1902—1988）先生没有任何交集，然与夫人张兆和（1910—2003）女士、长子龙朱次子虎雏均有浅深不一的过从。上世纪末我曾想拉兆和先生入盟"双叶丛书"，最早托允和先生当说客，兆和说她的作品少，没有多少文字可选，婉拒。我不甘心，从图书馆找出兆和的散文集《湖畔》，持书登上虎雏的门，希望他能帮助我说服其母。孰料虎雏当面谢绝，说《湖畔》集子内的文字杂驳，当散文选实在不合适。"五岳寻仙不辞远"，不怕难，我又请与兆和有忘年交之谊的三联编辑曾蕾带我拜访兆和，作最后一搏。兆和表示欢迎。本已约定某日上午相见，不料那天兆和突然有事不能践诺而搁浅。这大概是天意吧，随缘是福。我想起"不强求别人做不愿做的事"那句话，组稿的事就此画上了句号。

结识龙朱先生是距此十多年以后的事，时在我七十、他八十前后。

我是张家自办家庭刊物《水》的资深读者。《水》复刊时允和先生主编，每期寄我。允和先生羽化后由寰和操持，有两期没有收到，我向寰和索求。寰和说他已九十多，忙不动了，交班给外甥龙朱了。我遂函求龙朱。龙朱将手边的裕本送我，还赠复刊后《水》的光盘，我亦随手送他两本小书，我们的交情在这礼尚往来中渐生渐浓。二〇一一年我到民刊《百家湖》当编辑，见《水》中常刊龙朱对家族亲人们的素描作品，特别是不同历史时期的沈从文的素描像，传神极了，便向他约稿。龙朱憨厚，说他是画着玩的，羞于示人。后经不住我的"忽悠"或却于情面吧，他"就范"了。画作刊出后，读者反映奇好，有人赞龙朱素描的功夫不输给专业人士。

次年，"听沈龙朱讲述沈家旧事"的《沈从文家事》出版，龙朱送我一本，当我请他签字时，他坚决不肯，他不肯掠美，他认为那不是他的作品。

据我所知，龙朱受父亲和四姨充和的影响，自幼即喜画画，高中时一度曾想跟表哥黄永玉学画，打算报考美院。后响应党的号召，以科技报国，改学工科，就读北京工业学院（现北京工业大学。——编者）。他很上进，大三入了党，还是班上团支书。到一九五八年莫名其妙地获了顶右派帽子，被开除学籍、党籍，转而被安排到校办工厂当钳工，一干干了二十一年……直到不惑之年才成家。

也是在《水》中，我见龙朱为晚年父母作的一幅素描，满脸皱纹一脸慈蔼的兆和，偎依着历经沧桑老态毕现的沈从文的肩头飞针走线，沈从文静静地享受着老伴的温馨。那是一幅绝妙的一对患难夫妻夕阳下的恩爱写照。

我眼皮浅，在某封致龙朱的信中云里雾里露出一点讨画的信息。龙朱厚道、质朴又善解人意，不到一个月他为我复制了这幅作品。

龙朱谦逊，热情厚道，素以助人为乐。某年，我受朋友之托，在西泠的拍卖会上，为辨识一件二十世纪三十年代，署名为沈从文的《莫干山小志》书作的真伪，我夜半三更打电话向他请教，他怕自己吃不准，还不厌其烦转请弟弟虎雏鉴定……

不久,《百家湖》停办,因没有书稿联系,我们的音问也随之中断。五年后的二〇二〇年岁末,我居家赋闲,以练字为乐,为曾经提携帮助过我的师友们写册页,感恩,也为龙朱写了一本,并送上一纸新年祝福。龙朱是位极讲礼数、待人宽厚的君子,他收到册页后,立即又打电话又写信致谢,谦称他"缺乏书法的天分,不敢以相应的作品回赠",就回赠一幅他的近作"自画像",并谦云,如果我乐意,寄张照片给他,他乐意为我作一幅素描。我当然求之不得,即寄去一张小照,不到一个月,他便寄来为我作的素描。内子见之,称"形神俱备,像极了"。

　　龙朱已是八七老翁,每天坚持游泳锻炼身体。他说他买的是年票,有时偷懒想不去,但心里"老在嘀咕一天不去就'损失'十五块钱",真是老幽默。

48 邵绡红（1932—　　）　（6通选3）
（2002—2010）

1　张昌华先生：

由于五月告假回宁探亲，回来又忙于家务，误了点时间，抱歉！

您的稿子自然写得好，但有些地方我改了一下，您看如何？如有不同意见，您再更正好了。

赵立女士当于明天来我家。

很感谢您和赵女士，特地为家父百岁寿诞赶稿。

即颂

文祺

邵绡红

二〇〇六年五月十六日

・邵绡红（2008年，北京）

2　张昌华老师：

　　您好。收到曾虚白先生的《邵洵美与刘舞心》，这篇文章我已收集到，谢谢您的关心。

　　《人物》与台《传记文学》的《他是一只"壶"》，早已收到。您再次提及，我想可能是我在收到后，没有即时给您回信，太没有礼貌了！请原谅。如果是您另一篇文章，我就没有再收到了。

　　原想给台湾《传记文学》去信，关于以前他们刊出的《民国人物小传》（邵洵美）一节的更正。因为我一直在忙于《邵洵美作品集》的出版及其他的事，就一直没有为这事去信，以后再说吧。

　　寄上拙文两篇，请指正。

　　祝

春安

邵绡红

二〇〇七年四月九日

3　张昌华老师：

　　大作读了几遍，你花了很多精力。我也去翻阅那几本书，试着改动了一些字句，不知是不是合适，望勿见怪。

　　一、项美丽的小说常常是半自传性的，有的是事实，有的不是，加以文学渲染，所以注明是摘自她的作品为妥。

　　二、从其他书上摘的文字我没有改动，包括书名的汉译。

　　三、为项美丽收集资料图片，译成中文给她，不一定是"寄"的。

　　四、The Song Sisters 一书，一九七〇年再版，而在中国何时有中译本，何出版社出版，你知道的话望告诉我。

五、邵洵美赴美是一九四六年七月底，《见闻时事周刊》出了三期，有说明的，回来已是圣诞后。《论语》半月刊复刊，已出了一期（一九四六年十二月一日）。项美丽记错了！

六、大作资料参考四本书、一篇文章。专门提到我，不合适，望将那一句删去，多谢！

另外，听你说到，公子在《译林》，我想到爸爸有几篇译文，能否采用？我的 E-mail（略）请转告他，望他能给我发信，我与他直接联系，可好？

祝
节日愉快！

邵绡红

二○○八年九月二十四日

二〇〇八年九月二十四日

谢泳华老师：

　　大作读过，也通，作者了你多努力。我也去翻阅那几本书，试着改动了一些字句，妥否请你定夺，望勿见怪。

一、项美丽的小说常是半假半真的，有些真实，有些虚构，加以文学渲染。有以说明是摘自她的作品而已。

二、从其他书上摘的文字我没有改动，已把书名加注译。

三、为项美丽以华名郑郑别扭，译成中文倒顺此，不过也"等"。

四、The Soong Sisters 一书中70年再版，如由中国当时合中译本的出版史出版，你知道此说望与弥纠。

五、邵洵美长女是1946年生，但是周刊的电脑显示出了三种说法。有说她小，四来也全说。《设计》半月刊复刊，已出了一期。（1946年12月1日）项美丽记错了。

六、大作要都寄来 四本书，一两文章，要你找封我，不合适。望保留一句册给与。多谢！

另外，听你说到"公子哥泽琳"，我想到念信在《简谱文》组做事用，我的E-mail：<xiaohong shao @yahoo.(cn)> 请你告诉，望他问你我长信，我与他去找联系，可如？
祝 节日愉快！

　　　　　　　　　　　　邵洵
　　　　　　　　　　　　2008.9.24.

• 邵绍红致笔者函（2008年9月24日）

邵洵美，被遗忘的出版家

邵绡红者，邵洵美（1906—1968）之女公子也。她是位口腔科医师，退休后为父亲收集资料，编辑出版其文集，著有《我的爸爸邵洵美》《天生的诗人——我的爸爸邵洵美》与《乐爸爸所乐》。

我与邵绡红女士的相识是文洁若介绍的。她给我的信不多，一段时日电话联系较频繁。最先是写其父《邵洵美是只"壶"》，尔后是写《美丽的项美丽》，都是在写作中遇到困难，我向其讨教的。邵绡红给我的印象是真正的大家闺秀，无论是举止谈吐或是文字的表述，都显现出一种优雅。如二〇〇七年的那通信，我在信中只淡淡地问我寄去的杂志收到否。她说："您再次提及，我想可能是我在收到后，没有即时给您回信，太没有礼貌了！请原谅。"二〇〇八年的那通信，我请她改我的稿子，她纠正了谬误，却说："试着改动了一些字句，不知是不是合适，望勿见怪。"在稿末附注中我感谢她对我的帮助。她说："专门提到我，不合适，望将那一句删去，多谢！"谦谦君子也。我想这素养当是家庭熏陶之果。

我对其父邵洵美的尊崇，绝不是因他是诗人、作家、翻译家，或因我本身是个出版人，最敬佩的是他是一位真正的出版家。

自一九二八年到一九五〇年，二十二年岁月，邵洵美的全部精力都用在出版事业上。先创办"金屋书店"，后是"上海时代图书公司"，再是"第一出版社"。先后拥有《狮吼》《金屋月刊》《时代画报》《时代电影》《万象》月刊，《论语》半月刊，《十日谈》旬刊，《人言周刊》，《声色画报》等达十一种之多。好多杂志今人见所未见，闻所未闻。还和友人合作出版过《新月》月刊、《诗刊》《见闻时事周刊》。一九三四年至一九三五年鼎盛期间，他同时出版的刊物有七种，每隔五天至少有两种期刊面世。

邵洵美把开书店、出刊物作为终身事业去追求，娱人悦己，不以谋利为旨，常常在亏损累赔的恶劣环境下，倾注全部心血和财力去经营。妻子盛佩玉晚年回忆说："洵美办出版无资本，要在银行透支，透支要付息的。我的一些钱也支了出去。抗战八年，洵美毫无收入，我的首饰陆续出笼，投入当店，总希望有朝一日赎回原物。"可是往往一去不返。有人笑话他，说他做生意像作诗，目的在抒情，不在乎家产的流失。卞之琳说邵洵美办出版"赔完巨万家产""衣带渐宽终不悔"算是精当。邵洵美的出版思路也随时代的脚步在前进。从"唯美"到"现代"，再到"紧跟时代"，越来越贴近民众，贴近生活。伴随着"一·二八"事件，邵洵美及时创办《时事日报》，反映民众的抗战呼声，唤起全国人民同仇敌忾抗日。

邵洵美办出版的辉煌，是在一九三八年至一九四〇年期间，他与项美丽合作，默契、愉快、紧张、玩命。创办了《自由谭》月刊、*Candid Comment*（《直言评论》），旗帜鲜明地提出"追求自由"。为了安全，编辑人、发行人署的都是项美丽的名字，而具体工作全由邵洵美做。封面上"自由谭"三个大字，是邵洵美模仿颜体的手迹。画面是一幅木刻，背景是日本的飞机在轰炸，大地在燃烧，一头牛被炸死在原野上，一个孩子手捂着脸在流泪，一位中国农民双臂上托着自己被日寇炸死的孩子，孩子伤口还在滴血……邵洵美以各种化名为《自由谭》写了许多富于战斗气息的短论，揭批日寇的暴行和汉奸的无耻。他还借《几个卖掉灵魂的律师》，揭出自己弟弟"邵式军已就任伪苏淞皖统税局局长"这件事，说明邵洵美以大局为重，绝不附逆的爱国情操。同时，他又借《自由谭》向读者推荐毛泽东的《论持久战》，称它是一部"人人能了解，人人能欣赏，万人传颂，中外称赞"的作品。毛泽东的《论持久战》在延安发表，中共地下党员杨刚，当时就隐蔽在项美丽的家中将此文翻译成英文，邵洵美在《直言评论》（英文版）上连载，同时出单行本。毛泽东亲自为英文版写了序言，印了五百本，除一部分由地下渠道发行外，邵洵美与项美丽于夜间开汽车，同去的王永禄将书塞进霞飞路、虹桥路一带洋人寓所信箱中。

抗日战争胜利后，邵洵美仍致力于出版业，把家产赔光，负债经营。解放后，他仍热衷出版，因大环境影响，关门大吉。他的那台从德国进口的影写版印刷机，全国仅此一台。北京要成立新华印刷厂，出版《人民画报》无设备，夏衍亲自登门，邵洵美才"割爱"的。

邵洵美铁肩担道义，曾参与营救潘梓年、丁玲；并资助一千元给丁玲，让沈从文送丁玲回湖南。在对外文化交流上，邵洵美也做出过不小的贡献。一九三三年萧伯纳访问上海，由世界笔会中国分会接待。当时邵洵美是分会的会计。分会没有经济来源，平时的花销，往往是邵洵美自己掏腰包。那次在宋庆龄寓所设素宴招待萧伯纳（萧不吃荤），就是邵在功德林要的一桌素菜。席上有宋庆龄、蔡元培、鲁迅、杨杏佛、林语堂和邵洵美。所费六十四元大洋是邵洵美付的。

邵洵美的故事本就精彩，加上身边还有一位出彩的美国女性：美丽的项美丽，其人生故事更是精彩绝伦了。

师友手札主要存目

甲部

1	朱屺瞻	1892—1996
2	茅以升	1896—1989
3	陈翰笙	1897—2004
4	冰　心	1900—1999
5	袁晓园	1901—2003
6	苏步青	1902—2003
7	吕叔湘	1904—1998
8	臧克家	1905—2004
9	胡絜青	1905—2001
10	黄　源	1905—2003
11	燕遇明	1907—1982
12	张岱年	1909—2004
13	千家驹	1909—2002
14	钱锺书	1910—1998
15	杨　绛	1911—2016
16	钱学森	1911—2009
17	萧淑芳	1911—2005
18	凤　子	1912—1996
19	孙　犁	1913—2002
20	吴文焘	1913—2011
21	徐　迟	1914—1996
22	车　辐	1914—2013
23	戈　扬	1916—2009
24	王子野	1916—1994
25	吴甲丰	1916—1996
26	王仿子	1916—2019
27	碧　野	1916—2008
28	毕朔望	1918—1999
29	周汝昌	1918—2012
30	秦　牧	1919—1992
31	符家钦	1919—2002
32	钱谷融	1919—2017
33	汪曾祺	1920—1997
34	马　烽	1922—2004
35	路　翎	1923—1994
36	屠　岸	1923—2017
37	袁　鹰	1924—
38	叶嘉莹	1924—
39	王学仲	1925—2013
40	刘宾雁	1925—2005

41	茹志鹃	1925—1998		66	陈明远	1941—
42	田　原	1925—2014		67	冯骥才	1942—
43	高　莽	1926—2017		68	刘心武	1942—
44	王国忠	1927—2010		79	叶文玲	1942—
45	王愿坚	1929—1991		70	吴若增	1943—2020
46	姜德明	1929—		71	陈祖芬	1943—
47	袁世硕	1929—		72	万伯翱	1943—
48	李国文	1930—		73	张　扬	1944—
59	张守义	1930—2008		74	安文江	1944—2013
50	陈　辽	1931—2015		75	霍　达	1945—
51	舒　展	1931—2012		76	柯云路	1946—
52	韩　羽	1931—		77	韩石山	1947—
53	胡思升	1932—2020		78	刘二刚	1947—
54	杨　旭	1932—		79	张承志	1948—
55	张天民	1933—2002		80	苏晓康	1949—
56	蔡　葵	1934—		81	商金林	1949—
57	董　健	1936—2019		82	张抗抗	1950—
58	张贤亮	1936—2014		83	李　锐	1950—
69	祖　慰	1937—2022		84	聂震宁	1951—
60	乔　迈	1937—		85	史铁生	1951—2010
61	石　楠	1938—		86	舒　婷	1952—
62	王　毅	1940—1987		87	刘亚洲	1952—
63	叶永烈	1940—2020		88	贾平凹	1952—
64	鲍蕙荞	1940—		89	丁　帆	1952—
65	蒋子龙	1941—		90	朱苏进	1953—

91　刘　恒　1954—

92　方　方　1955—

93　张　炜　1956—

94　麦天枢　1956—

95　铁　凝　1957—

96　沈韦韬　1923—2013

97　赵新娜　1923—2020

98　梁文茜　1927—

99　梅绍武　1928—2005

100　丰一吟　1929—2021

101　顾慰庆　1932—2020

102　许燕吉　1933—2014

103　章含之　1935—2008

104　钱　瑗　1937—1997

105　陈胜吾　1943—

106　李小林　1945—

乙部

1　苏雪林（1897—1999）

2　顾毓琇（1902—2002）

3　陈　洪（1905—1998）

4　袁家骝（1912—2003）

5　张充和（1913—2015）

6　王琰如（1914—2005）

7　无名氏（1917—2002）

8　刘大澄（1918—2010）

9　林海音（1918—2001）

　　何　凡（1910—2002）

10　柏　杨（1920—2008）

　　张香华（1939—）

11　夏志清（1921—2013）

　　王　洞（不详）

12　罗　孚（1921—2014）

　　吴秀圣（1926—）

13　杨振宁（1922—）

14　聂华苓（1925—）

15　王爱生（1927—2009）

16　余光中（1928—2017）

　　范我存（1931—）

17　陈小滢（1931—）

　　秦乃瑞（1924—2010）

18　唐亦男（1932—2021）

19　司马中原（1933—）

20　陶英惠（1933—2022）

21　梁文蔷（1933—）

22　高秉涵（1936—）

23　成露茜（1939—2010）

24　董　桥（1942—）

25 关国煊（1942—2008）
26 马文通（1942—）
27 陶 然（1943—2019）
28 席慕蓉（1943—）
　　刘海北（1939—2009）
29 夏祖丽（1947—）
　　张至璋（1941—）
30 潘耀明（1947—）
31 罗海雷
32 龚中心
33 毛 铁
34 颜纯钩
35 游奇惠

36 蔡登山
37 温 海
38 孙嘉萍
39 夏智定
40 邱庆麟
41 黄继立
42 孔慧怡
43 林道群
44 东 瑞
45 林承慧
46 禤福辉
47 【日】门野俊树
48 【德】埃林

成贤街

二〇二二年八月十八日